国家出版基金项目
NATIONAL PUBLICATION FOUNDATION

古代西南少數民族漢語詩文集叢刊·回族與土家族卷

總主編 徐希平
分卷主編 孫紀文
分卷副主編 王猛 楊學娟 丁志軍

閃繼迪詩文

〔明〕閃繼迪 撰
王猛 梁俊杰 徐佳慧 整理

賓夫詩存

〔清〕李若虛 撰
王猛 梁俊杰 徐佳慧 整理

怡雲書屋詩鈔

〔清〕李瑜 撰
王猛 梁俊杰 徐佳慧 整理

巴蜀書社

回族與土家族卷主編

孫紀文

回族與土家族卷副主編

王　猛　楊學娟　丁志軍

回族與土家族卷編委會（參與整理人員）

孫紀文　王　猛　楊學娟　丁志軍　李小鳳　左志南　梁俊杰　彭容豐

凡例

一、整理工作主要包括標點、校勘、輯佚、補遺等方面，除特殊情形需要説明外，一般不作注釋。部分詩文集於正文後增列附録，以利研究。

二、整理後的各集一般沿用原書名及原有編輯體例。有多個子集而無全集者，由整理者根據通行原則命名和編排；集名、體例不明者，由整理者確定體例，并根據通行原則重新命名。

三、各卷依據詩文集篇卷多寡確立分册。篇卷多者，可分多册；篇卷少者，可多人合册。

四、叢書統一采用繁體豎排，新式標點。

五、校勘工作主要對底本中的訛、脱、衍、倒作正、補、删、乙。校記置於篇末，記録异文及校改依據，一般不作考證，力求簡明。

六、俗體字、舊字形及顯見的刻抄錯誤，徑改而不出校。常見异體字不作改動，極生僻的异體字改爲規範字，必要時出校記予以説明。

古代西南少數民族漢語詩文成就及其意義（代序）

中國文學歷史悠久，少數民族文學同樣源遠流長。少數民族文學既有母語文學作品，又有大量的漢語文學作品，都是中華文學的寶貴遺産。早期的少數民族漢語詩文作品，或是少數民族作者直接用漢語創作，或是以本民族語言創作而翻譯成漢語并得以流傳。

中國西南地區族别衆多，少數民族文學成就巨大，但較少爲外界所知，這與其實際成就極不相符。抗戰時期，聞一多先生在參加湘黔滇旅行團指導采風活動時，尤其是在欣賞彝族舞蹈後認爲：『從那些民族歌謡中看出了中華民族的强旺生命活力，這種大有可爲的潛力還保存在當今少數民族之中。』爲此，他曾計劃寫一篇文章，標題下注明了發人深思的要點——『不要忘記西南少數民族』[一]，作出中國文學的希望在西南的判斷。其後，學界日漸重視西南民族文學和文化的研究，成果豐碩。

[一] 鄭臨川：《聞一多先生的中華民族文學觀》，《西南民族學院學報》二〇〇〇年第五期。

早在漢代，西南地區就與中原交往密切，武帝時期開發西南夷，司馬相如爲此積極奔走。蜀郡守文翁在四川開辦學校，以儒家思想教化百姓。漢唐時期，西南地區文學進入中華文學視野，且占有重要地位，所謂『蜀之人無聞則已，聞則傑出』。司馬相如、揚雄、王褒皆爲漢賦大家，陳子昂開闢唐詩健康發展之路，『繡口一吐，便是半個盛唐』的詩仙李白將詩歌帶到盛唐的頂峰。在這個大背景下，西南地區少數民族詩文創作也同樣被載入史册。東漢時期古羌人著名的《白狼歌》堪稱少數民族詩文最早的代表。據《後漢書·南蠻西南夷列傳》記載，東漢明帝永平（五八—七五）年間，居住在筰都一帶的『白狼、盤木、唐菆等百餘國，户百三十餘萬，口六百萬以上，舉種貢奉』，成爲祖國大家庭的一員。在與東漢王朝的交往中，少數古羌部落的首領創作了一些詩歌作品。其中，被譯爲漢文并傳至今日的就有著名的《白狼歌》（包含《遠夷樂德歌》《遠夷慕德歌》《遠夷懷德歌》），成爲中華民族團結、文化交融的經典之作。詩歌之外，還有少量散文作品，如三國蜀漢名臣姜維的書表，也可以視爲西南羌人的漢語創作。

我國西南本來就是多民族地區，氐、羌、藏、漢文化交流源遠流長。二十世紀八十年代初，馬學良主編《中國少數民族文學作品選》，全書共五個分册，共收入五十五個少數民族古今民間文學和文人文學作品六百餘篇，是新中國首部少數民族文學總集，影響深遠。其書序中寫道：

『回族、滿族、白族、納西族等，也早已産生了本民族的用漢文寫成的作家文學。』[一] 其中南詔著名詩人楊奇鯤的《途中詩》，是該書所收録的最早的作家文學作品。該詩收録於《全唐詩》。楊奇鯤還有另一首題作《岩嵌緑玉》的詩，收録於《滇南詩略》。

除楊奇鯤外，南詔國王驃信作的《星回節游避風臺與清平官賦》和朝廷清平官趙叔達《星回節避風臺驃信命賦》二詩不僅韻律和諧，且頗近於隋唐王朝君臣同賦或大臣應制之作。兩詩與稍後的大長和國布燮（宰相）《聽妓洞雲歌》等呈現出西南地區烏蠻族漢語詩文創作之盛。此數詩亦皆被《全唐詩》收録。

據《舊唐書・吐蕃傳》載，貞觀十五年（六四一），松贊干布向唐太宗請求聯姻，文成公主出嫁吐蕃，吐蕃開始『釋氈裘，襲紈綺，漸慕華風；仍遣酋豪子弟，請入國學以習詩書』，又請唐朝『識文之人典其表疏』，漢藏交流十分密切。唐中宗時，吐蕃又遣其大臣尚贊吐、名悉獵等來迎娶金城公主。名悉獵漢學造詣頗高，《舊唐書・吐蕃傳》説他『頗曉書記』，『當時朝廷皆稱其才辯』，皇帝還給與特殊禮遇，『引入内宴，與語，甚禮之，賜紫袍金帶及魚袋』等。特别值得一提的是，他還參與中宗和大臣之間的游戲及詩歌聯句等文字娱樂活動。景龍四年（七一〇）正月五日，中宗移仗蓬萊宫，御大明殿，會吐蕃騎馬之戲，因重爲柏梁體聯句，當

[一] 馬學良主编：《中國少數民族文學作品選》，上海文藝出版社，一九八一年，第一頁。

君臣聯句將畢之時，名悉獵主動請求授筆，以漢語來了一個壓軸之句。其所作『玉醴由來獻壽觴』，不僅表意準確，而且合於格律、平仄、韻脚，相較前面唐朝漢臣所作毫不遜色，令衆人刮目相看[一]。其詩至今仍保存在《全唐詩》中[二]，留下了最早的古代藏族人漢語詩文創作的珍貴文獻記録，也成爲少數民族漢語詩文創作的典型史料。

晚唐五代時期，回族先民梓州詩人李珣、李舜絃兄妹，漢語詩文創作成就甚高。李珣著有《瓊瑶集》，雖已佚，但仍存詞五十四首。作爲少數民族詩人，李珣得以躋身《花間集》西蜀詞人群，十分耀眼。李舜絃作爲蜀主王衍昭儀，有《蜀宫應制》等詩。這些均顯示出西南地區民族文學漢語創作的成果。

宋遼金元時期，西南地區與各地少數民族漢語詩文創作都有了進一步發展。居住在四川成都的鮮卑族後裔宇文虛中及其族子宇文紹莊堪稱代表。宇文紹莊有《八陣圖》等詩傳世。西南大理國白蠻貴族的漢語修養很高，段福爲國王段興智叔父，創作有《春日白崖道中》等詩作，大理國亡時，曾奉元世祖命歸滇統領軍事。元末大理總管段功之妻阿蓋公主本爲蒙古族，所作《愁憤詩》書寫其與段功的愛情，情感真摯，是他們凄惻動人愛情悲劇的原始記載。

[一]（後晉）劉昫：《舊唐書》，上海古籍出版社，一九八六年，第六二一七頁。

[二]（清）彭定求編：《全唐詩》，上海古籍出版社，一九八七年，上册，第二五頁。

明清時期，少數民族漢語詩文創作有了極大的發展，不僅作家數量倍增，而且有了大量的個人詩文集傳世。中國社會科學出版社二〇一四年出版的多洛肯《元明清少數民族漢語文創作詩文叙録》著録極爲翔實，大略統計古代西南地區各少數民族作家漢語文集上百家，雖然亡佚不少，但現存的也還有至少八十餘家，其中不乏一些在全國有較大影響的作家，還有許多屬於文學家族。如納西族木府土司木公、木增家族，木公有《隱園春興》《雪山庚子稿》《萬松吟卷》《玉湖遊録》等；雲南白族趙藩爲著名的『武侯祠攻心聯』作者，有《向湖村舍詩》（初、二、三集）；貴州布依族作家莫友芝被稱爲西南巨儒，有《莫友芝詩文集》等。但目前僅有少量的作家文集被整理過，大多數尚未整理，這極不利於對少數民族文學成就的認識、評價和深入研究。近年出版的一些大型叢書，如上海古籍出版社二〇一〇年出版的《清代詩文集彙編》（四千餘種），國家圖書館編、國家圖書館出版社二〇一七年出版的《清代詩文集珍本叢刊》（一千三百六十七種），收録清人别集數量十分可觀，但少數民族漢語詩文集數量有限。其中一個重要原因便是少數民族漢文資料總體上較爲零散，古代西南少數民族漢文别集尤其難覓，缺乏整理。因此，有必要對相關情況予以探討，以便於進一步的整理研究。

西南少數民族漢文文集文獻整理和研究，已取得一定成果，但總體而言，相關研究還是較爲薄弱。無論是稿本、抄本還是刻本，多未揭示和整理，散於各處，既不利於深入研究分析和總體評價，也不利於民族文獻的保護和傳承，需要整合力量，加大力度發掘整理、搶救保護。

西南地區的少數民族中，大約有白族、納西族、彝族、回族、土家族、布依族、侗族等九個民族有漢語詩文集，其中尤以白族、納西族、彝族和回族較多，其詩文集主要留存情况如下。古代白族作家現有二十四人近四十多部詩文别集存世，大概有近二百五十萬字的文學作品。納西族詩人及文集，明代主要是木府家族。首先是木公（總八百七十三首），其次爲木增，此外是木青，有《玉水清音》。清代則有楊竹廬、桑映斗等二十餘家納西族詩文集。彝族詩文集較多，主要有左正、左文臣、左文象、左嘉謨、左明理、左世瑞、左廷皋、左章照、左章曬、左熙俊等左氏詩文集，高光裕、高奣映、高厚德等高氏詩文集，余家駒、余珍、余昭、余一儀、余若瑔等余氏詩文集，還有魯大宗、禄洪、李雲程、安履貞、黄思永詩文集，等等。回族作家作品比較多，有沐昂、馬之龍等十餘家詩文集。土家族、羌族、布依族、苗族、侗族作家數量雖不多，但有的影響不小，如莫友芝、董湘琴等，都值得深入研究。此外還有少量少數民族作家文集已散佚，如前面提到的宋金時期的宇文虚中等。

西南各民族漢文别集文獻整理與研究具有十分重要的學術價值和深遠的現實意義。西南各少數民族伴隨着中華民族繁衍交融的足迹生生不息，豐富的少數民族文學不僅是中華民族文學寶庫中不可分割的一部分，更蕴藏着其歷經憂患却綿延堅韌、不失特色的生存密碼。西南地區各族文學不僅與漢文學關係密切，而且各民族文學亦互相滲透和影響。如被譽爲明代著述第一人的四川著名詩人楊慎後半生基本居住於雲南，他不遺餘力地推薦、介紹木公等雲南作家，對西南民族地區文化交流傳播和漢語詩文創作起到了促進作用。由此也可以探討中華多民族文學相互影響和促進發展的過程與普遍規律，同時對各民族對漢語的巨大貢獻，以及漢語文包容多元文化、作爲多民族文化内涵載體的特性和凝聚各民族智慧結晶重要價值等也會有新的認識。中共中央辦公廳、國務院辦公廳於二〇一七年一月二十五日印發《關於實施中華優秀傳統文化傳承發展工程的意見》，指出文化是民族的血脉，特别提到要加强少數民族語言文字和經典文獻的保護和傳播，做好少數民族經典文獻和漢族經典文獻的互譯出版，實施中國民間文學大系出版等工作。因此，全方位清理整合西南各民族漢文别集文獻，對於民族文學史料學學科建設和民族文化保護工作，尤具有特殊的意義。這對增進世人認識瞭解豐富的民族文化與文學成就，搶救和保護民族文化資源，探索民族文學繁榮發展的有效途徑，促進中華民族團結與現代社會和諧發展，都具有十分重要的學術和應用價值。

有鑒於此，我們組織申報了《古代西南少數民族漢語詩文集叢刊》國家社科基金重大招標項目，并獲得立項。本課題首次對西南少數民族漢文文學文獻做了全面系統深入的爬梳、搜集和整理研究，展現其創作成就，説明少數民族文學創作與漢文學之間密不可分的内在聯繫和交叉影響，展示其對中華文化的突出貢獻，并以其依托漢文傳承文化的富有典型意義的綿延發展歷程，爲民族文化保護提供借鑒，也爲中國古代民族文獻整理和當代文學繁榮發展探索有效途徑。

課題目標主要是提供最爲全面的西南少數民族漢語詩文集，爲進一步研究奠定基礎，加深對『一帶一路』背景下南絲綢之路和茶馬古道區域内各民族文化交融的認識，發揮保護和搶救民族文化遺産的重大社會效益。

西南各民族文獻現存情況較爲複雜，各族别文集數量差异較大，極不平衡，文集版本也很混亂。除少量文集當代曾初步整理之外，大多僅存清代或民國刻本，還有一些爲稿本和手抄本，大多不爲外界所知，主要散見於西南地區各圖書館和私人手中。同時，各家文集普遍存在作品收録不全的情況。課題涉及面廣，困難不少。别集的普查，作品的輯佚、校勘，部分古代作家族别歸屬的認定，文字的考訂等，都是課題難點所在。對於各種學術争論歧説，我們本着嚴謹的科學態度，不武斷，不盲從，盡力作實事求是的考辨，力求言之有據，推動學術進步。在此基礎上盡力做成最完善、最全面、集大成的西南少數民族漢語詩文文獻叢刊。

按照歷史區域文化概念，我們原則上搜集詩文的地域主要包括今四川、雲南、貴州、重慶和西藏五省區（不含廣西地區），時間一般爲清末以前，作者身份判别根據出生地、籍貫、歷史淵源、習慣定勢等因素進行綜合考量。每種文集皆校勘標點，并附簡短的叙録。根據各族文集存佚數量情況分爲白族卷，納西族卷，彝族卷，回族與土家族卷，羌族、苗族、布依族、侗族及其他各族卷等五個分卷，分别由西北民族大學多洛肯教授，麗江師範高等專科學校楊林軍教授，西南民族大學曾明、孫紀文、王菊教授擔任子課題負責人。湖北民族大學文學與傳媒學院丁志軍博士除承擔土家族相關詩文集的搜集整理工作外，還參與了點校凡例的起草與修訂。寧夏大學和西南民族大學古代文學、古典文獻學專業的部分教師和碩、博士研究生也參與了課題研究。巴蜀書社張照華先生自課題開題即全程參與，認真審讀書稿，提出許多建設性意見。中國社會科學院學部委員、文學研究所所長劉躍進研究員，國家圖書館原館長詹福瑞教授，《民族文學研究》原主編湯曉青研究員，中國社會科學院民族學與人類學研究所聶鴻音研究員，教育部『長江學者』特聘教授、西北大學李浩教授，教育部『長江學者』特聘教授、北京大學廖可斌教授，西華師範大學伏俊璉教授，福建師範大學郭丹教授，四川師範大學趙義山教授等著名學者給予本課題精心指導和熱情鼓勵。在此謹對付出辛勞和提供支持與幫助的所有朋友致以最誠摯的謝意。

由於各種主客觀條件所限，本課題難免存在一些不足，版本的選擇及文字的校勘等也不盡如人意，希望能够得到專家的批評指正。

徐希平

二〇二〇年十月三十一日於西南民族大學武侯校區宿舍

分卷前言

二〇一七年，由徐希平先生主持申報的課題《古代西南少數民族漢語詩文集叢刊》獲批國家社科基金重大項目。項目的獲批對於古代少數民族文學研究而言，無疑起到了非常重要的支撑作用。本人忝爲子課題《古代西南少數民族漢語詩文集叢刊·回族與土家族卷》的負責人，深感責任大、任務重，故與課題組的各位老師齊心合力，共謀課題研究之路徑，力求早日出成果。如今在巴蜀書社的鼎力支持下，相關的研究成果會陸續出版，欣喜之餘，就這兩個民族詩文創作的風貌略作交代。

在中華民族多元一體的歷史文化進程中，有着兼收并蓄之胸襟的各少數民族作家創造了既屬於自己民族、又屬於中華民族大家庭的燦爛文學。遠離政治文化中心的西南地區，也以其獨特的地域風貌滋養着一批批卓有成就的回族文人和土家族文人。他們的創作既表現出與中國古代『詩騷』『風骨』等文學與文化精神相融通的思想旨趣，又呈現出鮮明的地域特色和獨特的藝術審美風貌。

古代西南地區的回族詩文創作，可謂善於把握中國古代文學發展的歷史脉絡，不斷吸收漢語詩文創作的經驗，涌現出一些名家名作。早在五代時期，回族先民李珣便以自己不凡的創作成就，獲得了很高的文學聲望。李珣，字德潤，著有《瓊瑶集》，惜已散佚，王國維編成輯本《瓊瑶集》，録李珣詞五十四首。李珣被列入『花間詞人』之中，他的富有娱樂性質的小詞被前蜀後主所賞，作品被詞家相互傳誦。李珣之妹李舜絃是五代時期爲數不多的會作詩的嬪妃之一，也是有記載的中國第一位回族女詩人，惜其作品大多失傳，今僅存詩四首。經過宋元兩朝的發展，回族文人逐漸融入中華文化之中，尤其是到了明代，回族作家也都熱衷於成爲儒家文人，故而，明代回族文學也迅速發展。同時，由於文教的日益成熟，西南地區涌現出一批風流儒雅的回族文人，如沐昂、孫繼魯、馬繼龍、閃繼迪等人。沐昂，字景高，作爲明代前期雲南政壇上的領軍人物，其所取得的政治成績是顯著的。而作爲一位文人，他剛健、曠達的作品風格則十分引人注目。不論是抒發理想抱負、針砭時弊、關注百姓生活，還是描寫自然風光、與人交游唱和，都表現出其高潔的人格、豪邁的氣度與曠放的情韻。有《素軒集》行世。沐昂作爲雲南地區重要的文學領袖，主持編纂的《滄海遺珠》，收録大量與雲南有關的文人作品，可謂是明代文學的一顆明珠，對保存西南地區的文人創作風貌具有十分重要的意義。孫繼魯，字道甫，號松山，《滇中瑣記》評曰『觀其詩文，大都雄古道勁，適尚其爲人』，著有《破碗集》《松山文集》，惜已散佚。馬繼龍，字雲卿，號梅樵，著有《梅樵集》，已佚，《滇南詩略》録其詩六十八首。閃繼迪，字允修，著有《雨岑園秋興》《吴越吟草》，均已佚，《滇南詩略》存録其詩六十餘首。他的詩歌多有懷才不遇之慨，詩作格調較高。閃繼迪之子閃仲儼、閃仲侗均有詩名。閃仲侗，字士覺，號知願，著有《鶴和篇》等。清代是回族文學的繁榮時期。清代日益濃厚的爲學爲文風氣也影響到回族文人，這一時期的回族文學與整個文學發展的大潮流密切相隨，即便是在西南地區，也不乏著名的回族文人。孫鵬是孫繼魯六世孫，字乘九、圖南、鐵山，號南村。他的詩作着重意象描寫，意境開闊，想象奇特，多寫山水田園，展現西南地區特有的自然風光，詩風清新明快。李根源在《刊南村詩集序》中評曰：『英辭浩氣，磊落出群，有不可一世之概。』『氣韻格律，宗法盛唐，間摹漢魏，歸宿子美，昌黎爲近。』孫鵬的散文創作也十分出色，論説文見解獨到，議論不凡，叙事寫人則娓娓道來，情感真摯。《雲南叢書》收其《少華集》《錦川集》《松韶集》，合稱《南村詩集》。馬汝爲，字宣臣，號悔齋，以綿遠醇厚的詩風享譽詩壇，他的散文清麗纖綿，頗具駢儷色彩，有《馬悔齋先生遺集》行世。李若虚，字實夫，他的詞作在清代詞壇中獨具特色。他以卓越的藝術表現手法，爲後人留下了許多真實再現西南邊疆和藏地風貌的獨特作品，有《實夫詩存》和《海棠巢詞》行世。馬之龍，字子雲，號雪樓，他的詩歌簡峭入古，樂觀豪邁，多紀游山水，有《雪樓詩鈔》傳世。沙琛，字獻如，號雪湖，又號點蒼山人。他爲官期間，頗有惠政，審理重案時得罪上司，獲罪戍邊，因萬民請命，感動皇帝，得以奉親歸里。家鄉滇西北旖旎的自然風光成爲他寄情物外的環境依托，多紀游山水、與人唱和之作。也正是這樣獨特的外部環境和其自身的性格特徵造就了他的詩歌多采用即景抒情、吞多吐少、欲放還收的藝術手法，具有高韻逸氣和幽潔之思，有《點蒼山人詩鈔》行世。除此之外，古代西南地區還有許多回族文人，因他們的作品傳世較少，而不被世人獲悉。如馬玉麟所著《静觀堂稿》，已佚；馬鳴鑾所著《密齋詩稿》也下落不明；賽嶼著作繁多，有《夢龕山人詩古文集》等，可惜這些作品大多已失傳，現在衹能在《石屏州志》等方志文獻中看到他的遺詩遺文。

古代西南地區的土家族詩文創作，可謂善於借鑒歷代漢語詩文創作的成就，不斷豐富創作内容。土家族主要聚居於渝東南、黔東北、鄂西南、湘西北的廣大地區，其中渝東南、黔東北屬於西南地區。這一地區，歷史上曾長期由土司統治，冉氏、陳氏、楊氏、馬氏和田氏是這一區域的土家族土司代表。改土歸流以前，由於統治者要求土司繼承人必須入學接受漢文化教育，以及土司自身對漢文化的嚮往，一些土司家族開始形成前後相繼的家族文人群體。這個群體普遍有較高的漢文化修養，具備用漢語文進行書面文學創作的能力。渝東南土家族漢語詩文的興盛，實肇端於土司文人的創作實踐。根據現存的文獻記載，大約在明代中期以後，以酉陽爲中心的冉氏土司家族，開始出現能文善詩的文人，先後有冉雲、冉舜臣、冉儀、冉元、冉御龍、冉天育、冉奇鑣、冉永沛、冉永涵等文人從事漢語詩文創作。其中曾經結集流傳的有冉天育的《詹詹言集》、冉奇鑣的《玉樓詩卷》和《擁翠軒詩集》、冉永涵的《蟪蛄聲集》，今俱不存。清代改土歸流以後，酉陽設直隸州，轄酉陽、黔江、彭水、秀山諸縣，酉陽冉氏土司雖不復存在，但冉氏家族的進一步繁衍，使得家族文脉得以延續，涌現出更多優秀文人，且多有詩文集刊刻傳播。如冉廣燏有《寓庸堂文稿》《二柳山房雜著》等；冉廣鯉有詩集《信口笛吟草》；冉正維有《老樹山房文集》《醒齋詩文稿》；冉瑞嵩著有《大酉山房集》；冉瑞岱著述甚富，有《二酉山房隨筆》等；冉崇文爲清末酉陽冉氏文人中最有成就者，著有《二酉山房詩鈔》等；冉崇熣有《雨亭詩草》；冉崇治有《容膝軒詩集》。以上所列詩文集今俱未見，但部分詩作由馮世瀛選入《二酉英華》。改土歸流之後，官學教育和科舉考試的普遍推行，加之冉氏與陳氏、馮氏、田氏等家族互通婚姻，使得這一時期的土家族詩人群體更加龐大。如陳氏家族有陳序禮、陳序樂、陳序川、陳汝燮（原名陳序初）、陳宸（原名陳序遹）、陳景星等代表人物，他們皆有詩集，其中陳汝燮《答猿詩草》，陳景星《疊岫樓詩草》，陳宸、陳寬《酉陽陳氏塤篪集》，均存民國印本。田氏家族以田世醇、田經畬爲代表，前者有《卧雲小草》等，後者亦有詩集，惜未見傳本。馮氏家族以馮世熙、馮世瀛、馮文願爲代表，其中馮世瀛爲酉陽名儒，是清代後期在經學、文學上均有很高成就的土家族文人，有詩集《候蟲吟草》，今存同治刻本。此外，土家族名醫程其芝有《雲水游詩草》存世。石柱馬氏土司家族中，能詩善文者亦復不少，但在漢語詩文的創作成就上要遜色於酉陽冉氏，秦良玉、馬宗大以及土司舍人馬斗熸、馬湯等人是其中的代表人物。馬斗熸曾有《竹香齋詩集》結集傳播，後散佚，乾隆間流官王縈緒又輯録《竹香齋拾遺詩稿》傳世，今未見。改土歸流之後，石柱冉氏文脉亦得到傳承，有冉永燾、冉永爕、冉裕⿸厂亘等代表，惜無别集流傳。秀山楊氏土司家族歷來多軍功卓著者，文人則不多見。改土歸流前，楊氏土司家族尚無在漢語詩文創作上有所成就者。乾嘉以降，平茶楊氏土司後裔、果勇侯楊芳及其子孫輩多文武兼擅，不但從事漢語詩文創作，而且多有作品集流傳。楊芳有《錫羨堂詩集》刊行，後其孫又輯有《楊勤勇公詩》；楊芳子楊承注有《楊鐵庵詩》；楊承注子楊恩柯有《陶庵遺詩》；楊恩桓有《卧游草》。《楊勤勇公詩》《陶庵遺詩》《卧游草》尚有抄本存世，《錫羨堂詩集》《楊鐵庵詩》今未見傳本。黔東北在明以前爲田氏土司所統治，因思州、思南土司在明初相攻仇殺，朝廷遂廢這一區域土司，置流官，建官學、興科舉。因此，明初以後的黔東北，實已無土司家族存在。這一地區的土家族漢語詩文發展，大約與渝東南同步，正德以後，涌現出田秋、安康、田谷、安孝忠、田慶遠、田茂穎、王藩、任思永、張敏文、張清理、張德徽等優秀作家，他們的作品曾結集行世，惜今未見傳本。

古代西南地區回族、土家族詩文之所以能持續發展，并能够在中國文學史上占有一席之地，很大的原因在於西南地區回族、土家族文人的文學創作既受到時代風氣的塑造，又受到地域文化的影響。同時，古代西南地區的回族、土家族文學也是與其他民族文學相交融的產物。西南地區是一個多民族地區，回族、土家族文人在與包括漢族在内的其他民族交往過程中，各學所長，形成了你中有我、我中有你的多元一體的文學格局。如回族詩人沙琛，在與白族文人師範、漢族文人錢灃、納西族文人桑映斗、回族文人馬之龍的交往唱和過程中，不論在詩歌創作風格、取材對象，還是主題内容等方面都相互影響。這就增加了回族文學的多民族因素，使得回族文學的内容更加豐富。

總而言之，古代西南地區的回族、土家族詩文以其鮮明的地域特徵和獨特的創作風貌爲後世研讀者所稱道。這些創作成就，不僅豐富了回族文學和土家族文學的内容，也爲建構更加完整的中國文學史添磚加瓦，頗有傳承價值。

需要説明的是，本卷内文留存了部分原作者對農民起義軍的蔑稱，這顯示了古人的歷史局限性，爲保持古籍原貌，此次整理不一一修改。

孫紀文

二〇二〇年十月二十五日於西南民族大學圖書館

目録

閔繼迪詩文……一
敘録……三
詩……五
焦山……五
嘉興道中懷王伯舉給諫……五
東四明薛千仞……六
霹靂石……六
十八夜上方寺……六
寄王泰符侍御……七
瑞石山同客禮丁野鶴仙蜕……七

曹娥廟……八
定海演武場懷李子鱗先生……八
望瓜步……九
觀音山……九
寒山園觀瀑……九
夜泊胥門静補置酒樓船話別……一〇
僊政樓獨坐……一〇
韜光能仁殿……一〇
發西興……一一
融光寺藏經閣……一一
攜兒子侗同千仞登鼇柱峯……一一
小潮音洞……一二
鶴林寺……一二
望湖亭……一二
施震龍廣文席上……一二

東襲定海……一三
九月望前一日兒子仲倜生日二首……一三
山陰道中……一四
泊甯波友人薛千仞攜阿郎佐美茂才過訪……一四
鄞縣明府王芳洲見訪定海……一四
八公洞十六韻……一四
九日……一五
新月泛湖……一六
西湖逢里人……一六
贈彭桂源參將……一六
銅鑄破像秦檜夫婦……一七
文……一九
創建十一城碑記……一九
附：閔應雷詩……二三
高嶢登舟……二三

水目山……………………二三
登繡嶺望點蒼山……………………二四
吕合道中仙人骨……………………二四
蕉溪寺……………………二四
登標楞……………………二五

實夫詩存……………………二七

叙録……………………二九
序……………………三一
題辭……………………三三
題辭……………………三五
題辭……………………三七
跋……………………三九
實夫詩存卷一……………………四一
朝天峽……………………四一
夢中得前四句，醒後續成……………………四一

晨望飛仙閣……四二
嘉陵江行……四二
金泉山避暑……四二
寄王東埜……四三
和車秀夫《金華山納凉》……四四
秋仲登金華山讀書臺，訪陳拾遺故蹟……四四
得樹軒賞菊……四五
和古詩……四六
雜感……四七
重至札什倫布與札薩克歲琫堪布話舊……四七
題和太菴宗伯《己未詩集》後……四八
雜詩……四八
張查山周肖濂同時見夢……四九
哭張石虛……五〇
漫書……五〇

散步……五一
聞賊渡潼川河……五一
書懷……五一
西招遣興三首……五二
聞沈硯畦被劾歸里……五三
中秋……五三
苦雨……五四
鑿池……五四
養魚……五五
林暮……五五
聞東隣哭其女者……五五
通川道中……五六
宕渠道中……五六
枕上聞朔風聲至曉乃止……五六
題費樂蔬《秋林讀易圖》……五七

戲題《鍾馗役鬼畫扇》……五七
題姚悔餘《匏繫圖》……五八
暮春步自北郊冒雨歸省齋……五八
板橋夜宿……五九
舟行巴江，雨中見桃花……五九
題顧越亭所藏《澹園師册》……五九
偶閲《西招圖略》寄感……六〇
咏史……六〇
《沈庚軒詩集》將付梓，以書索序……六一
秋夜……六一
方有堂廉使於臬署西偏作小園，題曰『小溪山』，詩以落之，五首……六一
寫懷……六三
新秋怡園閒步，月上乃還……六三
題費偲齋《天涯負米圖》……六四
五月廿四日吕星泉招集少陵草堂……六四

縱書……六四
古意二首……六五
佛手……六五
述軒弟六十生辰……六五
秋意二首……六六
實夫詩存卷二……六七
海棠歌……六七
山行……六七
記晝……六八
合歡桃實……六九
紅豆蔻花……六九
駿馬行，答沈澹園師……七〇
蘭……七一
曳鐘行……七一
秋海棠……七二

八月十四日夜雲中見月色……七二
割蓮根……七三
駿馬行，題文惺亭制府《百駿圖》……七三
和孫有堂《送芸溪》……七四
徐袖東司馬、澹園夫子、夏雲峰合成山水長卷……七四
爲孫月舟題王芝泉《畫梅》……七五
月舟招飲再疊前韻……七五
飛雲洞……七六
七夕渡河歌……七七
撿晴沙先生墨跡……七七
登龍岡觀獵贈什吉堂……七八
雪後再邀什吉堂獵於郊原……七八
高晴江、王德符招游善果寺，看牡丹歸，至薦福寺登小鴈塔……七九
龍洞背……七九
題汪問樵《虹月舟圖》……八〇

寄車秀夫……八一
題黃明府《梅花書屋圖》……八二
題彤軒刺史家藏《凌雲載酒圖》……八二
送丁恒軒刺史南歸……八三
王彤軒刺史以錢别駕所畫《東坡笠屐圖》屬題……八四
題《陸香嶼明府行傳》……八四
效偪側行……八五
題《畫梅》……八五
實夫詩存卷三……八七
種梅……八七
月夜懷孫有堂……八七
獨坐有懷……八八
晨起悮觴酒瓮……八八
雨過煎茶六首……八八
不見……八九

寫懷……九〇
蕉軒雜咏二首……九〇
和澹園夫子《憶菊》二首……九〇
送徐益齋南歸……九一
對菊二首……九一
芸溪洪七歸省北平……九一
不免二首……九二
夜郎途次雪二首……九二
栢……九三
懷陽道中……九三
送別李六香畬四首……九三
西招春夜偶成五首……九四
哭毛海客六首……九五
和太菴少宗伯巡閱後藏……九六
贈友……九六

有懷周肖濂……九七
再獵登龍岡……九七
鹿尾……九七
兔……九七
半翅……九八
沙鷄……九八
野鶩……九八
雪鷄……九九
山麞……九九
試筆……九九
偶成……九九
再過東湖蘇文忠公祠二首……一〇〇
元夜……一〇〇
車中二首……一〇〇
夜雨……一〇一

貧病……一〇一
庭下……一〇一
夜雨答方有堂……一〇二
乍涼……一〇二
新雨……一〇二
夕陽……一〇三
松屏……一〇三
田家二首……一〇三
秋山……一〇四
秋燈……一〇四
秋笳……一〇四
秋笛……一〇四
秋柝……一〇五
秋日北岩寺登眺偕方有堂四首……一〇五
題澹園先生詩册二首……一〇六

讀史二首……一〇六
送宋念莪南歸……一〇七
偶成二首……一〇七
出遊……一〇七
和方有堂觀察《池魚》之作……一〇八
早梅……一〇八
人日賞梅和方有堂觀察……一〇八
聞綏定捷……一〇八
奉懷方有堂觀察，即和途中之作……一〇九
送姚西垣赴秦中……一〇九
深夜讀書……一〇九
送友人……一一〇
早梅……一一〇
題周嶰谷《松下撫琴圖》……一一〇
偶成二首……一一〇

秋感……一一一
自成都至温江三首……一一一
沈庚軒索菊二首……一一二
和陸古山《田家水閣》……一一二
犀浦道上……一一三
牽牛花……一一三
重九後三日，有堂廉訪邀集少陵草堂，還至武侯祠，五首……一一三
題姚一如方伯《秋山賭墅圖》六首……一一四
蛙聲……一一五
犬聲……一一六
秋夜……一一六
雪二首……一一六
桃李……一一七
春日怡園雜成十二首……一一七
工布塘觀較獵，應和太菴宗伯命……一一九

實夫詩存卷四……………………………………………………一二一
春日讀書省齋…………………………………………………一二一
寒食得紫牡丹一朵………………………………………………一二一
重登金華山……………………………………………………一二二
香畬鄭江吟草……………………………………………………一二二
琴泉山試茗與澹園夫子聯句…………………………………一二二
遊琴泉歸………………………………………………………一二二
偶成……………………………………………………………一二三
通泉和車秀夫…………………………………………………一二三
通泉夜與秀夫戲書二首………………………………………一二三
重九偕東野、香畬登琴泉山…………………………………一二四
和孫有堂《游金華山》…………………………………………一二四
棘中桃花………………………………………………………一二四
獄中得澹園夫子寄詩二首……………………………………一二五
仙人……………………………………………………………一二五

寫懷……一一五
清明節道經黄平州……一一六
書事……一一六
寄王東野……一一六
放舟龔灘二首……一一七
枕上聞雨聲……一一七
漫書四首……一一七
簾鈎……一一八
無題……一一八
偶撿顧晴沙先生與澹園師索《四清圖》墨蹟……一一九
承崧亭觀察招飲二首……一一九
咏史……一三〇
有懷故廬二首……一三〇
次吴少甫學使《留别》元韻四首……一三〇
悼亡……一三一

聞賊渡嘉陵江二首……一三二
閒步……一三二
塞外戲書……一三二
偶成……一三三
即事……一三三
哭陳禹梅三首……一三三
咏史……一三四
吐蕃……一三四
春日偶成四首……一三四
即事戲書……一三五
除夕口號二首……一三五
晚飲……一三六
無題四首……一三六
歲暮感懷四首……一三七
書悶……一三八

白楮江修禊……一三八
暮春游地穆胡圖克圖經園……一三八
偶成二首……一三八
林樾亭明府以《出口外詩集》見示二首……一三九
偶作……一三九
贈柳……一四〇
别西招二首……一四〇
西招别戴宿齋……一四〇
歸成都作……一四一
感興……一四一
卸裝……一四一
日下……一四一
無題……一四二
和《無題》……一四二
和方有堂觀察《宕渠道上》……一四二

夜坐……一四三
閒咏……一四三
過小尖山……一四三
美人蕉……一四四
新秋……一四四
登綏定城樓……一四四
七月八日……一四四
泛舟游翠屏山……一四五
過亡室墓感懷……一四五
小溪山獨步……一四五
答方有堂觀察……一四六
同方有堂廉使登峩眉峰頂……一四六
送孫赤霞歸山陰……一四六
咏桂……一四六
蟹……一四七

題宋楳生太守《凌雲圖》……一四七
登高……一四七
重九懷良圃副相……一四八
秋眺……一四八
秋飲……一四八
秋萍……一四八
秋潮……一四九
秋程……一四九
秋浦……一四九
秋眠……一五〇
秋燕……一五〇
過陳禹梅故居……一五〇
愛閒……一五〇
夜歸……一五一
秋月中散步……一五一

憶梅四首……一五一
題畫梅……一五二
立春前三日得梅一枝……一五二
得瓶梅一枝三首……一五三
幽興……一五三
閣前小梅着花……一五四
病……一五四
春日行館……一五四
偕豐瑞菴將軍重赴西藏四首……一五四
返自西招答有堂方伯……一五五
贈戴宿齋……一五六
送吉運使赴淮上二首……一五六
寄題蘭州望河樓……一五六
欲雨……一五七
憶舊遊……一五七

納凉……一五七
怡園静坐撿蘇長公帖……一五七
長夏雨中三首……一五八
憶西湖……一五八
懷西藏舊遊……一五九
檢點殘稿……一五九
沈庚軒過訪話舊……一五九
江干送客……一五九
聞歌……一六〇
城南偶步……一六〇
寄漢嘉太守宋楳生題襟圖二首……一六〇
懷芍蘭谿……一六一
丁丑新年讀壁間宋楳生觀察《見壽》詩五首……一六一
秋齋閒適……一六二
寄懷杜樹堂……一六二

和余子超賞菊……一六二
春暮書事……一六三
雨過……一六三
送述軒之忠州任二首……一六三
寄答王東野……一六四
壽沈潤亭二首……一六四
王雲泉《逍遥樓圖》……一六四
沈庚軒病殁二首……一六五
壽陸古山明府二首……一六五
送吕燮菴太守還京四首……一六六
送丁青巖游戎二首……一六六
哭吕星泉刺使……一六七
李湘帆明府以《諧史》付讀二首……一六七
題余澹圃小照……一六八
新春微雨……一六八

人日小園作……一六八
病起偶成……一六八
暮春小園……一六九
病起聞草堂芍藥盛開……一六九
白芍藥四首……一六九
初夏四日……一七〇
東城閒眺……一七一
送方聖芝入都二首……一七一
送王驪泉明府歸錢塘二首……一七二
亦園感舊……一七二
和陸古山《除夕書懷》元韻二首……一七三
初春怡園閒步……一七三
城南小步……一七三
陸古山再以詩來二首……一七四
咏玉蘭……一七四

暮春四首……一七四
初夏……一七五
憶舊遊……一七五
題繆雲浦《乞食圖》……一七六
無題……一七六
曹霞城方伯移藩皖江四首……一七六
新春聞沈少雲歸道山……一七七
人日……一七七
牡丹……一七八
芍藥……一七八
桐花鳳……一七八
述軒書來述茂州景物……一七八
送章秋濤廉訪歸山陰三首……一七九
和陸古山《詠桂》二首……一七九
立春偶成……一八〇

實夫詩存卷五……一八一
石羅漢贊三首……一八一
題畫二首……一八一
偶書……一八二
旅店和壁間韻二首……一八二
扁鵲廟……一八二
題畫……一八二
怡園閒咏十一首……一八三
聞鶯……一八四
牡丹……一八四
偶成二首……一八五
美人蕉……一八五
出游……一八五
讀史七首……一八五
實夫詩存卷六……一八七

朝天舟行二首……一八七
道出廣元朱玉圃招飲二首……一八七
聞棹歌……一八八
懷舊……一八八
曉起書事二首……一八八
美人蕉二首……一八八
夜雨二首……一八九
題畫二首……一八九
春日書懷五首……一八九
斷石橋……一九〇
馬上……一九〇
田家竹枝……一九〇
喜得臘梅二首……一九〇
爇香省齋二首……一九一
元夜漫書……一九一

題燈上畫梅……一九一
夢贈碧桃一枝，當有所答，覺而忘之，書補其意……一九一
偶書……一九二
金泉山和澹園先生韻八首……一九二
初上來衮山亭四首……一九三
山居四首……一九三
有懷成都八首……一九四
竹枝詞三首……一九五
臨淳化閣帖二首……一九五
春雨……一九六
曉窻書事四首……一九六
再咏牡丹五首……一九六
踏青詞十首……一九七
新得古硯……一九八
無言亭……一九八

櫻桃……一九八
虎林竹枝詞十四首……一九九
立夏……二〇〇
觀車秀夫作書……二〇〇
題畫二首……二〇一
游琴泉寺步澹園師四首……二〇一
奉懷晴沙先生和澹園師二首……二〇二
題《蘭竹畫箑》和韻四首……二〇二
無題十三首……二〇三
畫芍藥和澹園師四首……二〇四
和晴沙先生《四時行樂詞》四首……二〇四
題《畫梅》寄孫有堂四首……二〇五
送孫有堂歸省左緜二首……二〇五
登來衮亭賦贈孫有堂二首……二〇六
登來衮亭四首……二〇六

有贈……二〇七
和沈成齋……二〇七
和孫有堂《約遊琴泉山》韻二首……二〇八
爲梁涵虚書澹園師畫梅幅子三首……二〇八
畫梅步澹園師韻……二〇八
慧義古刹即今琴泉山寺八首……二〇九
午齋……二一〇
射洪道中寄孫有堂二首……二一〇
懷袖東先生……二一〇
戲題壁……二一〇
題畫二首……二一一
贈人……二一一
畫梅……二一一
梅二首……二一一
黔靈山寺雜題八首……二一二

懷舊詩三十四首……二一三
鸚鵡……二一九
題畫……二一九
憶湖上……二一九
初夏……二二〇
題畫二首……二二〇
鈔書……二二〇
春駒圖二首……二二〇
秋宵聽雨……二二一
柳……二二一
西藏雜詩六首……二二一
讀蘇長公詩三首……二二二
弔衛騎尉三首……二二二
得徐西村訃……二二三
偶書二首……二二三

絶句……二二三
琉璃橋三首……二二四
西招雜咏五首……二二四
磨盤山……二二五
蜻蜓小幅二首……二二五
得一如信偶書……二二五
人日……二二五
絶句……二二六
清明節……二二六
雪後……二二六
聞捷口號……二二六
三月望日三首……二二六
四月十五日番人爲佛誕日四首……二二七
偶然作四首……二二七
布勒綳寺僧送白牡丹二首……二二八

雜咏八首……二二八
得沈硯畦書……二二九
聞硯畦被劾……二二九
邯鄲道中二首……二二九
鳳縣二首……二三〇
西招雜憶十二首……二三〇
朝天江行……二三一
大木樹……二三二
秋漁三首……二三二
無題二首……二三二
春日偶成二首……二三三
題《晴湖垂釣圖》四首……二三三
題《櫻笋圖》……二三三
偶題……二三四
題何霞江《行看子》四首……二三四

洪補愚出故人胡雪舫書扇三絶……二三五
題畫二首……二三五
初夏望雨三首……二三五
錢梅江爲述軒寫《香象圖》四首……二三六
季晋叔以尊甫梧陰清作圖小照索題四首……二三六
吕鶴亭《别駕獨立圖》四首……二三七
三月三日作十四首……二三七
題倪小雲《意筌圖》四首……二三九
李湘帆丈以此君軒漫筆見示五首……二四〇
王西躔《瞻雲鞭影集》六首……二四〇
戲作四字詩四首……二四一
題畫……二四二
芭蕉……二四二
立春感懷……二四二
怡雲書屋詩鈔……二四三

叙録……二四五
巴渝行草……二四七
柳橋……二四七
題范月田畫……二四八
六月十五日過□泉山，大風雷雨，率成長句……二四八
題覺羅寶輔□明府畫馬……二四九
晚霽登百級臺憑望……二五〇
和秋坪原韻……二五〇
爲錢育齋題《竹菊畫册》……二五一
周梅史將以寶輔庭畫扇寄其友李綺陔别駕，索余詩并書，走筆漫成……二五一
馬湖遊草……二五三
石角營道中……二五三
雷波感詠……二五三
陡沙關……二五四
早發白馬廟……二五四

君山道人和壁間詩，有『朝游碧落三千里，暮浴滄江萬頃波』之句，和之……二五四
資中書臺山王君祠碑歌……二五五
漁家……二五五
蘆亭草……二五七
題翁寄塘明府《蓮瓢詩意圖》……二五七
再題寄塘先生《九里洲賣藥圖》……二五八
題《卧虎圖》……二五八
南溪詠古……二五九
雨過偕巫連碧登南城憑眺……二六〇
畫石贊……二六〇
重慶府……二六〇
涇南草……二六一
庚子春初，偕吕筠莊居停至下南觀察之任廨東書舍。荆榛繁蕪，緣命老僕芟草剔樹，自排奇石成小山，復移蕉竹以映帶之，怡情娱目，亦客中閒趣也，不可以無詩……二六一

峨眉山行草……二一六三
江口道中……二一六三
嘉州雜詩……二一六三
峩邊道中……二一六四
鑾歸岡……二一六四
哭吕筠莊太守……二一六四
題韓小溪《濯足圖》……二一六五
花橋旅館題壁……二一六六
峩邊感懷二十四韻……二一六六
苦雨……二一六七
大鶩蕩前婦……二一六七
看花吟……二一六八
憶潔泉弟……二一六九
早起……二一六九
辛丑中秋夜雨無月，排悶書懷柬縝亭刺史……二一六九

待旦，步縝亭原韻……二七〇
重陽見雪，用東坡先生《聚星堂》韻……二七〇
疊前韻，酬縝亭先生……二七一
九日登高，和縝亭原韻……二七一
即事感懷，再疊前韻……二七二
紀事感懷……二七二
山寺……二七三
辛丑歸省寫懷……二七三
東郊偶遇魏柳亭，同登泛月樓沽飲……二七五
山城……二七五
峩眉道中……二七五
和邵蓮谿太守《三次遊凌雲山》原韻……二七六
包穀……二七六
峩筍……二七七
雨中望夷地金岩谿……二七七

述懷……二七七
寄部菴三哥、潔泉九弟……二七八
征婦……二七八
雨霽即景……二七九
邊月草……二八一
癸卯春日寄懷王理齋……二八一
海棠……二八二
猗蘭……二八二
暮春野望，柬楊縝亭居停……二八三
縝亭先生和詩敏捷，再叠前韻答之……二八三
弔花鴨……二八三
四月初一日餞春作……二八四
初夏……二八四
夏晚村居……二八四
雨過……二八五

舟發嘉州，過凌雲山。望三峩之秀，攬九峰之奇。因思昔人平羌破虜之才，而今湮寂不聞，海疆烽燧無常，安得若人攘輯而奠安之？率爲長句，用誌感慨云爾 …… 二八五
鷺鷥 …… 二八七
黄葉 …… 二八七
紅葉 …… 二八八
中秋無月，十六日夜月光如水，書此以誌歡暢 …… 二八八
謝將軍歌 …… 二八九
八月十九日誌恨 …… 二九一
九日偕楊升甫前輩登高 …… 二九一
邊月草 …… 二九三
甲辰元旦 …… 二九三
月季花 …… 二九三
讀《淮陰侯傳》 …… 二九四
凌雲山大佛像 …… 二九四
月夜 …… 二九四

野泊即景……二九五
和楊柳泉拔萃《途中雜詩》原韻……二九五
效楊子冠和趙公韻……二九六
螢火……二九六
新荔枝……二九七
詠史……二九七
藝蘭……二九八
過藟頤灘……二九八
過梅子坡……二九八
種蓮曲……二九九
懷人詩……二九九
題畫……三〇二
綿江吟草……三〇三
雒江白馬關龍鳳祠懷古……三〇三
緜州雜詠……三〇三

紀夢……三〇四
德陽縣……三〇五
贈馬夔友遊戎……三〇五
和孟炳山明府見贈原韻……三〇五
戊申上巳前一日，楊柳泉邀同鄧鑑資、孫心如、李文軒、堯繡圃遊富樂寺……三〇六
步孫心如明經《踏青長歌》原韻……三〇六
步楊柳泉、堯繡圃原韻……三〇七
嘉峨吟草……三〇九
遊邵蓮谿先生憩園，占此奉贈……三〇九
憩園送蓮谿太守……三一〇
送別蓮谿先生……三一〇
讀何申畬、董槲園前輩，王雪橋、楊縝亭、曾芸軒諸君送蓮谿先生鄉旋唱和諸作，依韻步和，用誌佳話……三一一
蓮谿先生途次遠寄和詩，再叠前韻奉酬……三一二
和杜蠡莊《感懷》原韻……三一二

和縝亭先生《勘巡木路銅街諸處石城紀事》原韻……三一三
和吕子懷孝廉見贈原韻……三一三
嘉州雜詠……三一四
夏夜登嘉州城樓……三一四
偕孫心如、蔣琴生遊淩雲山並題《琴生畫》……三一五
嘉州感興……三一五
同遊泌水院……三一五
游仙詩……三一六
題友人詩集……三一六
水雲……三一六
宿池上……三一七
采蓮歌……三一七
憶果州……三一七
梅花……三一七
舟泊竹郎溪……三一八

謁明華陽伯楊公祠……三一八
城南探梅……三一八
李花……三一九
水仙……三一九
怡園……三一九
神仙……三二〇
登錦城東樓……三二〇
新竹……三二〇
菜花……三二〇
峩邊道中……三二一
秋日即事……三二一
寄孫心如孝廉……三二一
峩邊……三二二
冷磧關……三二二
哀邊氓……三二二

山茶花……三一三
峩邊雜詠……三一三
閒眺……三一三
梅花……三一三
立春……三一四
春風……三一四
堡城春雪……三一五
感懷……三一五
渡銅河……三一五
暮春……三一六
池上晚步……三一六
烏蛔山憑眺……三一六
贈馬夔友都督……三一六
夜雨感懷……三一七
虞美人……三一八

翦絨……三一八
憶江鄉……三一八
瀑布……三一八
夾鏡樓……三一八
夏日偶書……三一九
魯子敬……三一九
問成都來人……三一九
武侯……三一九
霧……三二〇
秋日雜詠……三二〇
秋晚……三二一
羅沐歌……三二一
水車……三二一
緑菜……三二二
偶成……三二二

紅豆……三三二
相思鳥……三三二
東坡樓……三三三
古柏行爲髯翁作……三三三
贈友……三三四
梅子坡……三三四
感懷……三三四
遊嘉州淩雲山參大佛像，觀海師洞，繼登讀書樓，拜蘇東坡、潁濱兩先生祠……三三五
頤雲小草……三三七
南郭塔院……三三七
和孫心如《留别》原韻……三三七
看雲四十韻……三三八
秋日城南遊矚……三三九
詠史八首，用左太沖韻……三三九
菊花……三四一

步潘少溪明府原韻……三四一
贈潘少溪，即題其集後……三四二
自題小照……三四二
遊草堂……三四二
感興……三四三
偶成……三四三
和楊柳泉拔萃見懷原韻……三四三
贈鍾石□……三四四
宫怨……三四五
楊鎮亭刺史以《蠡勺詩鈔》寄囑校對，書此題詞……三四五
墨蘭……三四六
蠶叢叱馭吟草……三四七
聽琴……三四七
讀《錢武繆王傳》……三四七
牧牛行……三四八

偶詠……三四八
龍洞背和郫筒徐東生韻……三四九
引見後示諸公……三四九
出都……三四九
井陘道中……三五〇
渭南縣和壁間韻，即效其體……三五〇
題陳寶祠壁……三五〇
過新都楊升菴先生祠……三五〇
和李相如太守見贈原韻……三五一
題丁碧軒先生《鴻泥瑣記》……三五一
偶成……三五二
遣悶……三五二
和于伯英刺史《平婺歌》原韻……三五三
適楚詩草……三五五
楚遊雜詩……三五五

題吴春谷太守《均陽全城圖》……三五六
和李香雪太守《德安履任》原韻……三五六
題李遠翁小照……三五七
蘄州……三五七
交卸後示蘄州諸紳……三五七
和顧含象……三五八
和顧含象《立秋日作》……三五八
再和含象……三五八
張京珊廣文賜和，再用前韻酬之……三五九
和含象……三五九
磨盾詩草……三六一
壬戌秋，奉檄勷理毅桓驅鐵十營軍務，追賊至安陸郡郭，和敖静甫主政見寄原韻……三六一
自安陸回攻黄孝，驅賊遠竄桐泌各路，大軍屯小小河溪，感懷而作……三六二
寄顧含象……三六二
雲夢縣……三六二

黄州……三六二
潔泉弟書來，寄重刊實夫伯詩詞存稿，率筆答之……三六三
蛇山遠眺……三六四
江漢吟草……三六五
癸亥六月，偕武華峯別駕于役麻城，途中雜詠……三六五
六月十三日大雨後作……三六六
偶成……三六六
守風……三六六
黄州……三六六
城頭夜坐……三六七
赤壁磯頭步月，用東坡《武昌銅劍歌》韻……三六七
新晴閒步……三六八
史望村明府和《客中作》韻，褒詡過情，再疊前韻答之……三六八
十三夜看月……三六八
黄州城南樓月中示齊菊香、鄭雪湖……三六九

十七日偕齊菊香孝廉、鄭雪湖處士、史望村明府、許庾南明經同遊郊郭……三六九
復偕許、史、齊、鄭四君登城眺望……三七〇
許庾南和李字韻詩，疊韻答之……三七〇
夜起……三七一
陳仲衡明府惠鯿魚，走筆作謝……三七一
早起……三七二
黄州雜詩……三七二
偕史望邨、許庾南遊寶石山……三七三
疊前韻和史望村、許庾南……三七三
九月十一日偕鄭雪湖、齊菊香、趙贊伯補登高……三七四
一十六硯山房詩草……三七五
和張溶江刺史見贈原韻……三七五
和范問珊大令見懷原韻……三七六
十一月十二日雪後偶成，柬張溶江刺史，江樂峯、范問珊兩大令……三七六
和李雨亭方伯、王太素大令聞苗逆就戮誌喜原韻……三七七

欲雪……三七七
老梅……三七八
園亭……三七八
題江樂峯大尹皖遊詩後……三七八
麻黄道中感賦……三七八
偶成……三七九
隨官秀峯相國黄州閲兵，用昌黎汴泗交流韻……三七九
練絲衣……三八〇
聞金陵尅復……三八〇
題《廬山圖》……三八〇
乙丑奉檄脩隄雜詩……三八一
題朱秋園明府詩集後……三八二
拖船行……三八三

閔繼迪詩文

〔明〕閔繼迪　撰
王　猛　梁俊杰　徐佳慧　整理

叙録

閔繼迪，字允修，生年不詳，卒於一六三七年。明萬曆十三年（一五八五）舉人。陳田《明詩紀事》庚籤載：『繼迪字允修，保山人……歷翰林院孔目，遷吏部司務。』著有《羽岺園秋興》（一作《雨岺園秋興》）、《吴越吟草》諸集。詩集已佚，現僅存詩六十餘首。他富有才學，但未受重用，詩多有懷才不遇之慨。《滇南詩略》《永昌府志》録其詩，云：『羽岺園各體清奇朗秀，不在梅樵之下，惜乎存焉者寡矣。』其詩大多有眉批點評，如『音調恰合』『結有言外意』『妙處當以不解解之』等。

閔繼迪曾居江南，考前所存詩，多涉及台州、杭州、寧波、南京、定海、鄞縣等地，對其間山川風物、寺廟亭臺、周邊河流等頗爲熟稔。《羽岺園秋興》等詩集當作於杭州居住期間，如《九日》組詩有『樓頭盡日對西湖』景致。閔繼迪之子閔仲儼與徐霞客交好，《徐霞客遊記》卷十四曾提到『閔太翁』（閔繼迪）寓居江南及南京，後南遷回故鄉，將季女婚配於雲南籍詩人俞彦之孫。《九日》組詩其四也寫到『雨花臺』和『石頭城』，若非回憶之作，則説明這組詩是不同年份的同題之作，而爲編者集爲一組。

閃繼迪詩風富於變化，轉益多師，學李賀《霹靂石》，追摹杜甫《秋興》，仿王維《寒山園觀瀑》，詩中有畫。

本次整理以《回族典藏全書》輯録的民國木刻本爲底本，以清袁文典、袁文揆輯《滇南詩略》爲校本。

其子閃仲儼、閃仲侗，亦各有詩名，皆有詩集，惜已佚。

其宗族文人閃應雷，畢生工詩，但作品均散佚，現輯録詩三首，附於文後。

詩

焦山

金山冒江心，靈活如有蔕。葳蕤結體奇，轉受僧房累。點綴本玲瓏，周迴乃蔽翳。賓客躭遊觀，禪衲癖交際。一拳仙世界，密襍恍廛市。憑高眺焦山，境偏人罕至。江岸繞莓苔，松竹倍蒼翠。鼓枻快一登，浮玉競炫異。蘿薜絡危梯，攀躋屢微憩。殿前成周鼎，丹砂光怪異。冉冉煙霄上，不是人間世。茗瀹雙峨雪，香生小山桂。突兀江外峯，黛色照衣袂。笑讀山椒碑，文人慣遊戲。下山休禪堂，粗糲厭甘脆。遐哉焦孝然，結廬謝旌幣。神魂若洗沐，徘徊駕懶稅。

嘉興道中懷王伯舉給諫

練湖肝膽人，諫議常在口。自從發金陵，心旌照杯酒。姑蘇挂殘月，沙棠南北首。書信石頭城，浮沉復何有。懸懸盼啓事，音耗問斷久。拄頰淮上樓，扁舟屢迴首。

伯舉可人，作者亦不俗。太和吴光祖識。

柬四明薛千仞

與君生別離，彈指廿餘載。尺素斷關河，寸心不曾改。天風墮狂客，萬里薄南海。悵望高士廬，蛟門相對待。何當再把臂，深杯破愁壘。

霹靂石

雲根璘珣插江岸，羲之手跡鐫其畔。砰訇天鼓繞飛電，葳蕤展放玉蘭瓣。文字破壞不成段，點畫模糊難盡辨。才人狙喜誇筆硯，紫霄天帝煞忻羡。六丁追取何猛悍，想像瓊樓白玉案。長吉作記非妖幻，此道蕭蕭墨一片。天上貴重人間賤。

欲争長吉之席。真是右軍手蹟。人間原不賤，作者别有寄託耳。

十八夜上方寺

上方八月十八夜，明月連穿十八橋。玉輪幻怪碧海底，冰鑑點綴青天高。前夕後夕未有此，萬口嘖嘖稱奇遭。予亦理檝向南去，舟車雜沓紛喧囂。須臾雲霧四面黑，七寶那見光天腰。主人有酒旨且饒，一客一斗澆中焦。昏暗登陟無乃勞，沉醉熟枕檣頭濤。曉來試問昨宵事，天吳障面蟾蜍逃。

音調恰合。豪放。

寄王泰符侍御

石頭城下一停橈，邸舍秦淮接二橋。有酒芳辰共潦倒，裁詩深夜破牢騷。西湖秋月呼狂客，復向江南隔南北。彩鷁孤帆影漸遥，臺烏斑袖歡何極。

妙處當以不解解之。

瑞石山同客禮丁野鶴仙蜕

天竺幻怪雲根碧，令我停立長嘆息。走禮吴山野鶴仙，肉身又傍明空石。石似飛來具體微，龐然絶頂誰爲挈。此山此石復此人，就中靈异何能説。片碣琅琅霄漢間，飄然懶散舊容顔。千秋遊戲人天外，那待遼東化鶴還。洞口把談秋月白，天涯呼酒鬢絲斑。留君不在壺中酒，城外長江海上山。結更有趣。

曹娥廟

上虞曹盱事巫祝，午日迎神沂濤覆。童女行年一十四，痛心日夜沿江哭。十瓜經旬歘忽沉，破浪投江負屍出。猛風怒濤撼山岳，剪甲輕微纔一粟。魂飛精衛身泥沙，胡爲不葬江魚腹。我來瞻禮古祠下，遺像英英燦如玉。阿父當年闤闠兒，淪亡轉得榮簪紱。姓名烈烈爵通侯，俎豆春秌縣官禄。一門地下已如生，還向人間司禍福。廟貌巍峩拜禱頻，江鄉千古繁香燭。耿耿人生一寸丹，斡旋天綱轉地軸。

定海演武場懷李子鱗先生

東南重譯來王道，貢雉輸琛入招寶。壁立江頭鍵江門，中軍帳插金鼇島。節鉞樓船下甬東，韎韐藩僚並總戎。炮礮砰轟鯨鱷徙，旌旗爛熳鼉鼊宫。陣雲已化洋瀾霧，白雪不散潮頭風。歌迴宫闕金銀動，醉後毛髮珊瑚紅。虜氛那能詩賦退，國運却仗文章雄。隆萬年間豈無事，攙搶迅掃如發蒙。麒麟鳳凰布郊野，犬羊蛇豕王庭空。虎竹千言太行阪，龍門泰歷徂徠松。詞客常遭世人厭，春華殿最嗤雕蟲。亦有拈弄骨力薄，格卑氣弱如兒童。不見古來全盛世，矯矯著作鳴洪鐘。

望瓜步

漠漠江天闊，遥遥井屋繁。風烟争郡邑，賈販遞朝昏。奥域揚州臂，雄關京口門。知名俞氏苑，迴棹石山蹲。

中四妙在移易，他處不得。

觀音山

蒼翠隨嵯峩，肩輿問薜蘿。畝香秔稻熟，溪密石梁多。絲網空王殿，鵶巢祇樹柯。解衣聊一憩，不必問禪那。

寒山園觀瀑

迂迴澗口亭，絲竹弄清泠。泉落空中白，松抽石上青。炎蒸何路入，宿醉此時醒。煮茗還無厭，歸輿挂一缾。

夜泊胥門静補置酒樓船話别

御筭踏幽奇，山行不覺疲。歸舟披素練，缺月湧玻璃。醉後尊還剖，樓頭席屢移。片帆明旦别，深語當歌驪。

僊政樓獨坐五首選二

其一

日日狎湖船，中宵有夢牽。煙鬟侵坐曉，鏡面倚臺圓。世外原非幻，人間别有天。三山消想像，縹緲挾飛僊。

其二

少壯身違俗，江湖晚弄橈。牢騷貧賤骨，潦倒聖明朝。隱士門前鹿，浮生葉底蜩。即看婚嫁畢，五嶽任逍遥。

韜光能仁殿

深谷疑無路，潺潺澗水聲。松篁天畔結，雞犬樹頭鳴。湖練争江白，山城帶石横。到來雲在下，頭上日輪明。

發西興

老眼西湖上，遊情未可當。使來從定海，杯渡復錢塘。碧草鮮殘雨，青楓赤早霜。好山千萬疊，争向馬頭望。

融光寺藏經閣

舟徐湌飯罷，溪窄放懷寬。静域開廛市，危橋跨石湍。妙香環藏寂，遥景入樓寒。仍是西風緊，江山戀倚欄。

攜兒子侗同千仞登鼇柱峯

巍柱插青蒼，長江瀉混茫。羊腸天畔轉，鹿苑霧中藏。島嶼環城郭，旌旗拂海洋。三山何處是，兩掖挾風翔。

小潮音洞

海水瀰天鹵，崖泉湧露甘。境愁人跡絶，石倩鬼工鉗。潮猛衣盛雪，僧枯洞作龕。締觀三浩歎，欹坐一深談。

鶴林寺

江中昨上金山寺，郭外今過白鶴林。白鶴一飛何處宿，青松千丈鎖雲深。逢僧散佚當年話，懷古低迴半碣陰。却恨道君羅漢讚，浪將宗社了禪心。

望湖亭

葳蕤青獻小亭孤，座下横鋪白練湖。落日平沙迷鴈鶩，晴光踈樹帶菰蒲。秋霞不散城頭紫，海月俄懸鏡面珠。莫遣柳絲縈客棹，西風臨眺自踟躕。

施震龍廣文席上

崚嶒風骨舊詞壇，八載青氊不怕寒。憐我忽穿遊屐到，得君復放酒腸寬。芝蘭合併芙蓉劍，珍錯驚横苜蓿盤。風雨總教歌咲掩，夜分呼酒興曾闌。

東襲定海

一臥天涯兩鬢斑，野心飜逐浪遊閒。片帆江水還湖水，雙屐吴山更越山。劍繞七星横紫氣，花生千嶂照紅顔。琴堂矗矗蛟門迴，多暇何當一扣關。

九月望前一日兒子仲侗生日二首時侗在仲儼署中

其一

玉皇仙吏侍香爐，愛弟神京伴索居。宦況賞心池草緑，年光經眼菊花舒。杯擎漢闕莖中露，夢繞吴山膝下裾。更有北堂千萬里，紫霞飛處是庭除。

其二

秋山秋水神欲飛，況復秋月晴空輝。江湖物色已玉露，天漢象緯仍金扉。有弟碣石擁花醉，有兄承明視草歸。天南天北三玳宴，千秋弩力歡庭闈。

山陰道中

於越坤乾范蠡城，家家碧水浸軒楹。舊聞萬壑千巖勝，今傍三山入洞行。禹績會同餘想像，霸圖生聚鬱經營。荒煙銷盡興亡迹，莫怪羲之少宦情。

泊甯波友人薛千仞攜阿郎佐美茂才過訪

一棹西風萬里來，甬東江上片帆開。玉輪關塞懷人夢，雪浪雲霄獻賦才。龍氣夜深横合劍，鳳毛秋霽照御盃。天涯此夕知何夕，星聚應煩太史推。

鄞縣明府王芳洲見訪定海

深山雲屣樹頭瓢，帆指蛟門海上潮。欲向五峯尋尚子，先從三島遇王喬。錦心綽約昆陵秀，碑口穹隆赤堇彫。未有姓名干畫戟，轉驚星斗照蘭橈。

八公洞十六韻

銜日山嵐重，迴波江練長。孤撐疑隴蜀，九折出瀟湘。笋茁溪邊玉，泉清石上簧。數椽緑窈窕，一徑鑿琳瑯。藏典冥居士，燈光寂梵王。地偏聊展席，客倦或登床。日月閒雞犬，柴荆隔帝王。世無秦日酷，人臥葛天涼。芝茹甘商谷，薇飡憶首陽。清谿誰道士，赤腳自漁郎。白馬經堪誦，青牛氣未藏。名應書紫府，炊合薦黄粱。汗罷身如沐，心清篆自香。獻賓煩茗椀，題壁認詩章。處處新寮僻，灣灣舊路忘。徘徊饒有得，指引愛相將。

九日 八首選四

其一

佳節天涯興不孤，樓頭盡日對西湖。五株恰有當門柳，添出籬花即畫圖。

其二

九日杭州菊未開，西山相對亦悠哉。最憐多病當杯怯，恰少江州使者來。

其三

翠巖白練半空垂，竹影松陰覆酒卮。歌罷合搔兄弟首，曠心亭上憶王維。

其四

雨花臺上醉黄花，遊客彌漫恍阿家。湖水一漚山萬疊，石頭城下又天涯。

新月泛湖

滄勝樓頭醉夕暉，西風白練不知歸。六橋一棹煙波遠，迴首虛櫺却欲飛。

西湖逢里人

三吴水盡越山出，五色雲中鄉夢長。正是西湖秋月滿，故人相遇在錢塘。

神來之作，令人亦神往其間。

贈彭桂源參將

初，將軍過我。問厥里，曰全椒。則吾師生洲，先生猶子行也。近籍海鹽，起家萬户侯，而常不忘故里，可重。已口占贈之。

其一

遥天北斗臥龍山，函丈千秋寤寐間。謝傅久乘箕尾馭，阿元今在虎蹲關。

其二

將軍羽衛海門開，鄮水神山日往迴。我亦碧雞天萬里，一枝還繞鳳凰臺。

銅鑄破像秦檜夫婦

亘古此夫妻，陰陽戾氣齊。玩龍如弄雀，殺虎似刑雞。撻處身曾痛，訶來面不紅。黄金在何處，留得半腔銅。

文

創建十一城碑記

漢法之不行於黔也，非治黔而廢法不用，黔固未可以漢法治也。萬山林立，鋭首異軀，怪石猙獰，狼奔虎視，箭簇鎗攢，散無統紀。又山肥水瘠，剛柔數畸，逐隊東馳，環繞不定。生理窘蹙，而衣食以禦人，倘亦其形局使然，故初未嘗不鋭意殲洗，後廼不勝犯，不勝誅。何也？聚則抨弓露刃，怒爪磨牙；散則牧犢飲羊，鋤犁胼胝。皆吾人也。又或郊關之外，毒箐巉崖，我不得而至焉。囊篋腰纏，委之而去，倖以身免。歷險衝危，踉蹌呼籲，官兵疾馳，踪影滅没。甚者緊闗扼要，伏莽鴟張，往往失利而返。是故始於剥商，近則目無官長，始於攫貨，近則人茹慘辱，何忍言也！

蓋寨苗以水西爲頭顙，水西以寨苗爲爪牙。反賊熾，則截路之寇滋；孔道迷，則中國之援絶。威清以南，翛然聲斷。滇之宦於四方，與四方之宦滇者，率北道建昌，南假交趾，冒瘴癘，經歲年而後達。文軌之世頓若異域者，六七年矣。朱同人大參奉命監安普軍，蒙葺荆棘，重開一線，厥功綦偉。於是相地勢，酌遠近，創議建城者十有一座。則盤江、西坡、板橋、海子、馬場諸要害地，皆蠻苗所據盤，而受指顧於水西者。諸城建，則宿兵其中，出可攻，入可守。行李往來，收保足恃。且於地之中界，壘石爲樓，名曰望高。急則樹幟鳴金，連珠營可合併邀擊。賊乃不能施其飄風疾雨之故智，而我無深入覆敗之虞。聲應脉合，勢如臂指，蓋不血刃而盜賊止息。威清、鴨池間，水西賊無復有獷而飲馬者。閱二年，而安邦彦授首，餘孽惴惴請降矣。

是故彼一時也，生理窮於山川，往來窮於盜賊，黔幾不可爲矣。公講求長策，嘔心竭智，用能使山澤祟消，光耀闇昒，寬然戴履，無致遺造物之憾。然則黔又何不可爲之有。甚矣！公之治黔，而長於任事也，藉使畜得任事如公者，何至百餘年羣盜狎處！又何至燧煽水西，禍中全黔而滇受其敝，加楚餉，請内帑，捐朝廷金錢千百萬者，且十餘祼於此也。

公爲政，好從塞處求通，糾結處作解。是役也，與盤江鐵橋並出人意表，肇工在天啓六年丙寅六月，迨崇禎四年辛未五月而城成。戍樓官廨，廟貌市廛，井井具備。費取諸節餉捐廩，役取諸營兵，董役取諸將領，無躊躇搜括之苦，無誅求侵尅之弊，崇墉相望，所在金湯。疏聞天子嘉其勞績，更下大司馬覆議，錫之令名。盤江曰連雲，西坡曰有嘉，板橋曰靖氛，海子曰恬波，馬塲曰奏膚，以上蒙賜名者。

又於歸集小黄河建龍新城，亦資孔建資孔城，頂站建鼎新城，定頭建定邊城，尾灑建維藩城，阿機建石碁城。次第告成，共建十一座。蛇噴豕突之區，霾霧昏慘，嚮所聚族不敢前，恫疑駴却者，一旦雉堞言言，旌旗金鼓，遠邇相屬，負販絡驛，烟火湊集。又重以欽名，規制赫然重已，不佞維君子之仕也。既已圭組專制一方，庶幾利害便宜，是故裴行儉之碎葉，張仁愿之受降，遂使西域、漠南邊患頓絶。作法自我，安得謂古今之不相及也。

附：閃應雷詩

高嶢登舟

湖光三百里，一櫂界中流。碧漢銜波動，青山拍鏡浮。葦烟迷鷺渚，篙月挂魚舟。不待逢搖落，蕭蕭六月秋。

水目山

此水相傳卓錫泉，不知宮殿自何年。殘碑半護雲山冷，古木平臨海月偏。曉起烟霞迷下界，夜深鐘磬落諸天。我來佛座曇花側，萬壑松風拄杖邊。

登繡嶺望點蒼山

山行盡日雲霄裡，天際俄開十九峯。立馬乍疑青漢接，振衣翻覺翠烟重。垂垂銀溜千峯雪，颯颯晴濤萬壑松。勝概可容圖畫得，不禁清嘯墮芙蓉。

吕合道中仙人骨

乾坤何茫茫，萬吉一飄忽。側聞神仙儔，住世永不殁。乖誕頗見譏，學者聞語歇。每經吕合驛，飫聞品合説。兄弟志仙諦，吕翁授真訣。信者騰紫霄，疑者枉嗚咽。誓將血肉軀，於世救一切。菴下失伊人，山上露斯石。精光瑩如玉，青肌理細白。塗瘡信手愈，命名仙人骨。年代凡幾更，鋤钁恣搜索。周迴不逾丈，生産未匱竭。吁嗟有心人，天地任轉折。飛升當何期，寸心了不滅。世人畛域繫，囊篋矜己物。胸次峻垣墉，膜外邈秦越。語及施濟事，痛捐愛毛髮。真人重度世，盡付芥子擲。相期共覷破，塵凡見超越。

蕉溪寺

翠擁芙蓉萬疊來，招提遥在碧山隈。潭邊花發春常駐，洞口雲寒晝不開。自是彩毫工作賦，那堪蠟屐滯登臺。憑君話却溪岩勝，客路東風首重迴。

登標楞

塵襟新浣釣魚磯，偶得攜笻步翠微。敲户不驚僧睡穩，掃階猶濕客來稀。波羅樹久參雲立，無量花多繞殿飛。十八雙田能飯我，慾以蘭若伴緇衣。

實夫詩存

〔清〕李若虛　撰

王猛　梁俊杰　徐佳慧　整理

叙録

李若虛（一七五五至一八二四），字實夫，清代文學家。原籍浙江錢塘（今杭州），幼年隨父親遷入成都，爲舅父馬秋藥所鍾愛，因又姓馬。清乾隆四十五年（一七八〇）初入仕，初爲貴州同仁府正大營巡檢，後代辦松桃廳同知事，因失誤去職，遂遊歷貴州、青海一帶。清乾隆五十年（一七八五）返回成都，應丞松亭之邀主幕務，曾先後四次入藏。李若虛著有《移蕉山房詩課》《蕉緑軒詩抄》《夜郎殘稿》、前後《出塞吟》等，後經友人周藹聯、其弟李紹祖等人修訂，總名爲《實夫詩存》。是書於清道光五年（一八二五）刊行於世，有清道光五年刊本和清咸豐十一年（一八六一）重刊本，上海圖書館有藏。該書共六卷，有各類詩歌六百餘首，其中卷一五十餘首，卷二三十餘首，卷三一百一十餘首，卷四一百一十餘首，卷五三十餘首，卷六兩百六十餘首。本次整理以《回族典藏全書》所收的清咸豐十一年本爲底本。

《實夫詩存》主題豐富，内容廣泛，包含紀游寫景、邊事民生、抒懷言志、題畫題扇、咏物感懷、酬唱贈答等，風格幽雅恬淡，語言清爽自然，自有韻味。許多作品屬西部旅行詩，多以優美清新的筆調對游歷所經之地的各類民俗加以描寫和讚美。

李若虛主張作詩要力戒『貪多而好盡』，其友人江映奎曾作《七古》，稱贊李若虛：『一洗人間塵俗氣，源尋宋唐得其真。律詩入律律尤細，絶詩奇絶横空際。古風高古何沉雄，筆摇五岳淩雲勢。廉吏攜卷到蓬萊，讀之令人神智開……文字之交重當世，誠哉不愧名士才。西走湟中南黔陽，字字推敲出直從。千山萬水閲歷來，君身具有煙霞骨。』其詩『有煙霞骨』『無富貴態』，詩品不俗，在脱俗之餘又不無寂寞之感，這在其晚年詩作中尤爲顯著。

序

實夫負雋上伉爽之姿，隨其先德惕庵先生來蜀，時甫弱冠，即著有《蕉緑軒詩卷》。乾隆丁酉，受業於潼川太守沈澹園先生，學日進，倡和日夥。旋以道遠，不遑回籍應試。庚子，援例爲貴州銅仁府正大營巡檢，今改縣丞。癸卯，代辦松桃廳，向係銅仁府分駐同知，今直隸貴東道。同知事詿悮，遂游幕黔中。乙巳回蜀，承松亭觀察延主幕務。己酉，觀察邀赴西藏，籌辦巴勒布邊事。辛亥，廓爾喀即巴勒布四部落之一。不靖，復偕觀察赴藏。壬子秋，仁和孫文靖公以催運儲胥至藏，見君詩若詞，激賞不置，遂偕回成都節署，此予與君訂交之始也。時軍需銷算册籍填委，君勾當之暇，不廢吟詠，然隨作隨棄，不録副本。予間有所作，必以就正，嘗語予曰：『子詩貪多而好盡，亦古人所忌。』至今服膺焉，而不能改。蓋君瀟灑脱略，與人交，懃懃懇懇，無誑語，無詼詞，人皆樂而親之。嘉慶丙辰冬，成都話别。庚辰，予復入蜀，重晤於玉沙街之寓館，購隙地爲園，名曰怡，種花蒔竹，殆將爲寓公以終老，而君已病矣。然尚能彊飯，惟脛腓重膇，跬步必須扶杖。詢以舊作，則出《海棠巢詞》一帙，予爲雕版以行。嗣其弟述軒刺史調任綿州，迎養官廨。甲申，述軒書來云：『吾兄病日劇，於敝簏中檢得古今體詩若干首，久欲自加删定，今手已不能握管。』屬予校訂，惜其分體而不編年。予因憶君蹤跡所歷，約略編次，其譌脱之字，則率臆添改，不知者闕焉。其時君食息如故，而語言蹇澀。述軒誦予校本，忻然首肯。不數月而君已化爲異物矣。君四至西藏，後二次所偕者，一爲英良圃中丞，一爲豐瑞庵將軍。其與方有堂方伯相處較久，曾偕至馬邊兵營。方伯方君裒其詩稿，序而鐫之。此皆予别後二十餘年之事，述軒述而知之者。編君詩即以此爲次序。至道光甲申立春《感懷》三首，乃絶筆也。今述軒録君詩，屬予序之，因述其出處梗槩及吾兩人離合之緣如是，至其詩之卓然可傳，讀者自能領會之耳。君李姓，名若虚，字實夫，錢塘人。或姓馬者，以幼爲舅氏馬秋藥先生所鍾愛也。

道光五年二月，分巡永寧道愚弟周藹聯頓首拜撰

題辭

章穎春漪

元禮聲名冠斗魁，傳車三度走邛崍。詩分靈隱峯中秀，人自華嚴法界來。先生詩中言前生爲頭陀。風月肯將浮宦易，江山都爲寓公開。如何鳳閣鸞臺手，空向鸎林鬥辯才。

詩卷長畱付次公，典型人去太悤悤。歌殘銅斗聲猶壯，瀉倒金壺墨尚融。下士曾邀青眼顧，高文端合碧紗籠。鄒枚老去風流盡，腸斷梁園雪夜中。

題辭

堯濬溶川

當代論文客，誰爲第一流？斯人扶大雅，此筆擅千秋。佛國行踪遠，蓉城勝蹟留。吟魂何處去，合傍浣溪頭。

自罷黔陬尉，終軍早棄繻。如何羈幕府，未獲綰銅符。羽檄從馳蜀，蓴鱸每憶吴。怡園風景好，著述老潛夫。

泉石留題遍，長歌託興遥。情原兼吏隱，志久伴漁樵。露布鐃歌紀，宫詞樂府調。無緣重御李，嗚咽錦江潮。

海岳供鞭撻，心源瓣古香。時能驅屈宋，亦復挾風霜。舊雨懷周勃，肖濂觀察。遺編付季方。奇文終不朽，作作自生芒。

題辭

愚弟王夢庚西𪅲

太白騎鯨去，遺編感不勝。客居同杜老，纂序異陽冰。刻自喆弟述軒刺史。奇險江山助，蒼涼歲月增。含情重展讀，秋雨剔殘燈。

斯人不可作，風雅有誰倫。萬里馳游屐，三江老斵輪。鞭心能入芥，至味總如醇。自爾叅微妙，羣流莫問津。

舊識高人宅，名園花木深。棣華春映日，桐葉坐彈琴。對客茶頻煮，談詩夜忽沉。陽春成絶響，惆悵此清襟。

別有餘音嫋，吟成絶妙詞。海棠巢影暖，雲鶯唄聲遲。人有蓮花愛，香先一瓣持。《海棠巢詞存》先經周肖濂觀察付梓。由來不朽業，留照錦江湄。

跋

余兄幼耽吟咏，長從沈澹園先生遊，學益進。後官黔省，遊都門，赴湟中，而西域魚通凡四至焉，得江山助益，裒然成巨帙矣。曩者石琢堂、楊蓉裳兩先生曾爲點定，勸付剞劂，而兄謙讓不遑。去夏病革，余乃取其稿閱之，有《移蕉山房詩課》及《蕉緑軒詩抄》，則丙申、丁酉年自課之作也。後在潼川有《來衮亭詩集》，官黔中有《夜郎殘稿》，而前後《出塞吟》及《海棠巢詩》，乃往返西域及歸怡園時所著，大都漶漫，隨手雜録之本，乃爲彙抄，郵寄周肖濂觀察删訂得若干首，總名曰《實夫詩存》。復排比時次，以類相從，定稿時兄猶及見之。同時校訂者爲楊未禪、堯溶川、章春漪及春庭弟，以道光五年二月刊竣，距先兄之歿僅百日也。嗚呼！以我兄之篤于孝友也，而家庭之際，白首無間言。以我兄之篤于伉儷也，而中饋之虚位者四十載。至其出塞從戎也，備嘗險阻，亦皆重朋儕，尚義俠，無所爲而爲也。余雖不知詩，而因其人以想見其詩，知必一往情深，無悖乎聖人『興觀羣怨』之旨者矣。

乙酉仲春，同懷弟紹祖謹跋

實夫詩存卷一

朝天峽

江行趨烏奴，三月岸花赤。推篷却起坐，欸乃亦自適。峽雲輕縈紆，縹緲露雙跖。但聞歸鴻號，霄遠厲風翮。其下嵌亂峰，猿猱或騰擲。青瞳不常轉，一瞬到卷石。逌然臨風墟，長嘯我顛籍。夷庚豈長好，獨訝險與阸。年來屐齒饒，行脚半梓益。可憐清淨理，無那絡頭革。却聽巴賨歌，春雨弄墝埆。西泠老茅蔀，回首倏今昔。我將放輕舟，雲擁萬峰白。

夢中得前四句，醒後續成

夜月收暝色，天風吹蘿衣。四山静不譁，明星流光輝。中庭設瑶席，凸盞春醪飛。列坐皆洪浮，談笑相因依。澹翁最瀟灑，咳唾含珠璣。或復聞管絲，紫玉流清徽。歡時雜吟諷，狂嘯振庭幃。境遷夢亦覺，皓魄侵荆扉。忽忽渺無際，落落成今非。相思不相見，真欲凌風歸。塵夢了無蹟，倚枕生歔欷。

晨望飛仙閣

江風吹晨舸，漭漭赴高岸。倏忽緣土門，雲白漾霄漢。灘聲疾於失，回首已天半。但覺春風歸，林鳥隔烟唤。艱辛涉畏途，斯游亦汗漫。長年諳理楫，日色澹蕭散。忽憶鴛湖東，柔櫓浪花亂。何時歸去來，擊榜付三嘆。

嘉陵江行

積流號奔湍，老樹怒巔崖。中間綴踈丆，扃户浮雲排。猨鳥各呼唤，矍矍求其儕。行者或相顧，曉霧沾青鞋。嘉陵好山色，可惜衝陰霾。匆匆六十日，結念深愁懷。殷勤望來衮，屈指回星騧。遲余吟水龍，榴影燃莎階。鄄江澹無際，望眼空頻揩。

金泉山避暑

山色無盡碧，泉聲有餘清。掬香倚修竹，瑣碎鳴瑶瓊。穿林拾古級，苔蘚青回縈。山亭蔽叢緑，浮暑空營營。我來拄藤杖，一水瀦澄泫。枕之漵雙耳，但作焦桐聲。傳是二仙跡，石骨噴金精。招提屬羽冠，勝地飛朱甍。嵐翠相俯仰，對人如有情。凉風沁襟袖，恍若歸蓬瀛。尚有謝女臺，欲訪迷仙京。徘徊不能住，月落星參横。

寄王東埜

凉秋恰逢閏，銀漢瀉秋水。零落先高梧，黄葉已鋪地。元蟬無停號，殘響曳淒媚。老蟾懸清光，生竹裊餘翠。石髮淨可印，蛩蟈咽清唳。時聞風露幽，吹蘭飫心醉。藤笙滑無眠，爽籟吐高邃。可憐蘩藻影，泠落浸湍涘。香蛇臥幽濕，鱗尾猥腥膩。蟫魚落銀粉，青簡牘枯字。誰爲松丸磨，寧同研山峙。開屏望鴻影，雲密鴈行起。紆回塞天路，青冢一行裹。頃過上林苑，有客覓青紫。謂孫有堂。長松吾故廬，艾藥合丹髓。豈無青粆餐，覓地插嘉樾。霏烟白鸞尾，萃氣緑蟾帔。偶騎任公驢，笑眼若爲墜。北峯今翠隱，北高峯在西湖。湖水自深毖。十載滯賓荑，凄凄弔同閟。踏遍芙蓉城，丁石秘仙氣。倩誰驂鶴鷺，六翮集女几。華裾逢高軒，濯筆討真粹。濯筆溪在梓州。赤松遇黄石，納履坐危圯。綢繆浮與喬，清泠發深思。探函得寶籙，揮翰逐魑魅。燃膏讌晶箔，祇覺文字貴。瓊章俄相及，去跡滅塵似。漆園亦解人，化蝶論精義。香巖老摩詰，燒桂許相祀。慚余烏鰂信，齷齪亦可恥。便將籲浮雲，玉局守仙吏。人非呑鈎鰲，潑剌爲香餌。

胡爲自咄咄，塗遍麥光紙。禪關金虎守，日復遠繁事。清宜陸箋茶，麗少謝攜妓。青天睡魔穩，神静一心至。時逢五柳翁，灑酒共争次。問君桃花源，人去花已悴。醒看蒼龍横，惘惘夢中意。烏丸挂餘炎，細頸掉輕翅。年華正鼎鼎，日月惜嬉戲。螺舟渡瀛海，浮查羡張使，樓居高峩峩，蕭史但清吹。洪塵渺牛背，水絲染舟漬。孰開衡山雲，孰指母陀臂。燃犀燭澄淵，列炬爇藤刺。下視無纖塵，長嘯逌以肆。艱難致微詞，咳唾望吾子。

和車秀夫《金華山納凉》

青騾十年健，來往芙蓉城。今年病魔惡，自笑同嵇生。夢游太華峯，直上青柯坪。如聞妙蓮香，神會心難名。撫几神惝怳，蕉緑侵軒楹。飛鴻致尺素，動我邱壑情。金華好山水，玉女臨滄瀛。子昂已千載，劫火留松身。來者車千秋，軒軒出埃塵。偶然倒吟篋，郭正爲芳鄰。雲煙賞奇古，筆墨恣縱横。殷勤訂良約，蠟屐吾將行。相攜蔚藍天，俯視浮雲平。

秋仲登金華山讀書臺，訪陳拾遺故蹟

金華古名巒，涪水抱清麗。蔚藍高蒼蒼，下視接奇勢。上有陳公臺，典型未全逝。少陵此幽尋，策杖覓佳契。吟詩傷青苔，慘澹吊門第。千秋《感遇》賦，終古仰文藝。同時郭趙流，志節共磨勵。何能仕牝雞，日月昏旦替。歸來築茅茨，一室漫流憩。鐘魚亂清嘯，梵宇列環衛。想見古繚垣，垂陰雜蘿薜。人誰百歲身，終與古同瘞。登臨志慨慷，此意孰愚慧。我來折屐齒，秋雨惱陰翳。箋詩乞通明，薄日淡初霽。酎泉吾佳朋，游興更精鋭。吴君致豪邁，茗雪至天際。松亭賢使君，瀟灑有餘致。公餘出小隊，餚榼共登睇。郎君二俊英，翩翩並蘭蕙。相攜登瓊臺，玉女不可詣。石闌圍周遭，碧蘚蝕花砌。丆巖祀元元，軒廡拜天帝。深庭無喧囂，香雨落仙桂。書臺没荒蕪，劈徑足猶达。殘詩時疥墻，斷碣亦埋蔽。搜剔求遺真，庭户草親薙。一檻幸可存，百世自歆祭。徘徊難久留，風雨夾衣袂。吟懷何猖狂，詩思轉淹滯。歸途眺青山，無言悟真諦。

得樹軒賞菊

秋風繁山花，紫緑大葱倩。歸來開東籬，正復集芳讌。屨舄雜親賓，樽俎落花片。搜韻共批吟，瘦影自清粲。南山來衮衮，上有白雲限。西江去迢迢，下有碧波漩。不到陶令居，相思各相眷。今登庾公樓，盈盈覩花面。花氣何氤氲，花光更凌亂。花枝已婀娜，花影又隱現。不學市中兒，編花作臺殿。但羨石隱流，灑花藉茵簟。兩月隨吟筇，三生脱時見。得樹軒頭花，似有和風扇。年年酌大斝，願爲洗文硯。只恐妬花神，聊以清醑奠。

和古詩

余本落拓子，浪遊川西東。曾磨盾□書，卅載三從戎。飽飫五侯鯖，禿穎居囊中。有時飛露布，下馬筆如風。邇來藏直弦，三語將毋同。老成漸徂謝，噩夢醒槐宫。來此氈毳鄉，習静證六空。回首望蜀道，羌叟如飄蓬。

人生日營營，苦爲利名逐。袴褶騎塞馬，迢遞向荒服。何如典春衣，斗酒醉平陸。朝擕田間侶，暮向茅簷宿。俯仰庭下松，磥砢多節目。長嘯視浮雲，無心手翻覆。不求姓名傳，亦免汙青竹。

讀易三十年，行藏處吾素。履泰本忌盈，臨觀須反顧。謙謙常自牧，蹇蹇原有路。遯之上九爻，余心每傾慕。時誦噬嗑解，衷懷轉滋懼。今人尚占驗，毋乃京房誤。凶吉自昭然，且守罝中兔。

古人好遊仙，絳闕靡不通。其如四海内，不見蓬萊宫。莊生喻秋水，禦寇驂天風。萬言論要道，才華生筆鋒。後來金丹訣，九轉誇神功。遺患貪生客，爐火與伏戎。達哉焦先生，坐臥惟一弓。快然隨物化，談笑全其終。

雜感用盧諶韻。

范陽盧子諒，才華大國傳。末波終不遺，道險徒虛言。相從石季龍，世亂旋及患。懷才竟不遇，命也何能全。會稽盛孝章，孔氏稱其賢。孤愁避危機，荏苒難入關。尺書雖見頌，道阻足不前。卒爲江東魂，駿骨空棄捐。戮賢必有報，天道實好還。惟使後來人，掩卷不能歡。更悲嵇中散，被累真無端。鍾會雖已誅，思之髪衝冠。至今廣陵散，絶調誰復彈。士生貴及時，處世道本難。尚矣周道隆，藩魏因段干。版築不蔽賢，明主慕羲軒。履敬安平順，庶幾免過僁。閒居鑽蠹簡，偶爾發長嘆。

重至札什倫布與札薩克嵗琫堪布話舊

憶惜辛亥年，邊氛擾禪榻。橐筆萬里來，瘦馬行沓馺。駐軍青豆房，重譯語紛遝。羽書劇倥傯，轉饟問老衲。往復幾一載，意協情亦匝。功成各分手，恍如飄風颯。君仍事禪定，余亦解韎韐。涯角各一方，無由作酬答。流光何荏苒，瞬息八僧臘。我復探禪關，舊雨喜重合。精進探深微，莊嚴復古塔。話長覺漏短，三更剪銀蠟。屈指昔年人，於今半摧拉。感慨付一吷，壯懷轉嗚咽。諸有即諸無，何勞念紛雜。爲歡目復共，馬湩配蠻榼。梵唄尚依然，桑林無怖鴿。賈胡亦可人，三友即朋盍。謂卡契阿奇覺木爾。

絶無雕飾，稿中杰作，題亦自古詩人所無，洵堪不朽。肖濂。

題和太菴宗伯《己未詩集》後

青鞋踏蠻疆，自哂同浮窳。但知七不堪，涉世了無補。甘作老蠹魚，蝕簡終泥古。所欣逢鉅公，秩宗作天柱。坐鎮西南夷，七載振千羽。旃裘皆内向，異俗沐噢咻。恒沙衆比丘，咸以母陁撫。公餘弄柔翰，六經纘鴻緒。公著《經史匯參》方成。萬卷真讀破，星宿羅胸腑。著成一品集，搜韓仍鑄杜。示我己未編，詞源珠琲吐。意蕊開心燈，飛濤卷銀浦。字字如金湯，氣象真吉甫。襟懷浩無涯，品類盡可俯。我才實鈍丁，俗典空自數。焦冥細已甚，蓼蟲但知苦。皇荂不能答，培塿望天姥。問字學侯芭，草元應見許。

雜詩

暮春風日佳，四山啼蜀魄。憶我浣花溪，柳緜已飛白。時遊丞相祠，手摹青銅柏。於今落蠻嶠，孰與數晨夕。渴羌難用武，樽酒比瓊液。但聞風怒號，勢欲卷磐石。閉門送青春，孤負遠遊客。

靈芝不爲瑞，鵩鳥不爲災。鵬翼振九萬，藩鷃依蒿萊。窮達由天賦，衛霍生輿臺。夢遊華胥境，爛醉康衢杯。熙熙樂無涯，醒獨支其頤。足跡如大章，恨未窮九垓。野馬不受羈，天真返童孩。無端作囈語，釋悶非程才。

景純神仙姿，時作清溪遊。江海可論才，蕩如萬斛舟。玉女笑流霞，天壺時一投。歸來注蟲魚，不知幾春秋。賢者不可測，本非吐納流。

張查山周肖濂同時見夢

獨遊厭闤闠，結念懷九峯。歸來托假寐，良儔覯音容。探討宛昔時，所見無異同。尚論實今古，浩氣開心胸。肝膈喜共披，佳會儼在斯。漏聲破殘夢，惘惘心自知。吁嗟不相見，可惜日月馳。回念别成都，君方折將離。聞君涉洛川，余亦去巴山。孤鴻鳴遠渚，求友相招延。撿點别時語，我負西湖篇。查山以西湖泛舟小照索題，忽忽不及也。何當趨平津，一證夢中言。夢幻同一時，周子來遲遲。聞君慕邴漢，三泖踐歸期。美人隔秋水，鬱鬱感余思。搏沙不能聚，朋盍竟何時。歸當蠟兩屐，泉石相遊遨。翔鳳鳴歸昌，珠實飫九苞。側聽彈五弦，南薰樂陶陶。相與頌太平，亦足息塵勞。

哭張石虛

張位中，上海人，爲射洪令。賊起，委大竹令。當賊氛者四年，用帑最少，禦賊最多，恂恂儒雅，有常山、平原之風。聞帶鄉勇出勦逆匪，竟歿於陣。

宕渠有循吏，張公能用兵。賊氛四年擾，白芀驅鄉丁。同仇勵大節，壯志矢力行。誓將滅羣寇，豈獨堅孤城。我曾兩過訪，氣勇身伶俜。民恐失寇恂，危疆羅頌聲。郡邑皆斯人，何慮盜賊横。昨聞戰場歿，一慟傷我情。頻年論勞績，爲君常不平。廉吏攖逆鋒，墨吏尚營營。可憐鳳樓手，賫恨向九京。生死雖可悲，忠烈實匪輕。同時王南部，贊武。死難亦光明。英靈殲逆魄，相倚如弟兄。

可稱詩史。肖濂。

漫書

金張本賢臣，世及不及先。榮貴蔽其聰，徒以恩澤延。授之以政治，豈能執中權。亦有壯志存，但須自磨研。慎勿飫膏粱，終爲達士憐。

散步

晚步出戟門，炊烟望巒村。溪流濺石磴，夕陽在平原。徘徊弔衰柳，坐久山骨温。老鴉傍人立，慣逐香薪燔。野濶望天涯，何時滅孫恩。遊子返故園，庶幾安心魂。

聞賊渡潼川河

用兵不草草，戰守各有途。逆賊鬼蜮似，宵濟力有餘。潼江又不守，如狼跋其胡。城府竟何爲，束手惟向隅。長城仗衣帶，豈意竟能踰。側聞妖氛急，怯聲震成都。不聞重臣謀，何策施衝車，徒令萬里外，感慨動鄙夫。痛哉生民苦，命同網中魚。幾時淨烽煙，憤懷得少舒。

書懷

陟屺望成都，我母天一方。遠游爲甘旨，萬里路迴長。近聞避賊烽，城居去稻鄉。一椽甚偪側，聊免驚豺狼。無翼難奮飛，翹首慕鴈行。

鴈行比弟兄，覓食亦隨風。江南與塞北，不知落何叢。人苦不知止，陋巷有屢空。何年買歸舟，攜家泝江東。蘇子憤説秦，未耐家庭中。
昔賦感逝篇，兩兒膝甫攀。忽忽十二載，宿草生青山。馳驅頭已白，轉輾朱門間。事功竟已矣，故里何時還。有子不能教，太息增衰顏。

純是天趣。蓉裳。

西招遣興三首

散步繞山澗，怡情亦欣然。游魚自潑刺，野鳧過我前。老柳似相識，絲絲青纏緜。十年又重經，人生幾戍邊。道逢百歲翁，相與談神全。欲語無象胥，一笑藉草眠。

地本古土蕃，已非羈縻州。聲教既不通，達士徒淹留。出門無可向，陳編伴牢愁。晨起望中原，甲兵何時休。行人賦刀環，游子返舊邱。安得百穰苴，蕩寇運奇謀。

今年閏初夏，番農栽植早。時雨亦頻頻，青稞繞周道。因思賨僰間，鋒鏑驚父老。沃野不敢耘，禾苗半枯槁。中土多瘡痍，翻羨蠻仡好。願兵如耰鋤，一舉除蔓草。

聞沈硯畦被劾歸里

君子遠尤悔，防微愼其初。才華不自束，易爲人所誣。不見賦江潭，子蘭逐三閭。沈郎江東秀，牽絲未佩魚。帕首短後衣，匹馬棲穹廬。幾年枕干戈，遑遑不安居。位未列搢紳，名已登彈書。安仁苦無命，正平傷衆譽。何如病文園，犢鼻賦子虛。歸來林泉樂，冠冕竟何如。

中秋

在昔庚征西，武昌握符篆。幕府羅英賢，一時皆妙選。方秋氣澄鮮，白月照蒼蘚。深淵湖之流，南樓集清宴。太尉躡屐來，坐客皆輾轉。諸君且少住，老子興不淺。支牀對羣彦，談諧雜墳典。風範豈少頹，雅度無偃蹇。昔人不可作，此會良復鮮。今年月色佳，皎潔辨層巘。氷輪湧碧漢，雲影薄羅輭。蠻方發高興，偶欲涉溪澗。未昏門已扃，有若囚在檻。徒聞醉輿臺，騰吠若乳贙。無聊對陳編，燭跋還自剪。蠻奴眠已熟，頭觸壁應扁。老兵不解事，但作吳牛喘。人生遇有時，我生何澳涊。孤鴻翔萬里，誰與申繾綣。良辰總虛度，宛如蠶縛繭。何時賦歸歟，庶令眉色展。

苦雨

巴蜀本漏天，五日慣陰翳。緜緜宣漢雨，一旬猶未霽。庭生鼃蠙衣，蚓穴轉高砌。野田新漲連，奔溪挾龍勢。蕩蕩萬斛舟，欲渡不敢濟。喧聲振頹垣，釵脚滿埤堄。癡蠅黏敗壁，饑烏塌温毳。征人泥没骭，躄躄雙足迖。遥聞一旅師，深山掃狂猘。淫霖胡乃爾，輾轉尚濡滯。我欲乞通明，其權司赤帝。赫然照西南，俄頃失妖沴。斯時洗兵馬，再望甘霖沛。

鑿池

鑿池當户庭，方廣僅十尺。剜掘一剎那，土盡見磐石。築之聲登登，疑有老蛟宅。役夫皆愕然，持鍤不敢發。便欲窮其源，指揮不容却。俄頃山骨開，雙泉噴寒碧。初出猶涓涓，少焉漸汩汩。方圓尚未成，微凉添一夕。機先合造化，元理不可繹。小立對漣漪，臨風置瑶席。清凉淨煩暑，瀟灑避熱客。吟哦雜詼諧，竟日坐其側。月高猶未眠，弄波濯蟾魄。隨境樂神全，何妨印鴻迹。

養魚

池成未三日，小水已渟瀠。爲有暗泉生，無勞新雨漲。石欄週四圍，藻荇覔澹蕩。纖鱗問漁人，尺鯉友朋餉。都來此中置，何須列盆盎。策策吹微瀾，悠然自怡曠。夜深清露零，潑剌月初上。其樂魚自知，何異濠梁上。

林暮

葉落山徑微，迢迢認牛跡。黄昏明野火，饑鳥噪岩石。老翁曳杖歸，寒風冐巾幘。迎門喧稺子，雞豚識籬柵。跬步盡鄉里，不知遠行役。笑指官道傍，尚有長征客。

聞東隣哭其女者

松柏霜不凋，蒲柳秋已歇。同承造化恩，修短不可測。不見東家婦，二十已徂役。雛男方嚶咿，老媪哭嗚咽。我欲齊物理，元氣盪蓊勃。返魂爇神香，鷴膠續白骨。大地皆厖眉，皓首結鶴髮。不然證菩提，世界一兜率。了不知彭殤，何從話生滅。泰鴻向余笑，此願亦太拙。明星亦有墜，皓月有圓缺。滄海或塵世，不周有傾裂。至理同一盡，生化兩不息。爲憐抱犢翁，書空徒咄咄。

通川道中

半載往通川，剛被睡魔擾。初冬出城市，頓覺雙目瞭。山川自縈迂，竹木紛窈窱。丹黄繡層巒，碧緑渟遠沼。箐寒時一聲，格磔喚溪鳥。山僧芒屩輕，野寺隔烟杪。若作畫圖看，我亦在緗縹。

宕渠道中

行行過宕渠，山水更幽活。林疎竹蕭條，溪淺魚潑剌。豆麥冬意縈，菘韭霜味滑。我愛蒼髯翁，森森妍檜柏。峯巒既佳美，土地亦苾發。村村樂多稌，户户酒新潑。皞皞太平氓，熙熙無攘奪。豈知數年前，曾作豺虎窟。從來造化理，元氣最蓬勃。潛移更默運，天心自迴斡。我欲告斯民，息機任窮達，吟成對溪山，晴光正軒豁。

枕上聞朔風聲至曉乃止

嚴霜下林樾，木葉槁以枯。朔風一夕生，繞屋聲蘇蘇。初疑急白雨，漸如鼓紅鑪。驚濤捲晴江，萬馬馳亨衢。又如張巨颿，觸浪過小姑。客子伏枕呻，轉輾愁泥塗。馳心到江海，遠夢忽菰蒲。心夢兩孰勝，吾亦忘今吾。呼童啓簾旌，明星照庭隅。狂飆亦少息，古徑丹黄鋪。馬蹄聲謖謖，寒意尚侵須。

題費樂蔬《秋林讀易圖》

秋風聲蘇蘇，林木雜丹碧。爽氣集襟袂，清光動山澤。此中無熱人，翛然着癯客。枕葄盡經史，此際宜讀易。尋源到周孔，溯始究羲畫。朱程探微旨，王鄭記考覈。或理尚清空，或事證今昔。京焦論占驗，窺天但一隙。羣言既紛披，討論恣窮繹。漢鑿宋則空，儒者多互齮。先生具薪傳，至理自鈎摘。河洛事渺茫，誰能記邱索。我從林下來，秋意滿巾屐。相邀素心人，談笑共歡劇。遯之上九爻，余心最悦懌。君方證太元，宜傍子雲宅。他時萬松嶺，並坐湖上石。烏相霜滿林，研朱破奥賾。

戲題《鍾馗役鬼畫扇》

須眉豎如戟，霜刃皓於雪。欲銷塊磊懷，飲此魑魅血。藥籠無不有，魃魙供咀齧。意氣籠罩人，不藉三尺鐵。英風動九幽，萬鬼駭欲絶。在昔管公明，治人本不屑。甘爲泰山簿，地獄畫空環列。豈如我公賢，代之以喉舌。一口吸西江，無乃大饕餮。雖然亦足豪，所去況讒賊。畫從立本傳，視此殊凜烈。我友負奇氣，愛此常手挈。襲之等璠璵，重之等鈇鉞。良由古先生，可以蕩妖蠥。請君揚仁風，飈飈付消滅。

題姚悔餘《匏繫圖》

御氣求洪浮，服食誇抱朴。何如許由瓢，但飲水一掬。先生意高曠，閱世真爛熟。睠懷寄流水，踪跡尋玉局。杖頭一葫蘆，雲液釀芬馥。五岳生足底，十洲付真籙。時從壺公遊，世界渺一粟。披圖動遐想，自哂空逐逐。五石莊叟瓠，江海浮濩落。匏繫亦云爾，一舉脱塵縛。相攜蔚藍天，俯視豁雙目。流霞同一醉，天風吹謖謖。

暮春步自北郊冒雨歸省齋

春陰黯不霽，凝雲含青岑。嬉嬉望平疇，慰我耕耜心。碎雨雜衣袂，瀸染春痕深。春痕亦無礙，芒屩穿芳林。留春衹兩日，離別難成音。花光盡零亂，蝶夢休重尋。孤齋寂無客，拂拭披素襟。連朝時尋醫，頓覺俗念侵。東皇亦已矣，且復商來今。橘亭好相識，計日投吾簪。

閒閒有致，神似韋柳。

板橋夜宿

筍輿穿青山，千山對人出。白雲護山腰，溪水戰石骨。崎嶇三百程，炎暑苦如炙。輿臺聲咨嗟，隸也苦不力。上山磴層疊，下山足便辟。安得急雨生，涼風入衣襲。山月照林白，倒影走人跡。深徑吠村犬，孤燈夜寥寂。前路正迢迢，今宵板橋息。

舟行巴江，雨中見桃花

舟行衝江煙，緑漲淨不唾。揞篷看山色，山帶大婀娜。拋車問三老，風雨有常課。忽作連江靄，杳杳没墟邏。沉沉暮色中，欸乃木蘭過。篙師寂無事，已歈離楚些。柁樓聊可倚，覽眺適慵惰。山桃繁水濱，裊裊太欹憡。一枝慰我眼，紅濕萬嬌破。含愁不得語，對人似酣臥。或亦化工意，洗乃粉脂涴。東皇最瀟灑，遭此殊不奈。韶華去九旬，時事合簸簸。相思草堂路，拂硯正高坐。吟春已無分，罰盞敢嫌大。寥寥獨坐吟，竹枝作相和。

題顧越亭所藏《澹園師册》

世事海成田，光陰蛇赴壑。卅載一彈指，幻跡華表鶴。彥先風雅才，九原不可作。猶存兔罝老，霜鬢感濩落。憶昔聯藝遊，幾年共芒屩。清譚常到夜，濁酒聊對酌。拍張無不爲，吟諷雜歡噓。豪情時一放，十日讌平陸。聚同印雪鴻，散作隨風籜。初從夜郎歸，詩境向余索。塞蛩無好音，秋蚓互盤錯。珍重故人意，交誼託緜邈。斯人已黄土，餘淚灑東閣。令子鸞鳳姿，鄴架手鐍鑰。舊蹟乞重題，感慨事如昨。一語堪慰君，龍孫解新籜。

偶閲《西招圖畧》寄感

山川鍾英靈，變態出萬狀。我曾塞外遊，層峯列毳帳。炎天踏冰窟，渾脱破駭浪。渾脱謂牛皮船。吹笳動秋聲，胡潑答蠻唱。戟門據熊茵，揖客不輕讓。談兵夜剪燭，議論轉高曠。襟懷澹更平，氣節老逾壯。忽忽四十年，顛毛就頽放。何當重登臨，長嘯肝膈暢。

咏史

聞道詔書來，飛騎向康衛。穰苴略未嫻，偏裨任蒙蔽。遠人但羈縻，邊衅慎貪戾。況以驕悍材，意氣恣凌厲。虛詞邀上賞，久駐虧國計。赫然振天威，鐫階削其勢。餘子皆嗒然，歸途失精鋭。緬懷郭令公，忠誠定遐裔。

《沈庚軒詩集》將付梓，以書索序

隱侯詩中豪，選韻珠落索。有時肆雄談，氣節凌華岳。搜韓或窺堂，鑄杜時摹幙。風前引高吭，曠若雲中鶴。襟期何爽朗，議論多蹇諤。攸之任窮達，東老志闓廓。卅載領頭銜，遇合殊落落。不問達富貴，但求文字樂。素心唯方聞，謂有堂。肝膽相結托。辯論或奇放，深情自緜邈。勸酬得真趣，針砭亦良藥。酒龍騰江天，詩虎歸大漠。我亦座中人，感舊增惋愕。自慚愚公愚，未省覺人覺。近來遠塵事，茆堂傍東郭。偶爾眈微吟，自哂才力薄。君集已裒然，遠寄定余諾。

秋夜

秋雲散長空，皎月出東嶺。涼露坐中庭，漸覺衣袖冷。促織吟深宵，螢火燄宵景。仰視銀漢斜，牛女星耿耿。心清淨無塵，行坐皆妙境。風吹蘭蕙香，鼻觀聊自省。

方有堂廉使於臬署西偏作小園，題曰『小溪山』，詩以落之，五首

掬土爲高岑，功力知幾許。要之物理順，成此一炊黍。昨日蓬塊墟，今朝衆香墅。水竹澹

清華，花木榮四序。何來靈鷲支，鬥獸行衙衙。石龍時一噴，汩汩渟淺渚。爲憐抱甕愚，差可桔槔侶。裊裊走筠筒，機心孰堪語。溪山小乃勝，何必人深嶼。山中賢主人，聽泉獨我與。一日幾度來，汲泉還自煮。

萱草樹北堂，華芝映文砌。循陔紫蘭芬，賡詩白華麗。先生純孝人，爲園見深意。慈懷在曠疎，山水托遐寄。時披五岳圖，常憶小山桂。軟輿花下來，聊以愜幽契。諸孫玉筍班，褊禮學萊戲。人疑大羅仙，我知賢者志。親心得常娛，致力乃康濟。即此樹藝情，觀大可由細。

三冬樹已花，四照玉成樹。移栽月明中，靄靄羃香霧。料無俗客來，聊以短籬護。啁哳調凍禽，禠褷啄塞露。徘徊花底立，幾人共心素。浩歌時一聲，散落花粘屨。要知鐵石心，惟許廣平賦。

雜樹交扶疎，花時待陽和。桃李艷成谿，楊柳青婆娑。時禽變春聲，隔葉嬌婀娜。抽身簿書叢，小橋時一過。頓覺塵慮祛，適意同岩阿。摹石作肅拜，據梧發長歌。逐蝶繞香徑，窺魚躍清波。無事課園丁，洗竹澆青莎。飽聞劍南翁，漫遊海棠窠。走馬碧鷄坊，醉眼頻搓抄。益州古香國，不醉將奈何。逐逐塵網縴，所得孰爲多。

摩詰闢輞川，元亮開三徑。佳境無處無，地以人始勝。勺水拳石耳，往往發高興。斯園得賢主，結客能愛敬。隨意集歡讌，列坐雜豪俊。雄辯震四筵，健筆掃八陣。酒龍頭角奇，詩虎牙爪迅。清詞珍珠圓，軟語玉屑潤。或放論九垓，神已馳八駿。或縱談真宰，道不迷七聖。或誦河渠書，或熟軍伍令。人自比稷契，理欲窮性命。要皆瑰異才，清談嗤魏晉。未許下士參，庶幾禪悦證。我本山中僧，偶爾出初定。倘容結蒲團，流泉答清磬。時偶談前生，余頻夢爲孤塔僧，故云。

寫懷

歸鳥念舊林，潛鱗感深淵。如何落拓子，馳逐朱門邊。不如負鋤去，仍耕南山田。

新秋怡園閒步，月上乃還

鷹隼厲秋翮，刷羽凌雲端。文鱗奮鬐鬣，游泳戲洄瀾。野人適逸性，尋芳擷幽蘭。斜穿修竹徑，小憩池上軒。漸覺凉意深，時序感長歎。徘徊不能去，皓月生東山。娟娟玉雪光，照人信清妍。耽吟懷舊交，起視明星闌。

題費憩齋《天涯負米圖》

錦江望苕溪，迢迢八千里。陟屺動遐思，行吟感游子。索米向天涯，筆耕藉良耜。期以潔白養，饑驅宜出此。多君純孝心，思親情不已。繪圖寫我懷，艱辛聊自紀。安得縮地方，晨夕奉甘旨。媲美論前賢，季路差可比。

五月廿四日吕星泉招集少陵草堂

籃輿出城西，凉露侵衣袂。晨光尚晞微，天影轉澄霽。新禾緑盈疇，稻香生細細。迤邐趨南郊，草堂閟林際。浣花水潺湲，山碓自舂礪。籠竹圍萬竿，啼鳥破陰翳。言瞻杜陵祠，再拜陟苔砌。招邀況賢主，同列皆心契。登臨暢游跡，隨意雜吟憩。朱華昌曲池，亭亭試新蒂。高談開盛筵，醇醪配鮮脆。消夏趣自幽，流觴送春禊。祇園咫尺間，覺悟到禪慧。佳境共流連，欲去足猶滯。徘徊筠徑深，晚蟬聲嘒嘒。相期訂重游，秋風染丹桂。

縱書

磨墨如病夫，把筆如壯士。興酣捉濃管，肥瘦差不計。春蛇亦作則，野鶩固所喜。指揮一如意，驚走任婦子。君看老顛書，餘醪漬藤紙。

古意二首

碧海蟠珊瑚，昆山孕良玉。造化生物心，隨地付亭毒。托根仗元氣，珠貴自殊俗。鑒別不逢人，轉爲庸手辱。

羊胛亦登筵，鷄碑亦成籙。時逢狗監緣，便試凌雲躅。所以隱士懷，淡若澄波緑。蝴蝶會蒙莊，爛柯對棊局。

佛手

彌陀結心印，化作鹿苑果。拈花静如如，指月論可可。空香伴色相，清影認婀娜。笑指阿閦身，個中誰是我。

賦物詩誰能如此瀟灑。

述軒弟六十生辰

松柏抱貞幹，棠棣多連枝。人生重志節，誠篤無他奇。良悌著禮經，壎篪奏毛詩。姜李共被眠，韋趙皆怡怡。予家稱五常，君也真白眉。英年能自立，不爲流俗移。潔白奉兩親，共余辛苦持。我已雌伏歸，君能騁雲逵。其初但哦松，旋見擁一麾。爲政敦教化，編氓興頌辭。揚名而顯親，即此吾宗推。今年滿甲子，介壽三春時。阿兄滯錦里，弟守臨江湄。無由申契闊，壽觴醉淋漓。忽聞釣臺檄，多君能設施。奉簡趨南山，安懷勤撫綏。事定來成都，此會真良期。聯床話心素，深宵不知疲。竊比兩蘇子，話雨情熙熙。吾衰已成廢，君健猶能支。况復積德廣，晚歲生獅兒。名場有定數，富貴運自隨。願弟慶七十，兄尚同舉卮。燕樂聚林泉，相賞到期頤。

秋意二首

衰柳舞蕭蕭，秋容澹林麓。江頭一痕漲，漁艇浪花簇。青山贈行人，白月照村屋。葛巾可以休，松醪試寒漉。

妙香從空來，夜静静無聞。青天不可問，問我廬山雲。廬山多層巔，好拍洪厓肩。何須絃管吹，下視皆浮烟。

實夫詩存卷二

海棠歌

放翁他年頭未霜，南充樊亭看海棠。我來果州又三月，遍尋不見猩紅坊。一枝兩枝未殊絶，芒鞋踏碎葨宏碧。村夫野老遍相詢，樊亭不見愁顏色。碧雞更隔一千里，幾時恰恰相逢耳。少陵不賦海棠詩，我爲海棠愁欲死。花枝似向愁人哭，於今非復當年蜀。使君若共放翁來，姹紫嫣紅看不足。

山行

紅花宜晴秧欲雨，小麥如雲菽苗吐。鴟頭大婦摘紅花，赤脚肥男弄黄土。老翁無事小兒忙，山脚騎牛擊巫鼓。小兒莫羨騎馬人，我恨不作汝曹伍。

記畫 澹園師以宋苑古畫十二幅見示，喜而記之。

玉沙踏碎溪頭雪，玉骨凍僵枝上鐵。玉山層疊界蔚藍，一一遥峰露寒脊。凝冰垂山瀑聲死，冷風逼雲蒼崖裂。畫中道人非赤脚，亦欲飡梅弄清澈。平生未識輞川圖，開卷已自心神折。惠崇衲子筆亦豪，巍峰空際天龍跳。墨香靄靄出絹素，隨風直欲凌雲霄。朝散大夫字展子，筆墨淋漓漬藤紙。一峰一峰變奇態，蒼潤清妍乃如此。我欲想見把筆時，巫峰越水隨纖指。一幅横山更絶倫，春風淡染鴨頭痕。水廊風榭二三子，倚欄待客搜吟魂。隔江隱隱見山脚，峭壁插天雲翳根。雲山深處落小欵，潛字彷彿名猶存。癡人未得畫中旨，瑟縮不敢空評論。層層絳壁千仞高，盤盤翠嶺圍周遭。僧繇神畫豈易見，朱濃緑暗飛仙毫。水簾處處跳珠沫，山樓比翼無喧囂。老翁抱琴向何處，白雲深谷鳴松濤。斯圖萬言不足盡，畫中我欲尊虞韶。忠恕郭君古而秀，一幅煙雲寫寒岫。玻璃半頃碧湖深，薜蘿滿樹虬枝瘦。飽帆一片凌風張，游子歸兮黄葉候。燕君墨妙最清癯，危巖屈曲波縈紆。碎皴大劈不得住，筆尖亂掃紫琳腴。一幅無章亦無欵，叠叠嵐峰共蜒蜿。佛頭螺髻堆深青，淡赭輕脂費烘染。石橋道人仰天坐，飛泉一道鶩綾輭。沿溪細草碧廉纖，莢葉平頭自蕭散。小奚滌硯弄溪流，老子尋詩覓吟管。此中擬結片椽居，問余可中山林選。不識江東顧虎頭，久於詩裏説滄洲。披圖意爽叫神絶，白雲拂袖青山浮。近水樓臺讀書處，一人抱卷工研搜。一人垂釣放小艇，游魚不上靈鯨鈎。朱衣一人策扶老，垂楊古渡尋盟鷗。山光墨色兩奇潤，秃筆大點攢苔幽。外史圖書易元吉，一幅林山最深密。山腰茅舍水邊亭，結構精嚴氣舒逸。落伽是自米家來，大山聳立羣山開。叢叢小樹亂渾點，墨香滂渤雲紆迴。端相定是老顛物，船中書畫悲塵埃。孤松屈鐵百尺餘，寒梅弄影枝扶踈。老人幅巾杖邛竹，尋詩不用騎疲驢。山樓玉築矗天起，倘佯自在行徐徐。東野孟君玉不如，吟詩劇目通靈虚。那知更作好山水，與世抹殺空沮洳。休文太守好書畫，牙籤玉軸分支派。寶繪堂中任客行，翻今證古迷珍怪。偶拈一卷即奇古，十二幅紙令人詫。唐宋時移世幾更，護持宜在諸天界。我來無意却相逢，蕩開雙目摇心胸。低徊終日不自己，詩成留記琴泉峰。

合歡桃實

妖紅膩緑春已深，沉沉花甸閒惱人。晶簾垂垂待風起，玉虎牽繩貯氷水。韓憑交柯合昏里，火齊雙丸根匝地。雕盤鈿粟水清淺，榴暮麝香餘篆暖。一樹忘憂付阿環，似曾移向沉香苑。

紅豆蔻花

豆蔻花開紅映肉，花房兩瓣如比目。喚作同心隱曲廊，暖風吹起芙蓉幕。睡香垂垂合昏笑，辟麝初開女蘿裊。憐渠困倚白石欄，却對甘蕉凝夕照。

駿馬行，答沈澹園師

韓幹畫駿骨，萬廐皆奇姿。子昂寫風駿，長嘯臨風馳。月題金連錢，肥瘦都相宜。緊誰數能手，李君稱伯時。吾驚沈夫子，吟管神而奇。絶似杜少陵，下筆皆雄詞。平平玉版箋，奔走千蹄隨。勉惜各以半，愛我真吾師。伯樂不易逢，伏櫪心傷悲。豈不行馳驟，四海任所之。崑崙沿河源，蓬島餐靈芝。朔風黄沙高，奮走搴牙旗。和風上林道，蹀躞行長陂。哀哉草野中，荒徑山歧歧。仰天嘶不住，革絡當頭羈。頭羈豈足重，委去殊卑卑。亦聞桃源之山芳草肥，我欲歸去齕齧遊遲遲。有時還得圉人鞚，竭力敢惜形神疲。吁嗟乎！竭力不惜形神疲，伯樂之念吾其違。

樂府《天馬歌》云『志俶儻，精權奇，籋浮雲，晻上馳』，數句蓋胎於此。風骨之開張，字句之古奥，非漢唐以下所有也。

澹園爲詞部，時風流倜儻，不可一世。今蹶而再起，亦未免於羈絡矣。篇中爲澹園惜之，不獨爲澹園惜也，奇横直逼少陵矣。　楊蓉裳評。

蘭

霧淞絲絲縈杜若，幽蘭生香煙漠漠。湘流瑟瑟鳴汀沙，楚客秋江帔綃薄。花頭裊娜曉風徐，相伴靈均夜校書。那更全枝插蟾鬢，玉魫初開碧雲潤。

曳鐘行

署前小阜，舊有古覆鐘，土人云是飛來者。今年初秋，大雷雨，一夕撲墮阜下，命百夫曳之起。六足觚稜，字漫漶，不復辯，隱隱有順慶路總管某官字。按宋始改天下爲路，順慶舊屬梓州路，後復改順慶路，但無從考年號耳。作曳鐘歌記之。

百夫合踏聲嗚呼，白足曳縴行泥塗。身非贔屭力能撼，蒲牢倒覆鯨波枯。果州山城古賨僰，分無神物歸陬隅。土培壘壘壓城缺，望之不覺同侏儒。鏞鐘脱落幾今古，土花蠶食苦痕麤。俗人指點説幽怪，不脛亦走來天都。橫飛搏擊攫龍鬭，曉看巨跡畱真符。宋徽宗政和間，靈覺寺鐘一夕飛去，居傍人言，灣中每夜有聲，謂必與龍戰也。寺僧鑿去，頂上龍角乃止。至今灣中風起，有一物如車輪作青黛色，湧出波心。或云此物更千載，紛紛輿論相陳敷。今年六月恰逢閏，旱魃跳躍黔黎吁。萬民泥首望瓊闕，叫穿閶闔攀龍須。始知造物有仁術，傾城霡霂均涵濡。雷行電掣助神力，一夕飛瀑噴瑶珠。南阡皆盈北郊滿，溝澮汩汩流清渠。忽然高嶁震轟割，華山鐘名。傾側人難扶。蹄涔屈蠖狀淹滯，五丁滅跡金牛無。平生好事絶嗜古，欲覓象罔探河圖。須臾露追竟跋足，拂拭浮垢尋規模。觚稜六足亦奇異，粟班隱隱光縈紆。層層蘚蝕色姸潔，髣髴餘字猶堪摹。就中名存順慶路，銜欵不辯官階臚。乃知天水實鑄此，誰與鼓氣開洪鑪。是非諧人合皃氏，或亦祈福建浮屠。不然臨江作魘鎮，桐魚一撞鳴雲衢。更無元號認丁甲，千秋帝業今全虛。吁嗟！此鐘遺留迄今六百有餘載，今人欲考終糢糊。不知石鐘之山隱無跡，噌吰欵坎鞺鞳，一任水石相哮呼。

秋海棠

幽蘭啼香露痕濕，月桂平鋪玉階寂。嬌紅婑媠思媚愁，絲腸纈乾淚雙滴。冷光融融翠陰婀，嫩靨迎風鈿輕小。挼金麗㲄懸柔心，辟麝絪緼彈清曉。浮芬度風藹輕坼，葉葉牽朱亂叢碧。凝脂屑珀連頰痕，香袖翻殘留怨魄。蕊珠宫間蕚華老，琪闕秋風静如掃。雲軿不歸將奈何，空遺輕盈被公惱。

八月十四日夜雲中見月色

北風吹雲蔚藍碧，魚鱗縠皺紛瓊璧。銀河倒卷天吴驕，金餅壓奩劍鋩白。老兔含輝弄霜杵，琪樹婆娑素娥女。照澈瓊樓十二重，風前夜静深深語。明日蝦蟇定相妒，酒酣欲喝眼四顧。高興須來徹夜看，難得青天淨烟霧。團圞不看中秋月，冷露空階獨飄忽。相思回首隔層雲，白玉盤中動相憶。宵闌更借南樓宴，一曲霓裳舞裙電。銅絃水調發浩謌，自吸秋光寫秋練。

割蓮根

割蓮根，藕絲白，水玉盤傾乳花碧。藕絲作綫難勝鍼，蓮子青仁可憐惜。吴刀快割如潑水，绿沉滿砌烏皮几。半袖輕裾細葛柔，罘罳拂拂芳風起。

駿馬行，題文惺亭制府《百駿圖》

黄雲垂天白日驕，騏驎𤼵霧騰丹霄。權奇倜儻大宛種，四十萬匹追風驃。房星之精下金埒，遠越西極求其曹。拳毛獅子赴羣玉，摩空躡影分鳴鑣。虎胸彗尾獰且哮，恍忽赤駁同遊遨。蘭筋峭崒森卓立，掩映六印藏秋毫。飛黄騰踔不敢控，氣雄千里輕扶摇。誰圖騕褭敵曹霸，龍顱鳳頸塗生綃。盡窺生態發奇妙，墨痕一掃凡馬囂。桃林之陽芳草饒，騂騮齕齧紛敖嘈。朝刷幽并暮函谷，風鬃落日鳴蕭蕭。龍池十日浴紅汗，掀波蹴浪驚老蛟。長松如鱗午陰静，振鬣仰視蒼鷹高。就中一隊健馳驟，疾於飛鳥奔如濤。奚官掣韁氣豪横，手起霹靂飛鞭鞘。嘶風叱撥猛於虎，踣蹄倏忽驅烟飆。緑茵藉臥癢磨樹，苜蓿狼藉雕胡拋。白魚赤兔指難數，欲晉天育收神驁。渥洼應瑞在今日，棗脯文繡供英標。不須鹽車悲伏櫪，坐見大乙登歌謡。嗚呼！畫師好手不易得，畫肉畫骨非同條。爲愛神駿説支遁，能相奇格誇方皐。試教伯樂與論定，似此百匹誰其超。

和孫有堂《送芸溪》

一天落葉悲西風，馬蹄蹀躞霜葉紅。不堪便作打頭别，筵前愁煞聲東東。我亦商量整行笈，短帆不挂江烟夾。獨立江邊衹送人，紛紛車騎隨雲葉。相思直到都門下，好看沙隄走金馬。繡鏁珠扃緑玉軒，阿儂可是銷魂者。習習風流憐瘦骨，滿篋新詩劍花淬。離筵收拾驪歌休，且拂長箋揺不律。

徐袖東司馬、澹園夫子、夏雲峰合成山水長卷

朔風寂歷凝烟墟，野梅塞勒羅清疎。山腰寂寞官閣冷，有客有客來南徐。嚴搜山骨踏碧虚，玉虹蟠屈胸中居。雲風流盪氣排奡，蹴雪雙屩行衙衙。入門白酒盡一盂，玉山顔色何清臞。説空道有廣長舌，蓮花影裏撚吟鬚。揭來邱壑説不了，墨光直射青琳腴。長箋手擘苔痕麤，烏皮

新拭剛半鋪。胸中各具真面目，毿毫引汁如鴉塗。大皴亂劈數神品，夫子走筆先相濡。峩山高高白雲蝕，巨松落落青林紆。黄葉打門徑不掃，斷塔倒影歸僧孤。忽然一壁插江底，漁榔四起鴛鴦湖。誰人打鼓酌明月，欸乃歸去尋蓴鱸。徐翁着想最閒逸，冷泉白石飛匡廬。一痕已瀉數峯出，擲筆大笑聊清娱。雲峯夏老意自殊，寫生不用調脂朱。林亭處處結幽賞，漁莊蟹舍藏菰蘆。奇巖怪壑入清險，一一牽貫如聯珠。寫成碧椀斟大白，菜甲絶費東園蔬。徐郎此指雨莊也。白眼獨相顧，山水與我緣斯須。明朝躍驄試金勒，展讀再賞香山厨。

爲孫月舟題王芝泉《畫梅》

朔風獵獵霜林槁，灞橋遊子徒潦倒。探梅失我舊西泠，却吟冰雪除煩惱。放鶴亭前月影孤，老逋應許歸帆早。相思可夢不可期，畫裏相看情逾好。芝泉主人筆奇横，鐵骨冰姿和墨掃。更有幽懷未肯休，新詩遍和東坡老。月舟邀我醉深卮，讀畫敲詩殊草草。見獵挑燈興未闌，起看瑞雪飛霜昊。

月舟招飲再疊前韻

三杯白墮除顔槁，一座清談皆絶倒。畫中覩此風雪態，正遣枯禪離熱惱。相思銅井拘寒姿，巖谷置身胡不早。溪山舊約歸未得，客裏有花看亦好。道人結習空復空，何處更煩苕帚掃。衹愁不見斿憨翁，削鐵蟠虬爲誰老。謂澹園師。他年梅嶼整歸棹，竺嶺孤山踏瑤草。與君同作聖湖游，探取寒香沁晴昊。

飛雲洞

石雲石雲，爾來自何處？爾去將何從？胡爲獨貯此巖谷，欲飛不飛，欲住不住。縹緲澹蕩，依危峯傍，支是靈鷲飛來，忽在天竺之西東。層層剥蝕土花繡，幽邃杳窱嵌玲瓏。拂拂靈氣生嵟瀑，跳晴空。恍如欲隨挐攫蜿蜒之神龍，周遭谿壑皆巃嵸。我來已三過，每過必駐行腳支枯筇。低回竟日羈游蹤，直欲載拜此山作靈丈。更恨不令一見海嶽菴中翁，乘之可超六合凌蒼穹。惜哉墮蠻域，衹餘創痍遍刻青苔封。徑呼五丁神，移置弱水三千中。少教此石面目畱真容，他年跨鶴來往陪壺公，三山樓閣遍到無罡風。山耶水耶，各各隨我悠然無盡之心胸。山靈忽忽向余笑，如君斯言亦大好。

此篇直起直落，氣雄筆健，格律謹嚴。楊蓉裳評。

七夕渡河歌

雲縈別浦碧落寒，西風裊裊拂沉檀。曝衣樓高倚紅玉，蘭麝氤氳睡新足。星軿欲渡波浮光，掃鬢却立依象牀。那有閒情到平地，銀漢無聲白雲膩。填河鵁鶄空顏色，鶴馭罡風行不得。分來金鏡意嬌慵，小鳳青青已無力。素手穿鍼鬢影斜，莫教喜子著塵沙。夜闌寂寞緣階靜，羅襪暗潮侵露花。

撿晴沙先生墨跡

風沙滿眼遊屐閒，畫義不用青銅錢。山樓病榻讀内景，自覺神氣通關元。破除萬慮游冥漠，結習所罣惟前賢。江東虎頭忽在眼，超如嘯樹臨風仙。揮毫不數殷鐵石，規模曇礹躋其巔。天妙閣中日盤礴，墨汁掃盡心悠然。同時隱侯尤好事，論書讀畫相聯翩。洞庭春色紛訟古，剖析贋鼎求其全。羣公相和皆白雪，點染素壁争奇妍。查儉堂先生出東坡洞庭春色詩卷，晴沙先生以爲贋本，時白華、澹園、袖東諸先生皆有詩，往返辨證甚詳。余時作壁上觀，而今此境何可得乎？刹那變化渺無迹，尚餘文字留因緣。兩來窮塞非偶爾，豈可聞笛生憂煎。手中一編聊自伴，江鄉千卷且棄捐。已知萬物了一電，何況歷劫皆灰烟。

登龍岡觀獵贈什吉堂

將軍神器妙無匹，腕底一聲飛霹靂。朝來走馬獵沙塞，赤豹文貍盡藏迹。黄雲低逐皂鵰平，宋鵲韓盧認啪聲。柘彈烏號落雙鴈，林原飛鏃老猿驚。英名早歲威蠻服，伏波銅柱滇南續。鋒鏑平生幾戰塲，輕裘緩帶今羊叔。烏斯邊外十年前，蕃部登陴壁壘堅。祕計地中轟礮火，刹那醜類化灰煙。火攻聶拉木番寨。雲中久戍瓜期羨，夢魂時繞南薰殿。聞道西川烽燧驚，據鞍躍躍思酣戰。余亦頻磨盾鼻書，鞾刀帕首廿年餘。重來萬里尋鴻爪，攜手班荆語笑徐。擊鮮醉飲眠芳草，景宗豪邁傾懷抱。馬上長賡競病詩，酒痕亂漬團花襖。改歲呼韓例貢誠，使車屈指向神京。即看紫閣留名字，更展胸中十萬兵。吉堂將護送廓番貢使入都門。

雪後再邀什吉堂獵於郊原

平生麤類曹景宗，帷車新婦氣欲結。有時或作沈慶之，攜童跨馬行躄躠。腰弓臂鷹亦常事，達掖麗龜逐飄瞥。寒垣九月風怒號，一夜四山皆積雪。相邀健將合長圍，躍馬平原電飛掣。黄麞抱頭草間竄，狡兔狂奔失三穴。俄看雲際落頭鶩，旋轡平臺落山鷩。青頭雞或穿其頤，白翎雀乃洞其噎。砉然一聲霹靂震，豺虎紛紛灑毛血。長楊羽獵相如賦，射雉安仁誇獨絶。昔人豪邁實可喜，我亦馳驅效前哲。况復西川未罷兵，翻身欲擊天狼滅。

高晴江、王德符招游善果寺，看牡丹歸，至薦福寺登小鴈塔

六年飽看優曇樹，半載重尋上苑春。三月行人過三輔，長安道上車轔轔。朋簪共訪曲江去，杜陵野老今何人。城南尺五去天咫，風吹麥浪如魚鱗。慈仁薦福但遺址，祇餘雙塔摇風輪。游人指點興善寺，此中花事猶鮮新。相攜便作看花客，况復風日逢佳辰。入門先摩斷碑古，探討陳迹披荆榛。創由晉隋歷灰劫，代有興廢皆前因。靈花忍草後來秀，花圃遍挂紅球璘。鞓紅勝紫都婭姹，歐碧一種尤奇珍。素面如盤最鮮潔，白毫光裡花如銀。姚黄我曾西域見，賦成綺語酬花神。倘教移此合五色，爛漫相鬥堪儕倫。汲泉煮茗話前事，石臺藉草同香茵。鳩摩竺法去已杳，拈花欲證何由循。或云且登小鴈塔，終南佳氣連城闉。憑臨峚堵弔千載，彷彿釵珥施宫嬪。此塔爲景龍中宫人施金繒所造。斯遊偶爾來勝地，一笑且放雙眉顰。明朝又向成都去，依舊花溪老病身。

龍洞背

嘯聲驚起老龍睡，飛出洞門作遊戲。噴珠先散出山雲，旋挾凉風卷平地。三農望雨正及時，

户户黄旗寫龍字。莜甦麥熟秧出水，布穀催耕人快意。三十年來九度遊，到來便躡蒼龍背。此行更覺景奇絶，滅没雲煙涇濃翠。拍張大叫龍有靈，冒雨再訪峩眉寺。蜜殊已證菩薩果，鴈行各振天邊翅。忽憶長身玉立人，謂施貢三娣丈。昔年登眺曾聯騎。施郎黄土已廿年，腹痛空墮曹瞞淚。刹那光景已陳迹，電火泡漚等閒事。難向龍宫得禁方，不如且覓中山醉。

題汪問樵《虹月舟圖》

我去江鄉三十年，夢魂不離江水邊。苦無巨楂載我去，東海直與銀潢連。連年錦江濯明月，忽有葉艇來江天。虹耶舟耶兩莫辨，但覺奇氣摇星躔。玉虹貫月事瑰異，汪芒氏裔多神仙。德温才調幼無匹，十八已賦秋河篇。盛名傳流遍吴下，詞賦瀉作珍珠圓。賢書數上不得售，三十憤上巴江船。迢迢江程八千里，攤書白浪堆中眠。回思舊事頓今昔，塵夢恍忽留因緣。吴歈欸乃答鴛槳，楓涇子夜聞啼鵑。大堤女兒歌白紵，新聲嫋嫋絲纏緜。想見含毫坐官舫，墨浪亂灑梅花鈿。迴飆瞬息刷溢浦，商女聽弄琵琶絃。洪濤瀜湃截彭蠡，小姑菡萏浮天然。金焦回首眇天外，長嘯江淨蛟鼉跧。揚舲八峽望神女，荒唐雲雨嗤陳編。白鹽赤甲瀼西路，杜陵詩境迷蒼烟。山程水驛寄吟跡，十三行寫雲藍箋。自云斯游頗汗漫，最喜手汲蟇頤泉。癡懷欲起古人語，險句直嚮陰岩鐫。琉璃江水逆流上，但恨未陟峩眉巔。相逢野老浣溪曲，把臂欲拍浮邱肩。示我一圖最清絶，畫中人影逾清姸。蘆花瑟瑟秋浩浩，一丸冷月浮淪漣。夜凉柔櫓撥菰蔣，筆牀茶竈俱精研。長摇短拍自吟嘯，紛紛玉屑霏尊前。一時詞人定無兩，長揖白石卑屯田。况復畫師好身手，比肩人亦調丹鉛。想見深情托毫素，秋水脉脉神娟娟。才名已教動江介，文字又復雷西川。古來入蜀盡賢士，勸君姑置湖之堧。騰驤騏驥躡雲去，天門詄蕩恣盤旋。

寄車秀夫

憶昔與君録别金華山，别淚尚與鄞水流潺潺。年華荏苒二十載，天南地北同辛艱。人生所貴適意耳，何必銅章墨綬腰間環？聞君朝遊晉水暮汾水，杖履不出枌榆間。承歡時着老萊服，養氣善守維摩關。偶然放歌學李杜，時或論史凌馬班。餘情潑墨寫懸蘿，雲霧縹緲雙丫鬟。前年寄我聚頭扇，開函紙面飛秋練。摹從清閟閣中來，派於來衮堂前見。無因那作菊觴會，八詠人亡事如電。師門恩誼那可忘，一盞松醪未曾薦。翩翩同學半騰驤，爾我猶依石田膳。余也馳驅更可憐，大蒙以西屐齒遍。年來新婦閉幃車，老向芸編作蠹魚。章草無繇闚索靖，檄書難得擬相如。鄉心尚寄西泠棹，遊跡重思灞岸驢。素心雨散空搔首，蓬鬢霜飛尚曳裾。今年八月秋風早，又送香奩臨遠道。執手河梁憶故人，輕裝定訪桃園堡。秀夫卜居處。聯床剪燭話連緜，共鬥牛腰出吟稿。可能寄從汾雁向南飛，大幅長箋爲余掃。

題黄明府泰《梅花書屋圖》

凍虬噴雲壓瓊屋，古鐵著花琢寒玉。髫齡作賦邁廣平，健筆已撐雲外躅。霏英片片點紫苔，鶴骨不與春心埋。脊令急雪兩酬倡，寅菴山谷還重來。花南老屋月在頂，整整斜斜逗疎影。幾回痛飲復長歌，舊事鴻踪恍煙暝。從來宦轍等埃塵，破除肉眼非常人。步虚終踏蓬萊島，手攀瓊樹生陽春。初平仙人拾瑶草，氷雪胸懷向誰好。賸將青眼對霜姿，萬蕚清芬沁晴昊。我讀誠齋卷裏詩，謝家池館動遐思。巡簷許我成三友，香雪叢中寄一枝。

題彤軒刺史家藏《凌雲載酒圖》

凌雲九頂龍岩古，照眼山川紛可數。前賢幾度快登臨，載酒烟波劃柔艣。我滯岷江五十年，嘉州屢過無前緣。衰駘始涉大峩頂，歸途一踏凌雲巔。漢嘉太守廣平子，宋楳生太守。邀我爛醉藥玉船。酒邊忽憶卅年事，來游老輩成飛仙。歸來錦官城，快覩王僧綽。深談兩世交，爲我開芸閣。示我圖一卷，如對凌雲峰。子穎當年作畫時，朱孝純太守。回思我甫學吟詩。琅琊豪邁能罶客，杖屨追隨老疥師。東白先生時爲簡州牧，與沈濬園夫子交最深，昕夕吟讌，虚頻德與焉。沈師號疥憨。酒地花天頻選韻，金樽檀板試填詞。虎頭健筆誇神妙，季重文章論色絲。晴沙、白華兩先生。風流轉眼晨星散，跨鶴神仙歸碧漢。老我華顛雪滿頭，㤙㤙週甲塵緣絆。披圖重讀故人詩，那不西州發長嘆。馳驅萬里行，夢想空山翠。歸來病榻旁，無復凌雲意。感舊更懷人，朋交誼非易。烏衣門第久叨陪，氣概君真作櫬材。更喜天彭逢小阮，謂蘿山司馬。敲詩讀畫共銜杯。送君作牧眉山去，熊軾朱幡騰美譽。難得三蘇是部民，政繼黎侯求富庶。接壤嘉陵咫尺間，相期典郡領名山。丹青再補留佳話，鴻跡供余屐齒間。痛飲狂吟話今昔，應知不惜酒尊慳。

送丁恒軒刺史南歸

秋空一鴈南飛急，送客江干人鵠立。病中作别况衰年，那不臨風動於邑。交情十載漸忘形，醒眼常對峩眉青。孝公快論超白虎，正禮奇爽兼雙丁。君家純誼傳漢代，兩凫戢翼游清泠。憶過錦城南，我弟萬春宰，述軒時爲温江令。鄰國震賢聲，使君歌樂愷。相逢論弟昆，襟期小滄海。從此周旋慶盍簪，敲詩讀畫洽同心。觥飛伯雅君豪飲，葉染三蕉我細斟。各領陶然醉中趣，良宵促膝話偏深。雲龍相逐交方契，萍梗分踪非意計。銜恤同時廢蓼莪，鴻爪成都共留滯。瑟瑟街東又卜隣，風晨雨夕話言頻。劍門瘞旅仁心溥，絶徼乘軺卉服馴。虚空變幻雲成狗，時序潛催鼠化鴽。無勞辨丹紫，萬事前緣耳。我自識君心，湛明如止水。純孝去難留，扁舟發何駛。濯錦江頭秋水平，欲别未别難爲情。巴船轉瞬巫山峽，布帆無恙歸裝輕。艫摇背指菊花放，巴山舊雨時牽縈。明年朱夏君服闋，屈指去隨鵷鷺列。燕市遨遊踏輭紅，朋交倒舄金尊凸。期君再向蜀中來，棧閣煙雲傍馬開。熊軾朱幡迎刺史，相看重展濟川才。

王彤軒刺史以錢別駕鶴年所畫《東披笠屐圖》屬題

髯翁睡足黎州春，起來閒步巡郊畛。片雲催詩雨初作，襟懷浩蕩無纖塵。兒童拍手老嫗笑，村犬驚吠聲齗齗。玉堂故步自瀟灑，豈能蹩躠同齊民。回思上書趨殿陛，履聲橐橐腰垂紳。山陬海澨仰儀表，朝陽丹鳳超羣倫。謫來嶺外築茅屋，夢中長憶西湖蒓。誰圖此像得生趣，添毫頰上能傳神。僧彌示我挂緗縹，云錢子自圖其真。錢亦髯者。我知文忠擅奇節，雪中松柏霜中筠。胸懷經濟未全展，心夷境阻無吟呻。即此風流那可及，行藏舒卷誠天人。瓣香再拜志景仰，使君好共連城珍。眉山舊詞得新像，薦以丹荔岷江鱗。彤軒任眉州刺史。寄語錢髯拂絹素，流傳萬本休嫌頻。

題《陸香嶼明府行傳》

臨汾城西地軸摧，震驚百里騰轟雷。砥柱將傾傳岩側，二山皆在平陸縣。呼號萬姓齊悲哀。連旬顛播尚不已，土窟迸裂屍成堆。平陸使君本良吏，惋惜民命遭奇災。禳禱無靈捄乏策，仰天痛哭天難回。朱絲畢命以身代，祈免闔邑皆傾隤。純誠果能通帝座，地維忽定陰霾開。飛章八告動天聽，丹書奬邮雲中來。贈階五品錫恩蔭，褒忠勵節風賢才。豐碑士民紀遺愛，古虞饗祀追臺駘。廉能慈惠更歷數，頌揚白叟歌黄孩。嗚呼！使君事業足千古，光炳史册昭玫瑰。雲車風馬過姑射，在平陽境。下視蚍蜉蠛蠓如塵埃。

效偪側行

偪側何偪側，側身西南望東北。僕本寂寞人，友朋不見愁顔色，連年巴蜀方用兵，蠶叢道路如荆棘。我策我馬三從戎，卅載江鄉歸未得。忽作衛藏遊，荷戈本無力。八年重譯又重來，椎髻蠻奴尚相識。閒居攬鏡憎華顛，一年萬里乘郵傳。管寧皂帽老遼海，志豈不欲窺堯天。杜陵自比稷與契，潦倒一生尤可憐。我思古人時拳拳，我懷我友更悵然。舉目四顧盡蠻語，坐馳白日消長年。况復捷書久無信，悶懷無賴衹醉眠。蠻中偪側真不耐，青青相對惟苔錢。

題《畫梅》

懊惱探春風力軟，寒梅消息偏吹斷。凍苞欲綻尚淹遲，啼鳥弄喉空歷亂。兩枝忽向畫中來，雙朶猶勝雪裏開。更愛墨香清拂几，隔簾費煞暮鴉猜。

實夫詩存卷三

種梅

分得蒼寒骨，含苞正滿枝。最憐香細細，不耐雪垂垂。遶徑親攜鍤，開簾好贈詩。春來發新萼，聊以慰相思。

月夜懷孫有堂

如玦復如盤，清光夜更寒。此時思定永，知子步方闌。老樹濃蔭合，鄰鐘梵語殘。明朝出險韻，疎影上珊珊。

獨坐有懷

畫閣吟情獨，虚堂月色昏。攤書移竹几，送客掩柴門。落落向何處，凄凄誰與言。空梁見顔色，應想夢中論。

晨起悮觴酒瓮

剳然翻矮瓮，瀟灑瀉長川。緑蟻浮襟袖，紅兒悵夙緣。何須疑劍氣，祇是解蛇弦。寄語閒陶令，於今好避禪。

雨過煎茶六首

兕甆鳴泉急，秋霖到草堂。閒情澄勺水，活火爇名香。蠏眼須千沸，花瓷列兩行。蛾眉本無分，一盞試親嘗。

手瀉新瓷碧，看烹一練秋。鬵香鎗脚折，學篆博山浮。古壁龍如蟄，坳堂芥可舟。吾懷祇無定，何事不勾留。

陽羨迷雲嶰，龍芽摘雨前。遥憐富春渚，也上木蘭船。萬里酬孤客，三吴接兩川。雙溪鬥茶伴，惆悵隔經年。

幾盌秋雲淡，疎疎逗冷香。一痕煙水闊，千里楚雲長。瘦極神仙骨，清宜白玉堂。茗餘還自灌，衹是惜幽芳。

籬下皆秋色，齋頭倚片雲。唼花雙鯉熟，窺硯一蜂勤。石銚方辭藥，齋廚衹獻芹。禪關纔一啟，人事又紛紛。

散漫常無定，浮雲似我輕。肯教歸白屋，便擬入青城。辟穀方應易，眠雲夢不驚。多情空悵惘，回首月斜横。

不見

不見沈夫子，春風二月過。巴歈鄉里曲，山鬼楚人些。豈獨甘鼃黽，誰能附女蘿。久拚成棄置，别恨悵如何。

寫懷

人生不得意，良友復天涯。鯨顙乘風翼，淒涼下坂車。三春果州雨，二月草堂花。小隱還遭妒，應爲智者嗟。

蕉軒雜咏二首

凉風起天末，明月照孤亭。酒氣侵衣緑，山光到眼青。閒情煩不律，歸夢在飛靈。記得桓伊笛，江城倚棹聽。

看雲有奇癖，小築近高原。無意求真冷，凝香理太元。弄煙新竹軟，雜雨老梧喧。何處行吟好，相思得樹軒。

和澹園夫子《憶菊》二首

覓地鋤明月，和秋咽散金。湘煙陶令宅，楚澤屈原心。野徑都藏跡，虛堂且獨吟。薄寒催九九，砧杵夜相侵。

四壁蛩聲冷，凄凉滿竹谿。故人憑隻雁，鄉夢恨晨雞。酒倦深巵倒，詩成矮紙題。盈盈江水上，頫首灞陵西。

送徐益齋南歸

別路鄞江上，新詩當好函。知心重金石，世味別酸鹹。下瀨憑雙槳，輕風護一帆。行程莫留滯，萊舞换春衫。

對菊二首

揚子談經宅，傳觴及令辰。升菴垂舊額，蕭寺洽比鄰。插菊開陶徑，分箋散駱賓。晚鐘初杵後，延月坐花茵。

明月經秋白，梨花憶早春。好攜香入室，祇倩竹爲賓。霜老編籬護，詩寒繞徑巡。莫教抛酒盞，風雨玉顔皴。

芸溪洪七歸省北平

秋老西風急，無端别緒重。數聲霜隝葉，幾杵暮村鐘。馬首自兹去，雲山若未窮。相思折楊柳，羌笛太悤悤。

不免二首

不免河西尉，真慚杜少陵。那能爲率府，聊復效聾丞。疲馬愁堪擲，飛鴻怨不勝。蕭蕭驛樓雨，起坐嚮孤燈。

病骨不勝瘦，春寒故淺深。况逢孤客雨，十倍旅愁侵。梅閣然燈坐，孤幃擁鼻吟。遥知兩無賴，千里各難禁。

夜郎途次雪二首

踏碎千山玉，兹遊勝永嘉。攪風欹竹纛，和月凍梅花。黄葉疑無徑，青帘亦半遮。竭來幽興劇，策蹇誦南華。

散花霏玉女，三日未全收。凍雀空黏樹，寒鱗不上鈎。道從消處見，句向險中求。百尺潛蝗盡，山農慶曉疇。

栢

翠黛染霜髯，曾經雨雪嚴。蒼寒留古貌，瘦勁倚疏檐。烏府夢難到，柯亭興倍添。更殞青玉子，俗骨爾無嫌。

懷陽道中

崎徑豁心目，新詩似古人。風花動春意，山水着閒身。久已忘人我，何須論愛嗔。熙熙道旁叟，便是葛天民。

送別李六香畬四首

廿載交原厚，中年別最難。臨歧頻握手，屈指慶彈冠。花蒔安仁種，砂求勾漏丹，時清爲政易，努力振霜翰。

偶向成都住，還從塞外遊。互賡白狼曲，同敝黑貂裘。此日驪駒唱，何時雁足投。別懷須醉後，且盡手中甌。

我命逢箕斗，時還值角張。祇知徐邈聖，不信接輿狂。倦鳥思佳蔭，枯蟫飫古香。他時分鄴架，應以石爲倉。

此去晉陽道，桃園訪故人。謂車子秀夫。話深燈易灺，交重酒俱醇。百藥毋煩劍，千秋自有輪。合并誠快事，應念苦吟身。

西招春夜偶成五首

遼絶西南地，三危載上元。凝冰連曲渚，薄霧障蠻村。繞屋鴉頻聒，迎風鵲亂翻。最嫌僧唄歇，羣犬吠黄昏。

樹少平川遠，清爐任所之。靈香爇蕭艾，番俗祀神以草香爲敬。神跡寄楊枝。番人以楊枝插屋爲神。語笑憑重譯，衣冠有定時。番俗以十月二十五日始服皮，四月初换袂衣。踏歌隨處起，都是郢中兒。

卷地塵無際，春波喜尚清。聽笳憐僰道，吹笛憶江城。夢逐東風遠，愁連塞草生。揮戈戮豺虎，樽酒下梟羹。

小硯燈依北，山樓角吹東。求仙原是妄，學佛本來空。何必輕餘子，惟堪號塞翁。扶桑求亥步，大抵一天同。

歷落槐中蟻，先生見已繁。逍遥愧蒙叟，疾病類文園。忽憶湖邊寺，曾敲月下門。何年續遊跡，相率共兒孫。

哭毛海客六首 諱大瀛，太倉州人，爲簡州牧。五年春，禦賊于簡州界，戰歿。

臨風一把淚，今日哭毛萇。海客字又萇。四海稱詩史，千秋祀國殤。襟懷原落落，生死事堂堂。何用高勳爵，昭忠姓氏香。

去歲過宗喀，回思舊盍簪。十年重到此，萬里再登臨。剪燭温詞話，海客著有詞話一書，極爲賅贍。烹泉憶苦吟。自今皆已矣，腸斷伯牙琴。

伯仲兼師友，心香拜草元。風流東晉似，詞賦六朝前。篤學川歸海，淪才命在天。等身文字在，留待後人傳。

磨盾飛書檄，才名壓應場。戊午同應一未堂，皆在福宫保幕府。愛尋劉毅博，曾許傅咸剛。余有『逢人須折傅咸剛』之句。憶昔危城共，猶看健筆狂。那知江上别，永訣在輕航。

聞道潼河賊，烽煙近簡州。書生能殺賊，疆吏但持籌。大吏惟知節用，裁撤鄉勇，致賊偷渡，肆其荼毒。畢命攖城戰，傷心裹革收。常山堪作配，壯烈古今留。

名駒憐早喪，有子博學好古，後起之彦，惜早卒。稺弱賸桐孫。歸櫬江鄉遠，攜家鬼妾存。青蠅爲弔客，宋玉與招魂。野哭天涯隔，遥遥酹一尊。

和太菴少宗伯巡閲後藏

介壽煩生佛，謂班禪。人生得未曾。投醪千虎賁，祝嘏萬禪僧。覓句長生瓦，攤書無盡燈。更探三乘秘，花雨衆香騰。

贈友

望擬鷄羣鶴，光如繞電巖。箏能調子夜，撾亦辨迴飆。便欲飛鳧翼，何時脱馬銜。相期賞泉石，長嘯倚香杉。

有懷周肖濂

白楮江邊水，傳聞到馬湖。遥從萬山數，祇欠一帆孤。塞上秋如許，滇南鴈亦無。輸他許元度，鰕菜飯香菰。謂小歐。

再獵登龍岡

走馬平岡闊，相將獵一迴。霜濃虎兔茶，澤淺鴈凫偎。功狗豯於豶，虞人鬧似雷。鞍捎兼捆載，歸路笑顔開。

鹿尾

品漏虞悰録，珍傳耶律詩。蘁包紅玉嫩，盤截白肪滋。香配鴽兒酒，腴嗤牛尾狸。食經兼藥譜，衰病喜相宜。

兔

中山矢三穴，撲朔繞峻嶒。目顧零零犬，魂驚肅肅鷹。干城罝亦置，株守觸何曾。那得宣城手，攢毫試剡藤。

半翅

憨迅輸山鷩，肥鮮抵樹鶏。見應呼雉子，烹合伴鸊鷉。不復煩牙鏃，相將入罟罦。雲鵬程九萬，半翅爾何迷。

沙鷄

愛向沙中聚，形居鳩鴿間。爪殊龜足似，翼帶雉文斑。味合醇醇配，名疑爾雅删。最禁霜雪冷，飛度紇干山。

野鶩

泛泛能言鶩，相呼宿野塘。無心隨海客，比翼傍魚梁。屈子輕波遠，王喬隻舃藏。祇因寒臛美，網得付廚娘。

雪鷄

朔雪耐刁飈，空山惜羽毛。霜濃丹味艷，風急嘴聲高。性共冰霾熱，形隨舞鏡勞。攜歸伴鑾榼，飣餖雜紅糟。

山麞

臍香山徑染，雪跡隔溪添。慣逐驚麏擾，惟輸霧豹潛。鹿邊宜細認，書誤弄麞難。何處王戎冢，新歌試一拈。

試筆

半世行沙塞，江東空故鄉。已無婚宦意，猶滯利名場。求友憐空谷，思親憶北堂。新年對明鏡，添得鬢邊霜。

偶成

塞外三年住，親朋一半休。浮生同草木，世路逐蜉蝣。老去惜同伴，少年難共遊。悶懷無可解，江上看沙鷗。

再過東湖蘇文忠公祠二首

憶拜坡翁像，重來又七年。殘碑仍舊句，湖水隔秋煙。杭潁從茲始，兩西湖皆在東湖之後。儋瓊劇可憐。平生仗忠信，定力老尤堅。

舉朝皆欲殺，四海譽偏高。少已驚滂母，茲猶滯判曹。抗疏皆聖治，下筆等驚濤。晚遇非明主，謂哲宗。令人痛所遭。

元夜

酺飲連衢巷，魚龍曼衍朝。月華燈共朗，春事酒同消。亦有羈愁客，端居感寂寥。難尋九賓宴，且弄伍員簫。

車中二首

雨過芳原潤，春寒上短袍。吟編消客味，村釀試新糟。軟綠鋪荑麥，輕紅浥小桃。車前風景好，何用感薪勞。

鷺外蘸天碧，柳梢垂雨絲。官蛙初閣閣，乳燕尚遲遲。漸近終南路，羞過郭令祠。無煩笑充隱，此去老東籬。

夜雨

空階凉雨急，淅淅亂殘更。良夜古懽共，深談百感生。簾踈燈影澹，風潤簟紋清。明日新泉長，安排活火烹。

貧病

貧病原來慣，閒愁亦耐長。已甘藜藿美，忽訝豆苗香。未典餘書帙，相親衹藥囊。何如擁朱紫，得失總遑遑。

庭下

凉露淨如水，三更月在樓。如何一片葉，忽作萬家秋。砧杵勞人夢，笙歌想舊遊。西風偏狡獪，吹冷玉搔頭。

夜雨答方有堂

江氣連雲脚，山風送雨聲。劇談開意蕊，高咏鬥心旌。懶過嵇中散，遊輸向子平。感君羨簑笠，我本海鷗輕。

乍凉

乍驚簾幙卷，雲罅好風來。解阜關天趣，雌雄辨楚才。泠然空外想，偶爾一尊開。頓覺煩襟滌，虚堂絶點埃。

新雨

雷掣雲頭轉，風催雨脚垂。夜凉衣袂得，秋近枕函知。魚樂就新水，鳥醒摇故枝。瀟瀟纔數點，百卉已含滋。

夕陽

晚霞横石壁，秋色愛斜陽。波瀉黄金冶，山明青豆房。蟬聲留寸晷，花徑逗微凉。静對忽相笑，人同野馬忙。

松屏

鬚叟檐前影，山樵嶺外尋。坐來三面碧，分得數枝陰。酷暑消炎態，新香伴苦吟，擬餐梢上露，何處白雲深。

田家二首

豐年稻粱足，陌隴起謳歌。野寺巫歈雜，山村酒旆多。徵輸無吏役，嘯傲有煙蘿。臏笑茅簷底，饑吟一老波。

茅屋野人邨，疎籬白板門。生涯勤耒耜，長養到兒孫。不識達官貴，惟知后稷尊。熙熙樂多黍，燈火醉黄昏。

秋山

天遠山逾淨，秋清雲自閒。溪澄喧急瀨，林瘦點朱殷。鷹隼盤空疾，虹蜺挾雨還。拂衣黏翠黛，掩映鬢華斑。

秋燈

凉夜虚堂静，孤檠綴玉蟲。攤書搓老眼，掩幕隔西風。菊影當窗瘦，松醪映盞紅。爲煩銀甲剪，遠勝絳紗籠。

秋笳

白草粘天盡，邊聲動客愁。叢蘆低毳幕，短拍雜羌謳。別淚人歸漢，哀鳴鴈叫秋。蘇卿聽幾度，贏得雪侵頭。

秋笛

小擫清商發，愁心宛轉吹。陽關三弄遠，八破一聲遲。江静魚龍躍，霜高猿鶴悲。倚樓人不寐，涼月冷侵肌。

秋柝

嚴城傳閣閣，冷柝抱孱夫。區脱霜初下，譙門月自孤。客懷驚輾轉，鄉夢記模糊。欹枕涼宵迴，寒聲滿四隅。

秋日北岩寺登眺偕方有堂四首

秋老試征衣，紅驄踏翠微。苔深山自古，霜重葉交飛。雨散層巒出，鐘殘一衲歸。登臨意蕭遠，未覺酒尊非。

獨客耽疎曠，青山解送迎。禪扉留劫火，野陌尚秋耕。九日花相就，遥空鴈自横。江天苦吟望，遠火夕陽明。

峭壁藤蘿紫，空庭橘柚香。風疎侵客鬢，雲冷護僧房。野老話今昔，山禽鳴激昂。層城下方隔，煙霧杳蒼茫。

登高羊叔子，送酒王江州。初地一吟嘯，名山自勝游。清歌來逸思，軟語寄深甌。臕有疎狂客，黃華對白頭。

題澹園先生詩册二首

卅載舊官閣，凄凉不可尋。猶含魯門淚，腸斷伯牙琴。論劇黃河瀉，吟低皓月沈。摩挲對陳迹，一片故園心。

小泊刺泉飛，尋幽計未非。攜來雙管健，寫得數峯歸。灑酒滴山翠，跨鞍留夕暉。三年梓州住，傳得老僧衣。

讀史二首

得失機何拙，安危理自存。如何縱殘賊，翻説慰重閽。健馬糜倉廩，騎兵入劍門。將軍空細柳，慚愧列雲屯。

穰苴不可作，誰復更談兵。屈指論諸將，翻令憶老成。紀綱千古重，勳爵一毛輕。差喜鐃歌裏，編氓樂太平。

送宋念莪南歸

淡蕩煙波闊，衝寒一棹歸。帆孤風力峭，江冷鶴聲饑。到及梅花放，支硎香雪霏。知君拚爛醉，猶趁典春衣。

偶成二首

浮生經小劫，世事逐飛埃。朝槿笑松栢，百年同一摧。蟻宫空説夢，蚊睫尚成雷。我愛羅浮嶺，梅花開未開。

霜葉蕭蕭下，寒枝見鵲巢。風天宜薄醉，梅萼慰神交。夢境山陽笛，塵跡塞上骹。年年悟泡影，佛向老夫教。

出遊

花柳春無數，濃芬釀午風。衣香人冉冉，翠幙錦重重。啼鳥有新樂，繁枝發舊叢。城南復城北，應笑白頭翁。

和方有堂觀察《池魚》之作

小池知未涸，轉憶石泉寒。塵市又焦土，清波餘鱠殘。微生知所棄，勺水得其安。絶似南屏鯽，坡翁幾度看。

早梅

風遞疎香細，寒梅破萼初。閒尋江上路，忽傍野人居。春信已先到，陽和覺漸舒。花前日吟望，開落但徐徐。

人日賞梅和方有堂觀察

春事正無賴，喜逢人日晴。官梅幾枝放，照眼十分明。詩寄杜陵叟，花迎薛道衡。夜闌爭秉燭，香雪滿前楹。

聞綏定捷

餞歲驚烽火，元辰報捷書。從來荊棘亂，端仗虎臣除。悍氣消餘習，春風拂舊墟。遥知上元節，宵肝慰宸居。

奉懷方有堂觀察，即和途中之作

官閣花無賴，軺車人遠征。山川舊春色，隴陌正初晴。有客憐幽獨，將書數驛程。歸途足吟興，隨意課春耕。

送姚西垣赴秦中

柳緑岷江岸，春深别錦城。把君今日袂，轉憶十年情。蘭桂中流槳，雲龍萬里程。相期九霄路，努力事修名。

深夜讀書

重剪殘燈讀，行微老覺遲。難抛新借帙，偶改舊吟詩。羣動無聲處，靈光獨到時。白頭鑽蠹簡，惟共解人知。

送友人

蹀躞紅驄馬，連翩柳外過。恰當春釀熟，何處杏花多。勝事名山共，新詞擊節歌。壯懷知未已，龍驥振鳴珂。

早梅

嫩蕊衝寒放，幽香鼻觀參。虯枝猶卧雪，春色已舒南。欲折瘦堪惜，頻來冷亦甘。一尊同索笑，華髮映鬖鬖。

題周嶰谷《松下撫琴圖》

謖謖松風古，愔愔琴德清。阜康融素抱，雲水寄遥情。味澹海天遠，調高猿鶴驚。澄懷浩無際，絃外大江横。

偶成二首

雨過春無際，花飛葉有痕。緑陰齊結子，碧玉漸生孫。鮭菜求田舍，匏尊醉樹根。最憐小兒女，團坐笑顔温。

德潤枝還茂，膏醲福自貽。從來造物意，却要世人知。自棄天終棄，人欺我自欺。幻情千萬變，都坐者般癡。

秋感

老去朋交弱，如星向曙闌。病無方藥驗，秋逼夾衣寒。尚喜新書贈，閒傾濁酒乾。禽魚自籠沼，天地本來寬。

自成都至温江三首

疎林午煙直，茅屋幾人家。竹外聞山碓，風前噪亂鴉。嘯歌農事畢，斟酌酒懷賒。指點霜籬畔，寒梅已着花。

野闊朔風寒，途長客袂單。潛鱗求古穴，倦鳥怯征鞍。夢入華胥好，禪逃法喜寬。笑看雲罅迴，一鶚又高摶。

漠漠平疇闊，蒼蒼古木欹。寒泉魚不餌，霜樹鳥頻窺。側帽歸僧晚，投闌病犢遲。近郊風力減，漸覺軟塵吹。

沈庚軒索菊二首

我有東籬癖，臨風逸興添。訪從香細細，分及雨纖纖。傲骨原宜冷，芳醪合配甜。一船秋送去，有客正掀髯。

杜老秋心迴，花枝背觵看。扁舟香滿載，静夜月迎灘。到日剛重九，開時影不單。陶家添勝事，三徑酒杯寬。

和陸古山《田家水閣》

官清儀從簡，地僻小勾留。長嘯風生腋，高吟月滿樓。天空雙燕影，檻外一江流。憑眺岷山遠，銀光映斗牛。

犀浦道上

火熾途人避，山行愛晚涼。乍穿秔稻路，絶似水雲鄉。豐歉勞徵驗，陰晴細考量。髯蘇心事合，餅餌有餘香。

牽牛花

滴翠拖藍染，纏緜竹徑邊。星懸清漢外，花綻晚風前。秀色宜圖畫，新粧配寶鈿，秋宵人乞巧，小摘替誰憐。

重九後三日，有堂廉訪邀集少陵草堂，還至武侯祠，五首

出郭西風緊，吹舟過浣溪。叢茆紅雪艷，隻鴈冷雲迷。豁爾去塵累，翛然尋野畦。低徊草堂路，此地足幽棲。

籠竹萬竿合，拖煙冷碧梢。秋心新節概，流水古神交。林密忽啼鳥，地深誰築茅。少陵魂戀此，鄠杜欲全拋。

亂水鳴山碓，寒鴉集古榿。雲深山意遠，秋老竹心知。僻徑孤筇瘦，圓沙一鷺癡。鄰僧慣相識，來往不須期。

小隊郊坰近，名賢勝地貪。曉風吹客鬢，秋水淨江潭。相對但呼酒，將行又駐驂。遥遥千載上，踪跡許人參。

丞相祠堂古，蕭森檜栢寒。天心成鼎足，漢室肯偏安。千古事何有，頻來感百端。登高苦吟望，秋鶴唳空壇。

題姚一如方伯《秋山睹墅圖》六首

一掬羊曇淚，東山竟不歸。慟深知已逝，垂老故交稀。二十年前事，三生證恐非。名園重到處，忍見落花飛。

君是人倫彦，能憐一楚狂。矛頭同淅米，區脱共焚香。壯志兼高義，奇勳出大荒，窮邊余再到，先已哭毛萇。謂海客。

樓櫓逾滄海，靴刀逼賀蘭。力超章亥步，籌運亞夫壇。半世親軍旅，平生肯晏安。勞人歌草草，鄉夢感無端。

臥病維摩詰，蕭齋客到頻。囘思秋館讌，莫慰夜臺春。事葉垂青史，因緣付劫塵。玉棺天已降，迎取謫仙人。

槽舸春流發，三巴接九峯。故人成永別，泉路可重逢。帆過長江穩，舟藏巨壑封。登高窮望眼，生死感離悰。

令子雙雛鳳，元方更出羣。燭龍探學海，金鷟吐彤雲。看奪他年幟，還成未竟勳。可憐銜卹日，別淚但紛紛。

蛙聲

春流鳴滮滮，吠蛤鬧平田。新綠半塘雨，低雲幾棱煙。繁聲感同類，微物樂其天。我已名心盡，忘懷鼓吹邊。

犬聲

寒夜吠偏急，茅簷守最堅。主恩貧尚戀，瘦骨汝誰憐。遠市聲聞接，浮雲變態全。劉安仙路近，拔宅大羅天。

秋夜

落葉拂簾箔，秋聲到冷衙。破檠支壁穩，矮紙判書斜。辨學知涇渭，灰心向戟牙。鬅鬙搔不盡，吟事莫閒些。

雪二首

永夜不成寐，蕭蕭雪打籬。地爐餘斷燼，高枕覓新詩。龍鬥疑無跡，雞瘖莫問奇。朝來慶年瑞，把酒對良時。

寒齋無客至，閉户讀南華。忽訝霏微雪，真成頃刻花。竹垂千个碧，梅壓一枝斜。好試龍團餅，争他學士家。友人送茶至。

桃李

春風遍相識，桃李總紛紛。香霧繁清晝，紅嬌昵夕薰。拂衫蜂歷亂，穿徑燕殷勤。何似吴山曲，攜壺入絳雲。余家近半山，桃李萬株，一大觀也。

春日怡園雜成十二首

淑氣逗春菲，林梅已著緋。新香通鼻觀，微暖入書幃。叢蘭臨砌發，好鳥貼簷飛。愛客談幽勝，茶甘蟹尚肥。

睡起日高春，園林春意濃。老梅香細細，修竹緑重重。石瘦堪留鶴，雲飛不礙松。苔痕新屐齒，藤杖步從容。

竹外起行廚，茶煙曲徑紆。閒情寄池沼，遠夢即江湖。讀畫神俱逸，彈琴興不孤。老懷惟愛懶，任唤作頑夫。

上九整文綦，春臺祝受釐。晴香生几席，暖日上罘罳。歲稔占三素，時和感百祇。心清身自泰，兄弟况怡怡。

寶鼎蹲青猊，濃香祀碧雞。春風生硯北，吟跡憶巴西。篠竹迷煙徑，山茶豔野蹊。支笻過略彴，恰恰聽鶯啼。

香蕚發蘭階，遊蜂逐燕釵。園林春次第，花事日安排。剔砌呼童子，攀枝任小孩。頻來幽興好，處處動吟懷。

登臨舒望眼，延月喜樓高。王粲情無限，元龍氣尚豪。攜壺邀酒客，倚檻待雲濤。東望八千里，懷鄉白髮搔。

風煖草敷甲，春膏田可畬。新荑發楊柳，晴翠渲篨篨。理釣機心動，看雲俗慮攄。柴桑隨處是，何必賦歸與。

老覺隨時健，攜笻日看花。香尋蜂跡近，緑到草痕斜。對客閒捫蝨，逢僧且鬥茶。行吟情未倦，重訪酒人家。

策蹇過山橋，輕鞍挂酒瓢。逢花宜小駐，遇友即相招。天外浮雲卷，尊前白髮飄。打乖隨意詠，吟卷鬥牛腰。

春水漾微波，春亭潤緑蘿。芳林迷小鳥，淺沼泛新鵝。老柳萬添翠，遥峰黛染螺。天心本仁愛，萬彙感陽和。

春甕紫椒香，匏尊勸客嘗。晚菘經雪嫩，瘦韭出畦香。薺染緑腰窄，荇縈綬帶長。飣盤蝦菜足，何事不徜徉。

工布塘觀較獵，應和太菴宗伯命

遠域沾醲化，宗卿啟大荒。地本宗伯所開。五風占歲稔，九鴈兆農祥。時雨欣逢閏，來年早吐芒。餉耕番婦喜，負耒褐夫忙。簜節巡田畯，關心到毳鄉。如雲芬苾苾，歧穗瑞穰穰。小隊郊坰集，行廚宴幄張。賓朋皆列坐，寮寀任迴翔。芳草羅茵輭，名花拂地香。金壺融酪乳，碧盞散冰漿。雅度今山簡，從遊有葛彊。豳詩纔共咏，武備更端詳。路本窮邊外，威宜八極揚。高墉開射隼，平楚漫開場。揖讓先崇禮，論功必挽强。六鈞齊正鵠，百中巧穿楊。侍從飛髀急，番官顱首昂。歡呼雜吟誦，較勝樂徜徉。赫奕輝鑾服，懷柔感異方。德星雙聚美，仁政萬人康。使者皆宏度，書生恕渴羌。藝輸矍圃會，醉已次公狂。竚聽甘泉捷，還應頌白狼。

實夫詩存卷四

春日讀書省齋

嚦嚦窺梁燕子譁，飄飄拂户柳絲斜。暖風三日輕衣袖，春雨連宵判落花。吴榜他年游白社，青鞵何事步京華。東塗西抹儂偏慣，劍脊𠁅毫未厭奢。

寒食得紫牡丹一朶

一花又向眼前開，多謝春風着意催。遮莫便將金百兩，阿誰輪與錦千堆。魏家紫玉殷殷見，楊氏脂香嫋嫋來。冷節爲憐多寂寞，凍醪斜瀉碧螺杯。

重登金華山

蔚藍天冷回征鴈，又踏丹梯俯碧岑。剔蘚我方尋舊蹟，碎琴君合話知心。墓門石馬悲陳郭，海岳名山愧向禽。更有故人歸不得，一天凉月倩誰禁。

香畲鄞江吟草

橘亭西路續前游，又結吟緣下遂州。抹月披風三十日，斷烟零雨一孤舟。無多好友飄春絮，不盡相思付遠郵。屈指驪歌應送我，幾時重與話離愁。

琴泉山試茗與澹園夫子聯句

龍井新芽穀雨前，試烹活火問琴泉。閒搜山骨開紆徑，偶寫梅花上玉箋。微雨欲來虛閣凈，暮雲歸去遠峰連。碧瓷收拾名香永，沁入詩脾道味全。

遊琴泉歸

白雲冉冉到窗前，翠蘚沉沉侵石泉。茗椀閑攜陪講席，山光静挹寄吟箋。平原麥熟人民富，近郭煙生巷陌連。日暮東津正留客，醉中長嘯説神全。

偶成

瓊瑶須試三宵火，寶劍猶存百鍊鋒。黄閣晝開雲靄靄，玉關西望岫重重。韜鈐一代思羊叔，途路雙歧哭嗣宗。井絡山川自形勝，客懷終不戀臨邛。

融鑄申韓擬法家，誤從文字記南華。笈探大雅參元秘，禪與中峰論等差。自澈澄心觀止水，虚勞天女散空花。此間相近君平里，星象無煩訪七車。

通泉和車秀夫

奪筆江郎澀舊才，焦桐一擲正堪哀。趙昭玉價誰能識，郭震豪名本不裁。隱霧仙人迷玉女，垂光列殿瞻瓊臺。此心未解回初地，杜詩：回心向初地。《謁文公上方》詩也。滿眼浮雲自去來。

通泉夜與秀夫戲書二首

武昌江倚黄鶴樓，晴川閣前鸚鵡洲。陸郎斑馬悵何處，張翰鱸魚憶舊游。滿地秋雲凝蜀道，一帆煙水下揚州。人生得意須行樂，未悟牛車更少休。
鼉鼓三更夜漏重，燭花和淚態曚曨。叵羅莫惜安金粟，焦尾何須斫緑桐。自有蟠螭生硯北，儘教畫角壓城東。話餘陳迹饒吟管，不聽愁霖怨晚風。

重九偕東野、香畬登琴泉山

爽颯秋空一雁飛，掃林落葉半霏微。黄花白酒隨人醉，紫蟹青鱸憶我歸。懷客那堪尋舊雨，登高不用戀斜暉。琴泉指點重游地，山翠流雲已拂衣。

和孫有堂《游金華山》

筍輿倦眼爲君開，愛古求題剔蘚苔。可惜碎琴人已往，衹今落帽客重來。百年事業銷塵劫，千古文章落上臺。滿地黄花話陳迹，流雲如水不須哀。

棘中桃花

桃花和泪春煙裏，知道含情向阿誰。山雨洗殘眉際緑，松風吹落臉邊脂。幾聲啼鳥憐幽寂，無數游驄繫別離。一樣人間上林苑，金樽醉倒鳳凰池。

獄中得澹園夫子寄詩二首

一燈寥寂坐深宵，巫峽重重字水遥。凍雨茅簷憐向夕，巒峰雁足去來朝。有人學乞王孫飯，無地堪吹伍相簫。塊壘消殘除下苦，半甌清茗帶書澆。

雙桂同吟鄞水秋，鴻飛雪爪爲誰留。聯翩官閣思前雅，欵段琴泉憶舊游。泡影中間堪説夢，亂絲叢裏最禁愁。白雲縹緲青天碧，惆悵難登百尺樓。

仙人

盧敖若士久朝真，喪我如匡祁孔賓。石髓有時堅似鐵，松肪常見凍如鱗。偶驂鶴駕添遐想，但入羊羣已幻因。一任三彭仇不息，且將魚服悤閑身。

寫懷

少年游俠重虚名，肝膽逢人便倒傾。花底徵歌邀客醉，坐中得句倩人評。曾將一擲輕劉毅，終負三山與向平。寥落於今亦無限，餔糟長欲學酩酊。

清明節道經黄平州

憶昔騎驢入劍門，小桃紅碎僰人村。於今瘴雨黄平驛，一讀詩篇惹淚痕。何日蘇堤尋舊蹟，他年姜被快同温。松楸回首雲千疊，何處能酹萬里魂。

書事

世上應無離恨酒，人間衹有照愁燈。最無聊處惟思睡，不耐情多且學僧。客况衹如樓隻鴈，人情大要履層冰。登場傀儡原堪笑，飽老當筵我亦曾。

寄王東野

下簾白月照孤清，坐寫蠻牋到二更。世事經過千戲劇，天涯知己幾儒生。歸來閬苑應騎鶴，未證菩提爲有情。他日相逢採靈藥，韓康應悔賸虚名。

放舟龔灘二首

別懷悵悵早秋天，聚散搏沙祇自憐。雀舫已過巴峽水，鰉魚剛趁外江船。紅牙按譜知君熟，碧岫看雲迓我還。爲問何時成會合，早梅時節好周旋。

兩岸啼猿下碧灘，黔山峍屼蜀山寬。逐臣歸思濃於酒，良友知心臭似蘭。桂棹詩成和欸乃，鯉魚風急望汎瀾。相思準待春香發，重話離愁接舊歡。

枕上聞雨聲

萬派奔濤伏枕驚，半宵風雨急秋聲。怒潮忽憶伍員廟，歸夢已過白帝城。那許扁舟落湖海，但愁茅屋捲柴荆。明朝且就滄江望，門外煙波一片平。

漫書四首

落魄歸來傀儡場，賸看衫袖墨淋浪。歧途有客悲臨賀，蠶室無人弔子長。已判因緣皈佛域，祇餘結習到詞章。一肩破衲江南老，肘後常懸辟穀方。

清流一掬滌塵襟，未必商彝勝瓦鬵。楚子前頭休説劍，成連去後不彈琴。半生消息花含笑，萬里津涯猿夜吟。究竟一齊都放下，更於何處覓機心。

世緣無分亦無名，淨業空花契惠能。看足人情悲石火，思量舊事半春冰。芙蓉已贈青門俠，薝蔔來參白足僧。賸得幾番鴻爪雪，斷牋殘墨記吾曾。

排雲意氣阻天閶，爛醉風流數老狂。酪乳黄羊游俠隊，繡襠金埒少年場。憑欄選妓花無色，刻燭敲詩麝有香。總把閒情付流水，不須搔首嘆斜陽。

簾鈎

捲放春烟入户庭，戛殘銀蒜共伶仃。名藏漢苑人如玉，閣倚秦淮主姓丁。偶罥晴絲縈翠鬢，漫移花影度銀屏。有時隔斷湘波處，琴韻棋聲仔細聽。

無題

碧落浮雲自去來，管絃何處認繁臺。金莖草向三山覓，玉井蓮從五夜開。匲葉悄隨珠琲颭，銖衣不費剪刀裁。花源衹在烟霞外，仙客重尋試漫猜。

偶撿顧晴沙先生與澹園師索《四清圖》墨蹟

廿年陳跡總堪悲，况復頻傳隕少微。鶴嶺湖波賸詩影，梁溪烟月弔春歸。《四清圖》杳題仍在，三友吟成夢漸稀。冬初澹園師以《三友圖》二幅命題。十笏焚香相趴對，虎頭神妙足皈依。

荏苒難留節物徂，重來佛地證三塗。宦情大抵鮎緣竹，兩公皆以事去官，余亦以薄宦被議。時論難分鬼畫符。頗憶他年陪履杖，於今我已白髭須。欲除感慨爲紅友，馬湩留犁旋酪酥。

承崧亭觀察招飲二首

徑滑剛宜屐齒遭，橙香恰喜薦霜螯。銜杯徐邈先中酒，説餅吴均又賦糕。照眼花光人比豔，凌雲逸調鴈俱高，倘教常共巴山雨，何必詩人例水曹。

有酒但思邀客醉，愛閒從不説官貧。何妨補作登高會，可惜偏遲顧曲人。插帽黄花憐客鬢，釘筵紫鱠訝重斲。是日得鱖魚。何堪轉憶當年事，毶幕遮頭礙欠伸。余偕崧亭曾抵濟隴。

咏史

漫笑嵇生七不堪，那知捷徑在終南。白雲有意留宏景，紫氣誰人識老耼。漢上神仙空解佩，山中彌勒且同龕。看他射影含沙客，身到崖州也自慚。

有懷故廬二首

借得江村繞白沙，濁醪篘取不須賒。蟬聲萬个篔簹竹，蝶夢三春婭姹花。曉笛吹回黃犢背，晚鐘尋到老僧家。那能常作茅簷客，廡下梁鴻最可誇。

驚禽久已怯空弓，鄉夢無緣到浙東。海内幾人成雨别，天涯三語學雷同。率真尚愧陶元亮，健忘去漸成華子中。賴有管城封拜在，阮生底事泣途窮。

次吴少甫學使《留别》元韻四首

天教簜節到戎州，劍外新詩抵陸游。公自顔其室爲『劍南』。官識銓衡同簡要，詞章典誥與綢繆。來開石室傳文黨，試採神芝訪葛由。公曾以《採芝照》索題。從此成都添勝事，浣溪吟跡幾番畱。

遍踏邛崍萬點山，一山贏得一詩還。高懷潔比瓊瑶似，雋語清於晉魏間。隨意問奇容我懶，無多載酒會常慳。離樽共憶周郎遠，謂周肖濂主政。何日親擒板楯蠻。

馬稍相逢半段槍，吟腰相鬥興偏長。近日公與秋汀、玉崖兩觀察唱和最夥。商量軟語吟花底，檢點閑情付水鄉。濡筆肯輸張旭聖，銜杯最喜次公狂。輶軒未發驪歌集，主客分圖列兩行。

偶向天涯印雪鴻，去瞻朶殿瑞雲紅。此行定到三臺路，問勞還如六一翁。懷友詩成秦棧裏，磨厓書記亂山中。他時倘憶魚竿客，隻鴈遥看寄遠空。

悼亡

棖觸無端惹舊愁，青天碧海兩悠悠。巴山埋骨自孤寂，雪嶺酸心又遠游。金釧十年餘恨在，玉容千古不能畱。人間惟羨韓憑木，死後交柯翠影浮。

聞賊渡嘉陵江二首

捷書何日到甘泉，露布傳聞近左縣。豺虎於人本殊性，蟲沙變化亦堪憐。夷門從此無朱亥，僰道今惟杖蓋延。東望征雲倍惆悵，錦江萬里隔烽烟。

蛟睫初營寄一巢，俄驚蛾子弄飛骹。老親稡子頻移徙，蠹簡焦桐已屢拋。鄉信望中迷驛騎，捷書天外盼雲旓。幾時越水攜家去，肥遯曾占上九爻。

閒步

偶然閒步名園畔，忽憶同行大婦詩。臨水驚鴻知照影，穿花戲蝀太情癡。卅年辜負江南路，此日空吟塞外詞。不信人生老邊徼，白頭羈旅欲何爲。

塞外戲書

終朝馬湩醉冰壺，一樣勾留愧賈胡。大類九年來面壁，何曾夜半得衣珠。相逢不耐皆蠻語，辯論多應恕小巫。臥病維摩持定力，任教魔指水晶盂。

偶成

分無玉腕瀉冰壺，宛似扁舟落五湖。豈有陶朱營萬石，真成海客逐雙凫。人間難覓千絲網，海内偏多九曲珠。自笑語言重譯少，更誰春夢唤髯蘇。

即事

榛楛那知松柏材，葛藟空自施條枚。擲金已辱稱龍尾，聯襼多應識雉媒。三釁五交劉峻賦，翻雲覆雨杜陵哀。也知此道今如土，兒戲真堪醉後咍。

哭陳禹梅三首

人生莫怪頭先白，兩載頻添哭友詩。老大不堪繩繫淚，天涯惟有影相隨。電光石火中年事，酒律茶經夢裏期。猶憶孟公投轄處，從今陳迹賸餘悲。

聯袂十年前共語，曾將仕宦等塵沙。丈夫君亦人中布，獨客余成井底蛙。幾度子雲亭上酒，依然工部宅邊花。那能重覓知心共，老淚先傾絶塞笳。

書生薄命等浮雲，豈是申韓不可聞。快意黄金催白日，無情寶劍擊紅裙。後來世事頑爲福，大抵人生膏自焚。萬里傷心同一慨，纍纍千載總孤墳。

咏史

後來滋蔓防萌蘖，見説編氓似澤鴻。風草樹聲惟保惠，雨寒調變在神功。但聞版築求賢士，多少箕裘悮乃公。千古典刑謨訓在，至心研極有虚衷。

吐蕃

歸仁抱帛荏都歌，悉補相傳出邏娑。表怯懸狐今似矣，等身佞佛竟何如。文成遺冢巴無跡，元振盟言信不磨。膺遠從來周策上，陋他婁敬衹言和。

春日偶成四首

悤悤又過元宵節，寂寂仍爲塞外人。卌載何曾得安處，夢中惟覺戀慈親。詩書有分慚遲暮，筆硯終身作近鄰。悟取浮生似春草，天涯雨過一番新。

意氣雄豪屬少年，老夫無賴惜華顛。半生大類木居士，絶塞那尋詩謫仙。倘憶鴈行吟夜雨，迴思鴛夢化輕煙。也知人事皆前定，枯坐拈毫即惘然。

平生咿喔未曾諳，一刺千人總内慚。杜甫襟懷期稷契，嵇康風度在莊聃。南山射虎心猶壯，東閣觀梅酒尚酣。在梓州事。欲把閒情寄弦管，舊人何處覓何戡。

輕衫席帽江東客，卅載飄零梓益閒。袴褶幾回磨盾鼻，弢衣何日賦刀環。已輸治國陳三策，空遺題詩到百蠻。翻羨沙門苾芻老，那知文字一生閒。

即事戲書

戾氣自能生短蜮，樊閒惟合止青蠅。蝦蟇入井惟貪水，蟣蠓趨明解識燈。鬼脱畜生應傲佛，鳧甘粱稻不知鵬。性靈本自分清濁，迦葉無勞演上乘。

除夕口號二首

爆竹依然鬧六街，三年人尚客天涯。相看紅燭留殘歲，坐惜青年動酒懷。鴈跡何因羈錦里，望家書不至。桃符聊復綴蕭齋。春風好聽歸期早，擬向花時醉寶釵。

年年空賦大刀環，遲飲屠蘇覺鬢斑。自笑三霜弄柔翰，難從九譯問諸蠻。輸他博望支機石，
賸詠孫娘墮馬鬟。如願頻呼但歸去，不妨到處買癡頑。

晚飲

胸次何當傀儡埋，澆愁須得酒如淮。未聞精衛能填海，但見貪狼解負豺。事去半生思石友，
緣慳老景悮金釵。幾時得向茅簷臥，榾柮煨殘賦打乖。

無題四首

機中文錦織摴蒱，市上金錢看麗姝。碧緑青紅合歡綺，東西南北定情觚。那知河間羞稱婦，
肯信羅敷自有夫。癡絶尾生猶抱柱，輕將燕石等璠璵。

消寒宜戴辟寒釵，畱客輕兆金縷鞋。誰教子卿氈作食，獨憐胡婦酒如淮。取凉荀令原多病，
割肉東方事近諧。老子風流真不淺，閒情賦罷眼頻揩。

何須擡取隱花裙，六寸凌波露屧紋。叩叩同心知入月，翩翩來夢慣行雲。長楊走馬憐張放，
棘道琴心感卓文。報道茂陵消渴甚，衹餘斑管寫蘭薰。

狼藉眉痕點額黄，依稀半面識徐娘。不隨天女呈嬌素，傳説金城毁艷妝。豈有晶奩留鬢影，枉教珠琲鬥釵梁。老傖真有痂堪嗜，逐臭何須笑蛣蜣。

歲暮感懷四首

雪後寒梅香更清，紅英緑萼鬥瑶瓊。酒兵壚畔扶頭盞，茶具花前折脚鐺。石上放歌曇首少，池邊作達巨源清。於今塞下經殘臘，舊事憑誰與細評。

壁懸大食寶刀銛，架上縹緗十萬籤。沈約瘦生移帶孔，蘇公慷慨寄髭髯。壯懷尚欲吞蛾子，老境惟餘秃兔尖。多病無聊窺寶鏡，星星羸得二毛添。

銷磨即墨管城髡，歲月修鱗赴壑奔。飲啄羈棲憐鴈鶩，飛騰變化愧鵬鯤。髑髏解語惟莊叟，山鬼何知魅屈原。東望三巴烽燧裏，故人猶有未招魂。

四山風色黯黄沙，面面寒冰映日斜。蜀道尚遮三里霧，佛天憎見兩頭蛇。自傾餞歲浮蛆甕，間聽迎儺卷葦笳。摩詰閉關塵不到，春前惟盼雪飛花。

書悶

一夜不眠添白髮，難憑酒力破心兵。滑稽方朔惟求飽，救世如來不惜生。莊舄越吟誰共答，鍾儀琴調自關情。江鄉有路容漁父，蘭芍溪邊蕩槳行。

白楮江修禊

袚禊流傳曲水詩，採蘭佩艾暮春時。於今沙塞無青草，那有閒情繫柳絲。連臂天魔皆變相，近人山鬼慣兒嬉。永和勝集千秋事，今昔相看不可追。

暮春游地穆胡圖克圖經園

客子光陰又一年，春風吹緑草芊緜。懶將團扇吟桃葉，何處青山拜杜鵑。歸夢渾如飛絮亂，悶懷惟許酒杯憐。杏花消息無由問，贏得星星鬢髮添。

偶成二首

夜雨前山遍溼雲，曉風吹柳度清芬。弄晴簷雀隔窗語，坼蕊瓶花入坐聞。萬里僧迦原寂寂，兩川蛾子尚紛紛。嬾窺明鏡華顛白，贏得韡皮起面紋。
上林鴻鴈子卿歸，廡下王尼滯戰圍。慷慨多愁類平子，氄氀不舞笑爰之。巵言未解荒唐意，定力終隨造化機。悟得虛空皆粉碎，從來幻想盡非非。

林樾亭明府以《出口外詩集》見示二首

同爲濱海東南客，竺國西來萬里遊。君復高懷應伴鶴，昌黎健筆欲蟠虬。倦飛我已甘雌伏，壯蹟君方播遠猷。從此天涯不孤寂，篝燈閒話荔枝樓。
新詩玉屑霏喉舌，把卷臨窗擁鼻吟。奇絶柳州銘鈷鉧，真同白傅咏江潯。東坡海外情歸淡，杜老巴西氣轉沉。最喜春聲動鐃吹，頌成朱鷺抵南金。

偶作

五十年華逐逝波，春風無奈客愁何。填成恨語拋紅豆，消遣閒情寄碧螺。俠士長横湛盧劍，醉翁頻宿海棠窠。山花啼鳥憐將别，隨意行吟發嘯歌。

贈柳

一條青幛六年中，恰恰鶯簧伴乃公。隔斷黄埃遮草閣，放開青眼對花叢。猶存陶令空亭舊，和太菴侍郎築五柳亭尚存。想像王娘絮語工。小别十年從此去，好將眠起向春風。

别西招二首

六載空游選佛場，菩提難證鬢成霜。亂山歸路馬蹄疾，晴日春風花草香。吟侣尚同仙李别，酒徒誰讓次公狂。身行萬里尋常慣，行脚擔簦又一方。

傳聞楚蜀尚游氛，陂艻難同塞草焚。歸興濃於新釀酒，别情多似出山雲。喜從魏絳朝天闕，又見穰苴作領軍。生入玉關吾願足，好將大武頌元勳。

西招别戴宿齋

景宗豪氣任踈狂，絶塞相依歲月長。射雀君便神策弩，擊牲我慣佛郎槍。盤鷹走馬平蕪軟，炙鹿薰貍乳湩香。最憶蠻姬三十六，踏歌行酒一行行。

歸成都作

苔痕如黛染青鞋，五岳歸來眼倦揩。鎖骨神仙書插架，辟支彌勒酒成淮。棄瓢便可隨巢父，袖石猶堪佐女媧。結習維摩餘一事，誰家好句觸吟懷。

感興

半生行脚半天涯，時節真同赴壑蛇。身行萬里三見月，小住一旬又别家。故我生涯貧似昔，人情異樣錦翻花。相逢舊雨類相問，共道星星鬢有華。

卸裝

據鞍一百三十日，行路纔經萬六千。縶馬暫遊人海地，攜尊剛及菊花天。紫衢又逐香塵軟，絳闕欣看寶鏡懸。欲覓鴻踪朋舊杳，解裝還復撿陳編。

日下

日下春愁柳外生，軟紅三月住神京。聊憑禿管消閒晝，不管新歌雜怨聲。長吉高軒星宿迴，昌黎才筆大江横。安排誰共看花眼，巢父漁竿且獨行。

無題

不是無情與避嫌，年來赢得客愁添。十分離緒風懷減，三月春光病態懨。夢斷楚雲情百感，思深峽雨淚同沾。青童未解人間事，又捲蝦須六尺簾。

和《無題》

鳳集高梧聲尚雛，滄桑誰與問麻姑。馬卿病渴消金粉，平子多愁臢白須。實濟竟如飛冷火，虛名全似築浮圖。最憐雪印鴻騫後，塵蹟迷離半有無。

和方有堂觀察《宕渠道上》

烽火驚心感昔時，溪山重到認還疑。閑雲淡蕩隨人遠，小水潺湲入澗遲。弄笛偶思桓子野，論兵終讓李鴉兒。濃陰老樹根頭坐，慷慨吟君破敵詩。

夜坐

一鈎凉月照簾初，茶話無煩感索君。到手先傾元亮酒，壓床新借鄴侯書。風雲懷古人如在，冰雪論心暑盡除。坐惜良宵吟望久，迢迢清景二更餘。

閒咏

静耐雙丸跳擲忙，將心聊逐蠹魚場。鐘儀琴罷思歸郢，楚些歌餘夢涉湘。箕踞肯容中散懶，行吟儘笑接輿狂。海天話到迷離處，兜率蓬山自忖量。

過小尖山

萬里行縢亥步來，巉巗疑是佛雲堆。虚聲霧尚迷三里，舊事詩成感八哀。張石虚、毛海客諸君，皆歿于賊。便借高峯作長戟，偏勞壯士溺殘灰。時議遣鄉兵捕賊。勒銘選得摩厓處，誰是軍中上將才。

美人蕉

綠鬢朱顔惜舜華，新來移近輞川家。鸞箋軟碧芳心捲，鳳味腥紅舞態斜。試剪輕衫稱身着，好裁團扇爲郎遮。乍窺明月中庭影，疑向階中見玉耶。

新秋

夢到華胥眼倦醒，起來惟愛竹風清。鬢絲解惜流年换，庭樹先知節序更。雲接遥岑添雨氣，鴈尋别渚已秋聲。鄉心已共孤舟遠，一片無勞砧杵驚。

登綏定城樓

翠疊圍屏枕鳳岡，到來猶識舊沙場。快心蛾子消塵劫，滿眼鴻踪集稻鄉。嶺上横雲迷戰壘，壕邊牧馬認金創。仲宣大有登樓感，月照籐蘿夜轉凉。

七月八日

生怕海東鳴曙鷄，鸞軿依舊渡河西。雨垂别淚曉雲合，月挂離心漢影低。一夕團圞天付定，十分美滿世難齊。誰家得巧鍼樓畔，腸斷秋風客思迷。

泛舟游翠屏山

野步城闉雜市囂，喚船官渡趁漁舠。層岩蘿薜諸天古，萬壘烽烟上將豪。秋色平分歸老眼，酒痕容易涴征袍。戛雲亭下揮雙槳，無限鄉心逐暮濤。

過亡室墓感懷

到此填膺百感生，紅心宿草滿孤塋。十年幾下牛衣泪，隻影空留鴈堦鳴。知否青山還共葬，漸看白髮已叢生。摩挲短碣斜陽裏，腸斷斑騅又遠行。

小溪山獨步

寥落霜天感百巡，填成紅豆弔汪倫。才人無命天緣厄，獨客多愁老淚頻。花發小叢魂自賞，石留山骨跡猶新。滄江虹月傳千載，白石梅溪共有神。

答方有堂觀察

六年面壁石留影，五月行邊雪壓廬。豈有元珠探象罔，空餘清淚滴方諸。天留傲骨宜三黜，人贈新書尚五車。多謝昌黎憐瘦島，酸吟終覺愧黄初。

同方有堂廉使登峩眉峰頂

卅載名山想像中，太峩今日御天風。七旬鞞鼓諸夷伏，百里花香萬佛同。脚底浮雲還密布，眼前山色但空濛。此身直到華嚴頂，詄蕩天門咫尺通。

送孫赤霞歸山陰

卅載同遊濯錦江，輸君先櫂鏡湖艭。公和味旨薪傳遠，赤霞申韓之學及門最廣。伯樂奇知驥力降。萬里人歸鱸正美，一帆風順雁成雙。杖藜好去山陰道，雛鳳相攜倒玉缸。

咏桂

淮南叢圃到應稀，風度秋芳月影微。龍腦薰衣小花蕊，金莖含露病楊妃。酯斟虎魄銅山醉，葉煮犀稜翠鳳飛。忽憶吴山兩黄玉，天香萬斛擁禪扉。吴山大觀臺桂二株甚大，花時可坐百人。

蟹

舍南舍北水迴縈，漁火光中瘦骨撑。值得將身徇黄菊，也勞纖手剥香橙。琴中郭索身逾躁，杯底澄清影尚横。屈指霜風催九日，與誰載酒訪淵明。

題宋楳生太守《凌雲圖》

漢嘉猶是古江天，山老凌雲臥碧煙。遊跡重尋蘇玉局，楚狂原是大峩仙。奔騰流水傾千峽，壁立危峰露九巔。我但推蓬見嵐影，卌年圖畫結吟緣。

登高

蒼蒼雲樹隔江看，莽莽雲山入望寒。天淡一痕秋鴈過，霜清九日客衣單。名山舊約輸何點，病骨新扶笑井丹。老眼摩挲對黄菊，醉鄉真讓酒杯寬。

重九懷良圃副相

重陽脚軟罷登高，爲謝龍山勝事豪。黄菊白衣陶令醉，茱萸霜鬢杜陵搔。彭城戲馬空留客，雲夢呼鷹旋解絛。遠憶山公習池上，一尊誰與共題糕。

秋眺

極目遥岑瘦骨支，白雲翠黛淺深宜。馬肥苜蓿平原闊，鴈老沙汀獨影移。儘耐凉颸侵客鬢，漸傳霜信到吟髭。興來欲覓孫登嘯，應有溪山猿鶴知。

秋飲

蟹螯剛熟芋新煨，撿點山翁竹葉杯。蒼耳叢深霜徑滑，白衣人至菊花開。中天月朗歌須放，高閣凉初客自來。酩酊留髡須一石，鄰鷄莫共漏聲催。

秋萍

半篙秋漲荻蘆灣，一片青雲澹蕩間。雨後輕漚濃緑漾，霜初微點紫花斑。檮摇尚帶前溪色，魚唼斜窺夜月彎。莫共楊花怨飄泊，五湖踪蹟自消閒。

秋潮

羅刹江頭秋興奢，馮夷慣舞浪中花。海門晴雪羣峯走，江岸西風落日斜。匹練遥飛文種劍，萬雷争擁阿香車。我來不用錢王弩，霄漢須乘博望楂。

秋程

風急天高見鴈初，紛紛凉露上征車。繡衫寶劍平原馬，破帽寒氊野店驢。槐葉亂飛遮古道，柳絲垂䩞護長渠。蕭條萬里思關塞，八月嚴霜滿客裾。

秋浦

碕暗疎林隔野湄，水清沙白漾漣漪。殘花冒雨撐孤影，紫荇牽風繞碧絲。唤渡人過衰柳畔，收罾漁趁夕陽時。驚鴻忽憶陳王句，秋老閒吟洛浦辭。

秋眠

生憎落葉下湘簾，眼倦紅閨酒態淹。一枕凉生邊塞夢，半床愁擁舊人縑。鴛幃夜冷薰檀炷，蟬鬢寒侵露玉尖。最是乍醒聽不得，芭蕉聲裏雨廉纖。

秋燕

海燕驚秋節序諳，雕梁欲別語呢喃。小樓人病知愁送，故壘泥香戀舊含。一剪殘霞關塞遠，兩行衰柳夢魂酣。相思莫怨經年別，王謝門庭許再探。

過陳禹梅故居

巢父珊瑚拂釣竿，玉梅花裏記憑欄。酥煎鹿韭偏宜酒，餳點魷嬌偶薦盤。嬴得新詞添素壁，拈來險韻似危灘。孟公投轄留賓處，花發同誰仔細看。

愛閒

斫取筠竿樹短籬，護花常恐損芳姿。要留小白長紅態，最好和煙帶露時。分付春風吹緩緩，商量夜月且遲遲。知心衹有杯中物，薄醉憑人喚酒痴。

右《愛閒》一首，稾中漏載，係箋上書寄者，附録于此。述軒記。

夜歸

晚風吹送木樨香，立馬煙村初月黄。穿樹佛燈明隱約，隔溪人語出蒼茫。夜行古道傷幽寂，天趁中秋苦作凉。一晝絲鞭吟興在，歸鞍蹀躞有奚囊。

秋月中散步

娟娟素魄淨天涯，散步中庭手獨叉。秋氣漸知侵瘦骨，夜凉最好試新茶。壯懷日久都成燼，世事年來薄似紗。識得無無亦無有，從今更不讀《南華》。

憶梅四首

鎮日孤吟有底歡，尋春可要到江干。入冬微雪衹僅見，過臘老梅猶耐寒。羸蹇難驅登遠道，病夫偏喜坐更闌。不堪蕭索今年事，禁得孤鴻觸耳酸。

偶憶梅花便斷腸，一枝何處覓孤芳。眼中依約疑疎影，鼻觀霏微得妙香。冷絮幾曾争碎白，蠟丸猶解出癯黃。從今衹種江南圃，日對瓊英作故鄉。

可堪友雪儘欺霜，處士風流耐晚芳。有夢縈懷心亦淨，無花滿圃徑都荒。吟餘直信影亦好，畫裏空教筆欲僵。多少閑愁消不得，爲君搔首立斜陽。

羨煞龜堂老放翁，花光都倒酒杯中。江頭蘸月認仙影，籬落隱煙愁雨功。遶徑尋將神共瘦，和香吞却色俱空。幾時也得拈花笑，春透南枝一夜風。

題畫梅

小試紅脂點筆斜，粉苞香萼寫寒芽。可憐香意全消雪，争奈寒梅未見花。千里故人慳驛騎，一回鄉夢恨天涯。任教世眼猜桃杏，自是春風處士家。

立春前三日得梅一枝

得見梅花第一枝，驚開雙眼慰相思。久拚隔歲尋香骨，最訝先春覩玉姿。藤几拈毫今破懶，膽瓶珍護莫嫌癡。个儂自是神仙侶，便是花神也要詩。

得瓶梅一枝三首

今朝差勝昨宵歡，爲有小梅花可干。東帝竟輸三日早，南枝慣耐一冬寒。清魂自解憐孤客，白眼猶來傲曲欄。拚把相思共傾倒，莫將畫角弄辛酸。

消殘圭璧豆稭霜，簷雀驚窺入户芳。苦憶敢嫌遲歲晚，相逢真似破天荒。畫圖可要珍藏起，吟管翻如凍欲僵。多謝東風齊着力，花前稽首禮春陽。

却讓山邨白髮翁，冷香先到杖藜中。臨崖也要春風力，近水多沾雨露功。疎影相來猶是色，暗香飄盡始成空。尚須商畧前生事，纔向瑶階御曉風。

幽興

不勝杯酒懶提攜，兀兀常來坐閣西。清唳都知憐野鶴，舞衣畢竟讓山鷄。偶穿竹徑尋新筍，閑數梅花洗舊泥。更使齋頭添十畝，也隨農父把春犁。

閣前小梅着花

隔歲相攜到草堂，貼枝猶祕壽陽粧。今年散步過荒徑，拂袖乍驚瓊蕊香。瘦質忍施金錯剪，芳魂擬護玉迴廊。從來未欠哦詩債，又向梅花説斷腸。

病

紅蕚争鮮緑門明，不堪着我病夫行。便教鮫淚三千斛，那换春朝一日晴。猊冷殘香煨斷燼，鶯酣啼舌變新聲。也知愁病俱賴争，無奈維摩是隔生。

春日行館

九十春光亦過半，杏花紅舞隔簾風。直須收拾畫圖裏，莫漫留將烟雨中。啼鳥多情常歷歷，游絲盡日自悤悤。此身未識銜杯樂，閒聽鄰家角酒雄。

偕豐瑞菴將軍重赴西藏四首

沙塞征鴻慣獨翔，祇徊故渚掠青蒼。紇于凍雀憐鶺鴒，阿閣珍禽炫鳳凰。爪跡重留冰雪窖，夢魂常在水雲鄉。謝家池館分明在，蘭芷荃蘅憶舊香。

芳林鶗鴂太紛紛，獨客閑愁不耐聞。清漢一層懸朗月，暮山幾疊戀歸雲。書來摯語皆真意，詩配離騷作古芬。懶插黄花醉桑落，舉頭霜葉索離羣。

行脚鷄峯復象坑，三旬挂錫竺王城。豐隆鼓腹諸天震，列缺施鞭大地驚。香雨一林神女散，春風千樹地魔争。去來本是無心事，多謝阿難解送迎。班禪額爾德尼遣人迎送，念舊頗深。

萬峯玉钃聳晴嵐，一水龍沉吼古潭。泉噴石橋衝馬過，山盤雲磴倩猿探。邊笳聲急秋風動，毳幕談深濁酒酣。感慨懷人兼惜别，廿年三度解征驂。

返自西招答有堂方伯

幾年蠹簡鑽芸閣，一夜韡刀度玉關。雪磧馬銜阿耨水，冰天人别紇干山。淡交自與濃交異，歸路方知去路艱。話久西窗重剪燭，嘹空霜鶴又新還。

贈戴宿齋

廿年邊塞老防秋，鄉夢遥隨江水流。功業燕然留柱石，風儀錦帶佩純鉤。龍堆牧馬羌渾肅，雲窟抨弓隼鶚愁。此日嚴谿垂白首，當年同伴半通侯。

送吉運使赴淮上二首

九重丹詔五雲來，鹺使淮南保障開。調鼎先聲臺輔望，籌邊舊績濟川才。春風江介人同仰，明月揚州句好裁。我是龍門舊賓客，他年文讌許追陪。

廿載聲名蜀道傳，文翁風雅繼前賢。清操汶水還同潔，卓行峩峯早陟巔。星傍南宫依北斗，壽開八袠享耆年。相期一品書成後，待寫雲藍十様箋。

寄題蘭州望河樓

十仞樓高雉堞開，黄流入望響奔雷。罡風夏冷三霄近，駭浪秋高九曲來。聯步我曾偕酒客，恬波誰是濟川材。浮梁第一誇天險，訝見嚴冬玉作堆。

欲雨

老樹陰濃集午鴉，清渠宛轉入鄰家。輕風扇暑微連雨，小草含滋盡着花。戲蝶翩翩香繞徑，奇雲疊疊水翻車。扶藤愛對齊簷竹，翠羽飛騰綠鳳斜。

憶舊遊

論蜀文成走傳車，朝登鳳嶺暮褒斜。關前明月堪馳馬，袖裏干將慣辟邪。萬疊雲山行絶徼，一天風雪涉流沙。壯遊未必輸前輩，賦就邊聲答塞笳。

納凉

茅屋荆扉夜不扃，貪凉愛坐水邊亭。書逢别解胸懷暢，藥驗奇方草木靈。琴罷鶴翔仙骨瘦，雨餘山染佛頭青。高荷大芋今年足，風過來從月下聽。

怡園静坐撿蘇長公帖

瑟瑟街東樹草堂，編籬六枳竹圍牆。層階蕙蕊含朝潤，小沼荷風送晚凉。攤飯病軀便矮榻，觀書老眼怯微行。衰年學道輸前哲，手寫黄庭付葆光。

長夏雨中三首

連朝赤日麗霄行，那得輕陰變老晴。忽地怒雷催電影，排空急雨瀉灘聲。笋芽陡覺駢頭茁，荷沼旋看一例平。蓑笠東阡更南陌，稻歌齊發見農情。

南薰驟送暑全消，潑墨奇峯染碧霄。修竹攪風雙玉戛，擎荷瀉雨亂珠跳。棊枰留客過長晝，蓑笠移花度小橋。静驗池塘新水漲，澄波唼喋泳輕鰷。

緑疇新稻葉初齊，柳外風蟬向午嘶。幾陣涼飔輕褦襶，四郊甘雨試鋤犁。魚迎急水衝斜甽，鷺剪霏煙拂遠隄。老去猶堪作田畯，耕桑閒課自扶藜。

憶西湖

軟碧涵空淡欲無，缺瓜記泛舊明湖。雨峯峭壁七千仞，三竺丹楓幾萬株。踏磴尋仙人姓葛，繞隄插柳跡留蘇。鄉心遥逐雲山遠，閒拂蠻箋試鼠鬚。

懷西藏舊遊

獼猴江隔大荒西，寶偈頻傳法鼓低。龍樹塔高留畫壁，鶴林春煖印香泥。笑看崇影殘麋角，閒步恒沙踏象蹄。勘破人天堪忍界，愛河無用築長堤。

檢點殘稿

焚香小閣意蕭閒，數卷殘編手自刪。抒寫性靈原偶爾，求安格律最辛艱。仙凡道路分三界，唐宋源流辨一班。曾向迦陵聽梵唄，始知天籟等塵寰。

沈庚軒過訪話舊

吟髯如雪喜相過，擊節聯吟發浩歌。八詠休文才曠達，四愁平子感懷多。浮雲瞥眼成虛幻，古井澄心有定波。細數知交半零落，相逢莫惜醉顏酡。

江干送客

玉淪江水去悤悤，相送鄉心過浙東。此日天涯憐病叟，來時光景記兒童。壯遊馬稍銜沙磧，老境烟波理釣筒。一事尚餘豪興在，敲詩賭酒笑談中。

聞歌

隔溪唱徹采蓮歌，老去楂笻喚奈何。白髪無情催短鬢，青鞋有約共烟蘿。旗亭故舊皆塵土，病榻因緣臏痒痾。輪與放翁豪興足，夜深頻醉海棠窠。

城南偶步

田間風過稻苗香，蠶事纔終穀事忙。鄰婦繅盆絲作雪，老農攜饁鬢都霜。竹溪水漲宜垂釣，榿木陰濃可納凉。行到杜陵棲隱地，山僧相識話斜陽。

寄漢嘉太守宋楳生題襟圖二首

凌雲山色九峯青，官閣新添六一亭。好雨甘棠春布澤，和風絳帳晝談經。先生心跡江梅瘦，弟子聲華月桂馨。不負身爲漢嘉守，百篇佳句寫圍屏。

江流縈繞抱城洄，勝地名園列俊才。小宋詩名傳内禁，大峩山色落深杯。素蘭香裏横琴坐，紅藕花中覓句回。我似髯蘇空悵望，幾時攜酒許重來。

懷芍蘭谿

小水潺湲匯芍溪，垂楊婀娜拂長隄。花明古寺攜銀鐙，人試輕鞍騁碧蹄。繞屋濃陰修竹茂，到門山色白雲低。醉偕鄰叟舒遥矚，皓月長空鴈影齊。

丁丑新年讀壁間宋楳生觀察《見壽》詩五首

老來真羡地行仙，步履還同上瀨船。時足疾未愈。花放緗梅聊自賞，春生絳帳但高眠。看雲憶弟人千里，述軒弟尚無入川信。讀畫耽詩又一年。壁上廣平風度好，漢嘉名守擅長篇。

六翮懶隨鴛鷺羣，逍遥青海薄浮雲。陋他婁敬和戎狄，喜見穰苴作領軍。皆乾隆壬子從軍，廓爾喀事。佛地因緣花爛漫，蠻天況味雪繽紛。打包行脚年年事，賸寫殘編付卯君。

白狼朱鷺奏新歌，整頓歸鞭指大峩。險徑三旬曾絶餉，健兒八百共提戈。剪燈毷幕談黄石，立馬巉岩卷白波。舊事思量成電影，春風無那客愁多。皆峩邊軍中舊事。

凌雲載酒主騷壇，宦跡人攀五馬鞍。百粵江山供象管，兩川人士望蟬冠。鴻泥印雪分踪易，鯨海搏沙見面難。遥憶題襟開柏府，珠璣應更滿臺端。時楳生權臬篆。

秋齋閒適

逌然鸞鳳接蘇門，秋淨空山絶衆喧。習淨潛鱗藏古穴，得時老鶴愛高軒。餘薰未斷聞根寂，奇帙能開眼界昏。撿點浮踪皆幻境，澹懷如水欲忘言。

寄懷杜樹堂

摧殘兩鬢白差差，久别江鄉憶舊知。總角書堂攜手日，元春綺席對花時。時皆髫年，惟新歲始得相聚。詩來老眼披瓊屑，想到湖蓴繫夢思。衰病倘能歸故里，孤山同訪最南枝。

和佘子超賞菊

花發東籬愛古香，銜寒手擷帶晨霜。經年氣節含真冷，入世風流且豔粧。送酒誰人過三徑，銜杯有客醉虛堂。君苗攜得江南種，便認成都作故鄉。

春暮書事

一雙乳燕太紛囂，小語喃喃上綺寮。繞户任教終日遍，啄花偏帶十分嬌。奚童狡獪簾頻捲，鵓鴿嘸啁語共招。起爇鑪鎗聽蟹眼，午醒閒借茗甌消。

雨過

淡雲一抹過簷角，細雨斑斑點石苔。攤飯午眠湘簟滑，汲泉初鬥茗香回。芳蓮未要連根刈，翠竹新看拂户來。我欲匡廬雙赤脚，雪濤千尺走層雷。

送述軒之忠州任二首

青簾畫舫嚮忠州，棣萼離情隔遠郵。錦里名花供飲餞，巴江緑水漾春流。衙齋白傅題詩在，宦跡宣公軌範留。勤政愛民君自曉，清風遥接荔枝樓。

鳴玉溪邊放棹行，山童㛮叟喜相迎。春深野市聞繅繭，緑滿郊原好勸畊。巴蔓江聲流古意，引藤山色照前旌。木蓮花發多明豔，可得分栽配紫荆。

寄答王東野

新詩閬苑霏瓊屑，低首耆年鶴髮翁。卌載分襟情不減，幾番入夢境應同。江天海澨迷霜鶚，東野昔仕八閩。鷲嶺龍堆印雪鴻。余在西藏時，東野赴烏魯木齊戍所。他日平原聯舊雨，雄談拚共醉顏紅。

壽沈潤亭二首

八咏高名繼選樓，一聯仙句賦湘流。織簾家世傳清節，植杖風儀薄宦遊。嶽峙淵渟開寶閣，龍章繡黻拜鵷儔。盈庭蘭桂森森列，同晉霞觴度菊秋。

逸興東籬意最長，泉明心跡傲冰霜。生成鶴骨花同瘦，開到鸞翎酒正香。瞻吉祥雲添靉靆，策靈壽杖樂徜徉。先生自是人中瑞，道德書成擬伯陽。

王雲泉《逍遥樓圖》

錦里名樓幾度過，倚欄同聽遏雲歌。清臣筆健題楹古，石楊『逍遥樓』三字，爲顏魯公書。摩詰詩清入畫多。雲泉善畫。夜雨簾櫳來爽氣，涼風水面自煙波。披圖感舊重攜手，莫惜衰顏得酒酡。

沈庚軒病歿二首

聞道休文返道山，難禁老淚自潸潸。酒龍詩虎從前事，月地花天想像間。賸有遺編傳蜀國，幾時檣舸返江關。生芻一束無由寄，手寫湘箋帶淚斑。

灌夫罵座亦人豪，意氣輸君冠若曹。任昉有兒憐斂葛，有堂子聖芝入川，君以千金爲贈。鄧攸無子繼同袍。君弟蘋香無子，君以次子嗣之。長吟月下歌秋興，小飲風前讀楚騷。都是當年快心事，萬千遺冢已蓬蒿。

壽陸古山明府二首

宜公家世景初才，門第春波厚澤培。八載廉聲犀浦著，雙鳧異蹟虎城開。梅花一首詩誰贈，蓮社諸君許共陪。大衍稱觴斟壽醑，朝天看染御香回。

宦跡居然類放翁，新詩吟罷寄郵筒。逸情人比雲中鵠，高節天成劍外雄。杞菊有時供茗飲，肥醲原不貯胸中。羨君玉筍明階發，頭角崢嶸氣吐虹。

送吕燮庵太守還京四首

許公門第東萊學，鶴背仙風咏雪才。祖德聲華留越水，孫枝紳黻振燕臺。廿年經濟親戎馬，萬厦襟期蔭棘槐。七十名成游洛社，芝蘭繞膝慶春醅。

記磨盾鼻遇通川，縞紵論交蘂共聯。禦寇勳高傳劍外，轉輸功鉅又峩邊。鸞姿鶴骨丰神纖，翠羽朱旛世澤緜。長君亦以太守膺花翎之榮。一自魚通籌筆後，歸來五馬惜華顛。

古來然諾重千鈞，四海如君有幾人。林下獨存松節概，花前宜配菊精神。公喜蒔菊。數年曳杖時同醉，從此分踪又隔塵。老境不堪重惜别，日邊遥望寄雙鱗。

玉淪江上送輕舫，日吉辰良氣象昌。畫舫青簾帆冉冉，水程山驛路堂堂。題襟漢上高懷暢，拍棹金陵景日長。通潞門前一回首，相思應在碧鷄坊。

送丁青巖游戎二首

正禮才華迴出羣，冠軍功業自平分。松枝夢腹徵高秩，虎觀論經識異文。馬稍蕃疆衝雪霰，旌麾汾晉起風雲。十年前共穹廬飲，今日離筵酒又醺。

輕裘緩帶笑談餘，老境頹唐獨哂余。此去承恩温語渥，遥看建節壯懷舒。胸藏鳳翥鵬騫志，筆著龍韜豹畧書。從古雲中多上將，功名肯讓李輕車。

哭呂星泉刺使

冰清玉潔見持躬，晦叔名高劍閣東。錦里論交多密友，草堂得句滿詩筒。十分意氣胸常貯，五日頭銜命太窮。君到合州任止五日。疑是去騎青角鹿，芙蓉城在碧雲中。

李湘帆明府以《諧史》付讀二首

青蓮才思遐齡筆，唐李延壽作南北史一百八十卷。美玉良金著作能。早見雄文傳雪嶺，先著《金川瑣聞》。還留善政紀春陵。公曾作宰棗陽。襟懷浩蕩精神健，心跡孤高氣象澄。今日巴山重御李，幾多名士欲擔簦。

晉代風流漢代文，馬班才筆異香薰。奇書萬卷供搜剔，《諧史》千秋廣見聞。講座耽吟情暇逸，燈窗求古意辛勤。功深誘掖開來學，吐屬皆成五色雲。

題余澹圃小照

銅陵家世傳千古，天聖經綸峙八賢。静几詩書宜課子，疎簾梧竹試談禪。吟髯細撚憐陳迹，壯志猶思着祖鞭。更覓上池甘露飲，旁人争羨地行仙。

新春微雨

麗景新年换物華，春城户户醉流霞。天垂瑞兆霏甘雨，地潤濃膏茁露芽。梅萼香疎清撲鼻，金尊酒釅味黏牙。閒窗檢點陳書卷，老眼微昏力尚加。

人日小園作

晴日暄和景漸長，鵲聲送喜爲誰忙。滿庭佳氣閒清晝，萬朶梅花趁暖春。生趣畝春添菜把，衰顔轉潤藉椒觴。出門喧笑連衢巷，樂聽農家説小康。

病起偶成

今年病過牡丹時，少却嬉春半卷詩。藤杖隨身强行樂，圖書滿架暫舒眉。白酴醾放香何釅，黄栗留嬌日漸遲。老境頽唐精力覺，花前猶自撚吟髭。

流光週甲又三年，霜雪侵尋入鬢邊。半世艱辛牛伏皂，平生潔白硯爲田。閒窗一卷詩頻改，病榻孤燈夜不眠。憶别西泠今卌載，鄉心猶夢總宜船。

暮春小園

遊絲飛絮晝長間，剥啄人稀喜閉關。新緑半塘連塢水，遥青一抹隔城山。蝶沾曉露花房宿，燕覓香泥畫棟還。檢點年時櫻笋會，酒痕猶自涴苔斑。

病起聞草堂芍藥盛開

花事已過三月三，病辜游興獨懷慚。好書到眼還頻讀，佳客知心且劇談。道本虚靈無挂礙，貧添老境有誰看。草堂婪尾春偏勝，酒榼茶鐺尚可擔。

白芍藥四首

婪尾春葩試澹妝，瑶臺仙子貯明光。風階素面疑含笑，月地清姿暗遞香。雜佩解珠歸漢水，盤盂琢玉賽唐昌。雙飛鳳子憐嬌客，粉袖輕盈拂露房。
殿春時節鬥芳姿，浩態狂香品獨奇。三素雲中來洛女，六銖衣薄降瑶姬。濃薰芳氣何須麝，淡抹花顋不點脂。老我白頭相對處，光華如雪照吟髭。
子規聲裏惜春殘，留得將離仔細看。醉賞不辭銀鑿落，護持應傍玉闌杆。酴醾掩映香如雪，蝴蝶飛來粉作團。比似名姝初入道，羽衣雲鬢白瑶冠。
今年花事最清腴，色相華嚴見曼殊。一朶迎風翔白鳳，滿盤凝露聚明珠。春融素頰微生暈，香透檀心薄點朱。相約夜深和月賞，好傾雪釀醉冰壺。

初夏四日

楝花風信逼薔薇，暖透中庭金帶圍。中酒玉環腮暈絳，踏歌飛燕袖飄緋。玫瑰香膩堆雲髻，蝴蝶身輕鬥彩衣。首夏清和足吟賞，不須惆悵惜春歸。
紫藤開謝掩荆扉，新笋穿階玉版肥。風過花叢薰暖氣，人憑水榭試生衣。安心兜率塵緑淨，醒眼蒙莊蝶夢稀。一片緑陰籬落静，小紅猶放野薔薇。

閒愁觸迕鳥聲中，春事飄零曲檻東。那有腰纏騰鶴背，幾人噩夢醒槐宮。錢鋪蓮葉浮青沼，雪舞楊花颺碧空。晴日乍長添肺熱，掃除竹院待凉風。

宜晴宜雨麥秋天，新緑叢叢黛色鮮。䳺鳩喚醒深閨夢，鷓鴣啼破隔溪煙。尋思舊事供茶話，不放閒愁到酒邊。投老養痾聊自適，傍人錯認地行仙。

東城閒眺

春風荏苒惜韶華，近出城東酒易賒。指點雲山尋衲子，商量晴雨問農家。濃陰隔岸藏村市，新漲浮空送客槎。最是郊原生意足，禾田千頃緑無涯。

送方聖芝入都二首

十年官閣聯新咏，一夕雍門感素琴。余與尊甫有堂方伯賓主十年。杜甫重逢挺之嗣，侯芭再盍子雲簪。聖芝從余學詩。驊騮欲騁先徐步，鵰鶚初騫有遠心。此去天門開詄蕩，好將頭角露森森。

四十年前過灌口，清城入望少攀躋。芒鞋羨爾登臨暢，白髮憐余老病齊。絶壁留詩成壯觀，名山攜酒訪幽棲。江東歸去誇同志，不負花驄到蜀西。聖芝獨遊清城，得詩甚多。

送王驪泉明府歸錢塘二首

九秋又送子猷船，録别天涯思渺緜。驪泉前次銜恤南歸亦係九月。冰雪襟懷名□稱，春風教化使君賢。棠陰𧦬道人争頌，雨話巴山〔一〕我共聯。此去縞衣湖上路，芒鞋踏破萬松煙。

誦君一卷協州詩，珙縣古協州地。鑿古搜今語最奇。黟玉勒銘垂典則，山元作佩自威儀。珙邑石色黟黑，君琢磨成器，無體不備，皆繫以箴銘。欝林舟重雲根瘦，巫峽雲輕白舫馳。三載朝天膺異數，君以卓異班闕即可引。重來再訪菊花期。餞别時園菊方盛。

【校記】

〔一〕此字底本漫漶，似爲「山」字。

亦園感舊

五年陳跡鬢添絲，著屐重來憶往時。苔漬尚留仙釀酒，方有堂方伯家釀神仙酒，嘗讌於此園。廊深高咏月明詩。有堂《明月篇》最佳，成于亦園。空餘杜老悲巫峽，猶記山公醉習池。問訊官梅莫憔悴，憑君相伴有荒祠。三公祠梅爲余手植，三公楊荔裳、姚一如、方有堂，皆余舊友也。

和陸古山《除夕書懷》元韻二首

漸看春信到南枝，歲月修蛇赴壑馳。剪燭圍爐留寸晷，銘椒釀柏祇移時。輸君健筆多豪興，老我頽年乏好詩。見獵未忘横槊日，桃符寫罷畫吟痴。

九衢燈映瑞雲紅，萬户春聲樂歲豐。盛世昌明開壽域，陽和醞釀感天工。疎香徑入花間雨，暖律吹回紫陌風。小飲屠蘇賡白雪，朱顔偶潤媿衰翁。

初春怡園閒步

緑芽深竹忽通橋，紅暈緗梅頻帶潮。春滿小園晴日麗，雲歸遠岫碧天寥。偷閒選石劖詩句，半醉攀花繫酒瓢。三徑苔濃無客至，祇憑藤杖自逍遥。

城南小步

春翠痕侵宛轉橋，緑波沙漲暗生潮。名花得雨添姚冶，時鳥吟風伴寂寥。三白新芻浮玉甕，一肩行行負田瓢。城南試約登臨侶，極目琴臺眺望遥。

陸古山再以詩來二首

鐵網珊瑚又一枝，清才俊捷比星馳。最宜官閣翛閒日，況值春光駘蕩時。魯望高懷能作達，涪翁老境欲删詩。但教錦里開吟社，搴幟騷壇讓虎痴。

梅萼春殘賸小紅，輕雷起蟄象占豐。草滋萌蘖添生意，詩澈靈機奪化工。薄淞芳林霏麗雨，嫩寒綺幔隔尖風。衰年肺疾吟懷澀，潦倒春愁白髮翁。

咏玉蘭

亭亭玉樹倚春風，萬琖瑶卮酹碧空。薄日乍烘晴雪塢，晚香微度蕊珠宫。素衣仙子憐高曠，白首詞人感舊叢。坐倚朱闌待明月，隔花誰與唱玲瓏。

暮春四首

暖風晴日隔窗紗，坐爇爐香鬥好茶。紅杏尚遲三日雨，緑楊已綻二分芽。畱連暮景誰同調，辜負春光任有涯。酒盞無緣詩思澀，空餘老病插新花。

鈴索聲中門彩旗，暖風晴日養花時。隔牆人面舒桃頰，拂水蠻腰繫柳絲。世事縱橫三語慣，老年頽放一春痴。岩邊林下猶虛願，聊折繁英對酒卮。

橋東艇子水邊亭，留戀春光醉復醒。櫻笋廚開三月暮，烟雲界破萬山青。懶將經籍攜牛角，閒把軍持洗鶴翎。老眼瞢騰無一事，小詩吟罷寫窗櫺。

廿四番風次第吹，袷衣初試鎮相宜。老鶯深谷藏喉舌，乳燕新巢學羽儀。花事十分經眼過，酒卮三釂引頭垂。不須追憶成惆悵，冷笑人間萬態奇。

初夏

婪尾春葩送煖香，乍過穀雨日添長。赤闌花滿蜂成陣，白玉卮深酒有當。新燕定巢童捲幕，晚蠶入箔女條桑。間攜椰栗催東作，撲漉沙鷗起一行。

憶舊遊

捫參歷井登天易，值斗逢箕入世難。萬里弢弓隨鐵甲，卅年草檄倚雕鞍。盤鷹舊夢迷沙塞，射虎遺踪記賀蘭。投老行吟黯惆悵，有人東望憶長安。

題繆雲浦《乞食圖》

半生行脚遍天涯，辛苦遊踪磊落懷。乞食何妨身入畫，澆愁須得酒如淮。萬峯雲路隨心到，一笑春風與俗偕。我亦衲衣持鉢者，輸君游戲踏雲街。

無題

殷勤青鳥通蘭訊，珍重金絨護綺樓。寒凝春陰裁袙腹，花含曉露惜搔頭。刀能切夢情難斷，酒可祛愁恨獨留。得似鴛鴦心願足，雙飛雙宿白蘋洲。

曹霞城方伯移藩皖江四首

記從絶徼識平陽，卌載論交道味長。端慤早知成大器，精誠原可達明光。入騶澤布皖公雨，全蜀人思召伯棠。此去都俞趨朶殿，朝衫頻染御爐香。

磨盾飛書憶壯游，師門遺跡數同儔。辛亥入藏從軍，方伯與周肖濂觀察及余皆在補山師相幕中。兩賢已樹天家節，一老惟從海上鷗。八斗鴻才君自有，萬間廣厦孰能酬。清風兩袖郊原別，不爲身謀爲國謀。臨行舟車之缺，尚不能備。

季布雄豪汲黯真，不嫌簿領感勞薪。但知常守家庭訓，方伯爲地山宗伯曾姪孫，最所鍾愛。如此方稱社稷臣。細數江鄉無尺土，相依蜀道徧親賓。承恩好建南湖節，澤國蒼生望眼頻。

他年旌旆望重來，萬里籌邊亦快哉。滿座春風仍舊吏，一天星斗自中臺。仁敷海内功纔溥，名重朝端道更恢。扶杖衰翁迎馬首，習池公讌尚能陪。

新春聞沈少雲歸道山

初春奇暖減餘寒，烘托江梅漸已殘。老友忽尋峰泖夢，世情都作露珠看。清言滿座思揮麈，醉墨臨池欲舞鸞。人日詩成無可寄，感懷惆悵廢辛盤。

人日

籃輿欲覓城南路，報道花溪梅已殘。引興江湖春正好，放懷尊酒鬢羞看。菜挑七種添生趣，日麗三辰逼曉寒。綵勝金旛風旋舞，翩翩亦上老人冠。

牡丹

春光又到牡丹時，醖釀輕寒放蕚遲。勝紫樓臺供老眼，小紅鞓帶鬥腰肢。香霏錦帳窺閒蝶，緑繞朱闌卧雪貍。手把金尊醉瑶席，年年相賞賦新詩。

芍藥

圓滑鶯簧坐柳梢，味味鸜鴿出新巢。映階芍藥翻紅蕚，穿徑篠篜茁紫苞。白墮篘成邀酒客，鮮鱗網得佐山庖。年來病肺心情懶，箬笠溪藤總暫抛。

桐花鳳

手種青桐已十尋，花時么鳳唼香心。生成文彩疑仙馭，學唤歸昌送好音。繞樹翺翔酣曉露，和枝攀折伴華簪。丹山鸑鷟留新樣，相對宜彈緑綺琴。

述軒書來述茂州景物

卯君汶嶺鴈書回，到日春深雪作堆。玉笋峯巒排闥峙，梨雲香色撲人來。民無訟牒庭如水，城遶垂楊徑有苔。聞説籌邊樓不遠，知君登眺獨徘徊。

送章秋濤廉訪歸山陰三首

兩川百粤官聲重，繡服朱旗政績清。茂獻風規動朝宁，質夫勳業載弓旌。騑驂問俗求民瘼，帷幄談兵剪巨鯨。韓范經綸纔半展，黑頭歸踐故山盟。

鏡湖春色憶知章，卌載歸尋雲水鄉。選勝蘭亭臨曲水，題詩禹廟問梅梁。看培芝桂登瀛館，可憶苔岑落異方。更覓蓴鱸奉慈母，百年長祝壽而康。

鯫生老滯浣花溪，飽飫侯鯖賦碧鷄。東閣談詩霏玉屑，西臺論政識金篦。羨君歸去多全福，憐我羈身衹杖藜。吴楚山川形勝好，摩岩選石任留題。

和陸古山《詠桂》二首

見説淮南桂作林，古香吹老白雲深。月中誰砍參天影，佛子來鋪布地金。禪味空堂留妙諦，鄉心短檝感霜砧。會須采釀靈均酯，澆罷離騷醉欲沈。

萬斛天香黄玉林，卅年鄉夢小山深。乍探香䙚嬋娟袖，欲辟寒搓細碎金。時事秋風憐白髮，花前蟲語雜清砧。於今都作空中影，月地雲階有陸沈。

立春偶成

暄妍晴日正靈辰，頭上春旛最可人。竹葉題詩寄朋舊，梅花點額鬥鮮新。鄉心鴈後詩成日，清酒花前客思頻。風物宛然還似昔，辛盤相看賸孤身。

實夫詩存卷五

石羅漢贊三首

無事且獨睡，睡著幾時醒。醒睡固隨緣，衆生齊引領。

心亦不可縱，獸亦不可狎。枕之而高卧，鼻聲自齁鮯。

斸形不斸心，見古不見今。嗟哉石世尊，合眼如何尋。

酷肖東坡《諸羅漢像贊》。

題畫二首

東坡頌萊菔，懶殘煨芋魁。何年大我去，燒菌撥爐灰。萊菔芋菌。

夢斷湘妃廟，相思渭上村。篝燈邊鴈外，彷彿見龍孫。笋。

偶書

上馬能殺賊，下馬草露布。不見傅修期，時猶有袁虎。

旅店和壁間韻二首

世路海成田，幻跡程生馬。景宗閉車中，王尼棲廐下。

身從萬里來，猶乘大宛馬。此時無梁松，誰爲拜床下。

扁鵲廟在湯陰，碑著『廣利王』，不知何代封號。

庸醫能害生，庸臣乃悞國。世有秦越人，吾當負藥局。

題畫

放棹烟波遠，雲山入望青。孤舟伴鷗鷺，明月照前汀。

怡園閒咏十一首

犬吠遥迎客，花開獨掩扉。煖風來水面，蝴蝶抱香歸。

静坐魚磯側，微聞潑刺聲。田田青滿眼，蓮蕊又新生。

客從岩谷來，但問山中事。雲卧幾多時，松花開尚未。

洗梧澆竹罷，草木感新恩。鸜鴿伴幽寂，呼童學語言。

梔子香初放，凌晨折一枝。卅年塵跡杳，何處寄相思。

鳥語緑陰淨，泉喧石罅空。白雲隨意合，山色有無中。

槐古青蟲繫，蟬吟柳絲颸。拄杖辨風鳶，迴出雲霄上。

淺沼冒朱華，新萍念楊柳。小鳥竹間喧，凉風過橋有。

竹筧渡流泉，涓涓隔林響。危峰聳巉岩，時有青猿上。
興來憑高臺，逌然發長嘯。倒影落池塘，衰鬢頻相照。
新笋迸青頭，繁花數紅萼。魚游鳥過驚，果熟風吹落。

聞鶯

緑樹濃陰合，平橋野水生。杖藜扶病叟，花外聽流鶯。

牡丹

『好語歐家碧，殷勤護碧胎。明年重發處，好待故人來。』余秋間題牡丹句也，冬盡忽再覩此幅，復題一首。

憑仗臙脂力，圖成香玉胎。相思應太急，先向畫中來。

偶成二首

百舌轉輕喉，春寒透窗縫。報道海棠開，粉頰酡顏重。

客唱大刀環，人過邀笛步。松柏結同心，魂夢西陵渡。

美人蕉

紅綻鸚哥觜，青舒鳳尾羅。若教摩詰畫，并入輞川多。

出游

相對魚鱗緑水，惜無鴈齒紅橋。人游佛地清寂，雲淨秋空碧寥。

讀史七首

牛驥何堪同阜，鷄蟲得失方酣。幼安且居遼海，率更卧對征南。

躍馬向天山北，揚飄過大江西。夢裏行藏莫問，醒來蕉鹿全迷。

漏卮早歸西塞，苞苴半入輿臺。那得源清星宿，堪憎蛟聚成雷。
但見臍燃董卓，不聞錫阻曹瞞。冷眼或歸澗谷，熱中衹在蟬冠。
介甫惟知富國，惠卿瘈便傷人。郅治陶甄無象，人言百度惟新。
村牯妄稱瑞獸，蕪菁唐突人葠。賈誼尚思狹策，季鷹惟解投簪。
舞罷五官甘蔗，便尋劉毅梟盧。人生亦行樂耳，誰識硜硜鄙夫。

實夫詩存卷六

朝天舟行二首

浪花浮眼十年過，又聽巴歈弄白波。衹合推篷柁樓底，坐看山色緑如何。

江月高高静不譁，碧琉璃浸夜窗紗。此時心跡誰能寫，展向人間玉畫叉。

道出廣元朱玉圃招飲二首

碧笏流波繞玦環，船頭雙槳破潺湲。峽猿啼盡推篷立，恰對嘉陵兩岸山。

橋南荀令斷腸詩，戍句。紅豆愁懷那得知。賴有何郎傳粉本，十三行寫送行詞。

聞棹歌

水閣蕭蕭暮雨斜，船頭開遍野葓花。年來寂寞吴孃曲，何處清歌怨若耶。

懷舊

藕裳簻帽芰荷風，一棹西泠夜靄中。斜倚船篷學吴語，碧琉璃浸玉玲瓏。

曉起書事二首

白雨跳珠捲片陰，怒雷和電走千林。北窗撿點閒花草，又展芭蕉一握心。

故人我愛清風侣，酷吏今隨大暑消。身在光明閒世界，攤書還用茗甌澆。

美人蕉二首

兩枝紅亞曲欄低，小雨斑斑濺緑畦。一枕晚涼風細膩，安排筆硯坐廊西。

緑錦横陳小几前，鳳翎鸞尾更翛然。莫教採作鴉青紙，衹合呼君是扇仙。

夜雨二首

夜雨瀟瀟入綺櫳，晚風時戛碧玲瓏。秋生病臂添緜氈，衣桁新張斗室中。
漁竿簾帽致徐徐，攜得南華一簏書。秋水横渠雙槳滑，个中容得病相如。

題畫二首

蝌舍參差漁火斜，青帘倚酒阿誰家。小船如豆風吹急，日暮寒江噪暝鴉。
松風颯颯水潺潺，木杪人家住碧巒。有夢何須到塵市，白雲佳處一程間。

春日書懷五首

春風吹水緑成紋，小艇相將入水雲。歸到斷橋天欲暮，一隄青草襯紅裙。
杏花紅映水邊村，二月春光欲到門。盡日閒懷無賴煞，落梅庭砌賦招魂。
凍花天氣雨如絲，紅杏枝頭又索詩。自擘吟箋研玉露，爲花不惜十分癡。

人日詩成濯錦江，午餘花氣撲瑶窗。那堪一陣霏微雨，漠漠梨雲擁碧幢。
鶗鴂聲中萬緑新，阿儂争是閉關人。爲沽村釀吟新句，祇是愁春更惜春。

斷石橋

屋外青山屋後溪，斷橋名字莫深稽。盤鈴不住郎當語，月夜驅驢下嶺臍。

馬上

馬上低聲唱竹枝，山花裊裊乞新詩。輕寒尚浥朝來露，問到花名總不知。

田家竹枝

曲曲竹根圍作牆，青青竹枝編作堂。野畦歲晚種新菜，兒女負暄收麥場。

喜得臘梅二首

一枝臘面瞿曇相，恰好攜將伴老癯。禪味詩情兩無與，從今任唤作黄姑。

幾日翻成宫様粧，飄飄道是返魂香。一枝更占江南早，緑萼應輸磬口黄。

爇香省齋二首

習習霜風透户寒，鴨爐香燼篆猶蟠。静然銀燭重簾底，聽到更深雨打闌。

腥烈從來厭麝臍，水沉枝上鷓鴣啼。博山一縷微微影，直和吟魂到浙西。

元夜漫書

冷燭蕭疎坐四更，大家明月照山城。不如來衮亭頭好，説到梅花夢亦清。

題燈上畫梅

萼緑仙人怯曉寒，冰姿衹解出冰紈。春風若識南枝意，不向燈前畫裏看。

夢贈碧桃一枝，當有所答，覺而忘之，書補其意

一枝碧穗和煙折，數朶紅香帶露來。自是天邊有奇種，莫翻花譜亂驚猜。

偶書

出門慵復乘三昧，入户誰家饋五經。遮莫春光滿銀海，罘罳題徧到雲屏。

金泉山和澹園先生韻八首

輭緑輕紅遍一州，春光還復到山郵。年來慣與東皇熟，載屐拚爲汗漫游。

啼鳥山花亂繞城，出門一笑覺身輕。金泉山下曾來慣，指點仙跡説玉京。

苔蘚重重簇石梯，芒鞵不惜濺春泥。琅玕影裏聞圓梵，却是山中絶妙題。

蘸波新燕貼天鴉，點綴無心入畫家。難寫夕陽平楚外，塘坳深淺聚鳴蛙。

玉茗紅囊細細披，乳花香泛雪盈巵。無端消受今朝福，稽首峰前千佛祠。

翠屏圍合襯霞紅，曲徑深深竹外通。無數嵐光紛到眼，莫教題賸付春風。

纔向湖邊弔落梅，嘉湖梅花已殘。重將雙眼對山開。菜花黄盡知何處，却有新詩个裏來。

休文太守一時賢，小别風儀又隔年。吟遍步虚臺上句，不禁離思自悠然。

初上來衮山亭四首

一半垂楊壓水隄，老鶯啼遍埭東西。江聲何處鳴寒瀨，淡淡晴雲染竹溪。

手寫金經吐筆花，自烹清茗供曇華。從今學悟真如相，未要丹山一斛沙。來衮亭供大士像及諸内典。

兩年空憶來衮亭，此來不負靈山靈。明朝再訪琴泉去，儘教紅驄踏翠屏。

新交舊友日相過，都是吟成白雪歌。雕刻未嫺皮骨瘦，衹堪稽首疥頭陀。澹園師近來自號疥頭陀故云。

山居四首

東風吹柳萬絲斜，童穉争看隔院花。門外春波自盤互，十分粧束野人家。

打階花片静無聲，樹底殘香細細生。莫漫從他恨飄落，好須微雨潤春耕。

侵晨斸藥荷鑱鐮，藜藿青青石乳甜。採得肉芝人臂潤，不須日日認金鹽。

透窗野馬自悤悤，瞬息都教飈遠空。笑指庭前花影看，可知空色在誰中。

有懷成都八首

今年又到看花時，常恨東風吹較遲。工部祠邊一行柳，教人遥憶翠絲絲。

翠絲滞緑亂溪痕，流水聲中静掩門。卓午游蜂喧不住，芒鞋隨到浣花村。

浣花不見幽人跡，掠水空餘燕子飛。小飲溪頭慣相識，頻來未要典春衣。

春衣皎皎舊時裁，左挈偏提右手杯。芍藥花前莫醽醁，花神可向廣陵來。

廣陵嬌客十分殊，未放春光一日孤。金帶腰圍玉盤覆，有人寫作看花圖。

圖畫無情未可嫌，惲家粉本寫纖纖。影香齋畔曾經見，拚折柔枝壓帽檐。

帽檐難插畫中枝，微雨階前種玉姿。錦幛朱闌我無分，獨來庭院立多時。
多時且復對花眠，夢到湖頭踏渚烟。自是欲歸歸未得，孟婆空送木蘭船。

竹枝詞三首

桃葉渡頭人跡稀，桃花洞口鯗魚肥。相思却憶江南好，畫艓雙雙刺水飛。
鴛湖東去是西湖，比似吴孃恐不如。山色湖光古靈秀，想來蓬島亦應無。
常嘆孤舟逐短篷，空舲峽裹石尤風。八千里路鄉愁闊，那復多情弄鞠通。

臨淳化閣帖二首

藤紙輕鮮搨硬黄，柳公輸與會稽王。不因乞取宣城筆，别有聲名重盛唐。
雲鶴游天迴不羣，簪花舞女一行分。衛家便是鍾家樣，至竟人人説右軍。

春雨

花魄不禁春雨寒，枝枝葉葉淚曾幹。相思盡逐夭桃片，一夜清流下碧灘。

曉窗書事四首

曉起悤悤步碧阡，看花何處覓春妍。白襴烏帽風流煞，一任人人喚阿顛。

絮亂蜂繁作底狂，鳥啼花落賸餘芳。雙雙贏得梁間燕，碎啄猩紅砌海棠。

矮紙紅闌點筆斜，指揮未學晋唐家。玉盂手汲清泉碧，急趁晴窗寫落花。

流鶯不怯五更風，啼入先生清夢中。未到華胥自瀟灑，起來無事拾輕紅。

再咏牡丹五首

剪剪春風一夜奢，海棠零落柳腰斜。畫闌錦幛風流地，開到人間第一花。

拾翠人歸錦苑西，麴塵風氣玉驄嘶。相逢盡説看花去，染得天香十日迷。

白打場頭喚賣花，鬧紅深淺護輕紗。偶來乞得重樓紫，金屋端須讓漢家。
歐碧姚黄滿曲街，擔頭小篆認分牌。一聲唱到楊妃捻，不惜争輸紫鳳釵。
百五春華事事繁，鬥雞坊裏鬧紅旛。牡丹時節逢寒食，恰恰花風廿四番。

踏青詞十首

碎點山花夾短籬，暖風拂面柳絲絲。踏青好向嘉湖去，正是相逢蹴踘時。
看春日日出門游，宛似他年故柳州。行到金溪看鴨緑，澄波可嚮浙東流。
插柳人家滿水村，春流滑笏浸芳蓀。頽唐醉倚酴醿釀，隔院看花自打門。
碧羅天氣曉蒼蒼，小院鞦韆作劇場。難得清明好時節，相攜庭畔酹花王。
板橋西去柳陰陰，竹塢蓬籬一徑深。流水桃花兩無與，明年未要更重尋。
白蘋波漲碧於綃，小婦鴟黄倚畫橈。人影衣香太撩亂，夢魂應是到紅橋。

澆山纔了瓣香霏，緑縟緜芋步幛圍。楚楚腰肢不勝酒，大家贏得看花歸。
寒食清明連日晴，流鶯乳燕滿山城。可憐時節江南路，别有簫聲喚賣餳。
菜花黄後豆花香，麥浪風薰燕子忙。杯酒無聊酹何處，譙侯冢上草茫茫。
支脚維摩解賦詩，吟魂衹是爲花癡。閉關未暇尋禪定，三百吴箋寫豔辭。

新得古硯

碧泉新浴黛螺餘，劍脊庚庚伴著書。海岳已歸無舊識，忍教淚滴玉蟾蜍。

無言亭

拈花一笑知何意，緘口單丁有道門。萬斛泉聲廣長舌，須知也是戒無言。

櫻桃

三月櫻桃上市來，争教香雪不成堆。赤瑛盤底知春去，賸使酴醿薦緑醅。

虎林竹枝詞十四首

曲曲流觴傍翠臺，月丹花院淺深開。春風桃李情無盡，管領東皇莫放回。

撲蝶纔過又禁煙，踏青歸去賣餳天。鴨頭澹映蘇隄錦，柔櫓呀呀隱畫船。

蒼寒堂下楝花風，千葉桃開膩粉紅。跋馬城南天尺五，澹烟樓閣曉濛濛。

籜龍纔出碧瓊芽，稺子深根彈髻丫。杖策須尋碧宇觀，珍蔬先讓道人家。

芳草亭前色色新，裙腰一帶翠如茵。香輪錦騎歸來暮，彷佛都成畫裏人。

牡丹開後殿春隨，苦向將離倒玉卮。想得鬥春堂下客，碧箋銀管乞題詩。

三月湖頭柳眼青，海棠嬌似酒初醒。游人要索神仙品，結伴還尋宜雨亭。

嫩紅花發水林檎，較似夭桃態淺深。驀地相逢豔香館，碧螺紅釀喜同斟。

滿霜亭北棣棠斜，觀樂堂前鶴頂茶。蠟屐留將上山齒，瀛巒勝處看山花。
葛巾仙子舞青猊，花院深深蝶夢迷。煮酒看春未歸去，一聲謝豹向人啼。
獨來還上支公壇，閒索山僧鬥月團。鳳爪旗槍齊八碾，破銅鐺裏沸鳴湍。
好上羣仙繪幅樓，當階芍藥鬧紅稠。清歌一曲情無賴，遍折繁枝插滿頭。
荆棘銅駝事已空，尚餘南渡説豪雄。湖山本不關人事，回首伊涼淚血紅。
果州三月雨瀟瀟，春去春來總易銷。閒擬新詩寄何處，夢魂夜夜灞陵橋。

立夏

香塵靄靄東風死，紅雨霏霏午砌繁。斜倚闌干渾無那，餞春今日斷吟魂。

觀車秀夫作書

吴綾膩滑蜀箋鬆，十様蠻牋色相濃。那得澄心堂紙好，鼠須泚墨試藏鋒。

題畫二首

素髻雲鬟兩鬢鴉，若耶溪畔玉人家。不須打槳迎桃葉，惆悵雙挑冷畫叉。

楊花滿地鯗魚肥，三月河豚上釣磯。微雨半江瓜步鎮，悤悤齊泛鴨頭歸。

游琴泉寺步澹園師四首

不識琴泉第幾峰，翠崖丹壁出疎鐘。天風吹斷人間語，百尺寒濤捲亂松。

一浤寒碧浸深深，半幅吴淞入遠林。玉軫長施泉歇響，好須乞作下方霖。

琴泉比似步虚臺，簇簇層梯蝕蘚苔。獨坐泉邊聽流水，琴聲可向静中來。

睡覺凉颸眼未醒，草堂零落帶晨星。雲根共倚譚禪久，應有雙雙鶴聽經。

洞天福地，瞭如指掌，坡仙對此應亦愛玩不置。

奉懷晴沙先生和澹園師二首

焚香直到夜闌時，不見伊人黯自思。萬點峰尖江水闊，夢魂還共悄吟詩。
江上輕波送釣船，江頭楊柳恨緜緜。午端也到粱溪水，應有新詩寄遠天。

題《蘭竹畫箑》和韻四首

幽香也許借人看，絶勝胭脂畫牡丹。蕙質冰心儘消受，曉來新浥露珠寒。
幾許清芬筆底收，墨香吹滿研香樓。詩成比似誰家好，有个江東顧虎頭。
晚風微戛翠蕭森，俗念曾無半點侵。憑仗春風時拂拭，雪中也有嚮陽心。
盡栽寒玉一條條，翠管銀笙紫鳳簫。還把生花妙香筆，月中添个出墻梢。

無題十三首

芙蓉城隔白雪封，比似蓬山一萬重。乳燕雙歸畫粱静，衹餘蕭寺出疎鐘。

銀管烏絲寫硬黄，梅花十幅過端陽。梨園舊事休題説，寂寞看花自舉觴。
舞衫欹倒髻杈枒，狼藉鵶黄未破瓜。記得筵前小垂手，大家齊唱並頭花。
楚楚腰肢不自由，憨憨弱質眼波流。橘亭歌板重來否？寄語梁州菊部頭。
一幅紅箋破寂寥，舊愁新恨訢周遭。喃喃宛似樽前語，乞寫春風上碧綃。
絮亂蜂繁未肯迷，新詩贏得一回題。好須譜作江南曲，瓊管輕調玉笛低。
楊花隔岸曉風多，鐵板銅絃可奈何。却讓他年蘇共柳，白襴烏帽儘婆娑。
不解河傳穆護砂，微聞一曲後庭花。畫堂莫漫燒銀蠟，看煞蟾光上碧紗。
那堪重唱並頭蓮，一種風流讓小憐。記得聞歌齊起舞，於今散盡一年年。
彩鳳雙飛已寂寥，紅牙檀板任周遭。遠山莫似眉痕鎖，留取青光上素綃。
籠鶯樊燕太凄迷，來衮亭頭憶舊題。博得明珠傾十斛，秋風轉到玉繩低。

細腰宮髻舞衫多，最是酸心没奈何。小靸紅鞋呼姊妹，雙頭花裏影婆娑。
鬘陀花雨梵王天，八寶粧成自在禪。誰數童真參法座，半竿小立竟居然。

畫芍藥和澹園師四首

曾看揚州芍藥花，一雙纖手寫嬌娃。畫師剩欲相料理，石脚何如步障紗。
棗花簾子石榴裙，争買名葩仔細分。看到將離動離思，就中愁殺李香君。
不奈春光漸漸磨，憑君殿得幾時多。玉盤淚漬西施粉，無賴金鶯衹擲梭。
繡帷香斷妬花風，扇底尋春未必同。極有新詩寄相憶，墨花和人酒花中。

和晴沙先生《四時行樂詞》四首

春風天氣澹如如，柳眼窺人上碧疏。無那花光太相逼，畫廊粉壁盡情書。
去去西湖十里波，不然石屋卧烟蘿。那堪襬襶行天上，愁絶金沙港上荷。

白雲亭子寫雲林，秋色蘆花一樣深。欸乃空江淨如練，數聲入破瀉冰心。

江梅最耐十分寒，心跡如冰任久看。衹愛詩人含笑立，冷香和雪壓闌干。

題《畫梅》寄孫有堂四首

春風吹墨一痕斜，屑屑香生筆底花。彷佛孤山仙骨瘦，幾時和月到天涯。

冷豔疎枝信手拈，暗香飄拂上吟髯。一從羌笛吹長短，索笑先生興倍添。

工部祠邊仔細吟，梅花十里許人尋。草堂今在鄞江畔，螺子香中識素心。

春滿梅花扇底風，新詩一闋意無窮。花魂解識東君語，應有珊珊入夢中。

冰肌玉骨，香韻襲人，視廣平更覺嫵媚。

送孫有堂歸省左繇二首

石榴紅映闊鞓黄，一日輕輿返北堂。我羨君家好端節，綵衣宫錦進霞觴。

芙蓉溪畔是君家，小别恩恩急轉車。來衮亭頭梅十幅，待君同展玉丫叉。

登來衮亭賦贈孫有堂二首

青山何處認峩眉，來衮亭頭賸好詩。看煞翩翩仙品格，半窻疎雨寫烏絲。

學士風流閬苑才，明年整頓玉堂開。相逢記取曾相識，許我同傾竹葉杯。

登來衮亭四首

緑蘿閒挂舊山亭，冷落秋山一角青。縱目凌虛發長嘯，西風颯颯走紗櫺。

依舊濃陰養緑苔，一叢秋草半蒿萊。重簷未放青天碧，山帶氤氲剪岫來。

南燕無聲北鴈歸，拍堤秋水鷓鴣飛。倚闌正惜秋容淡，一陣猩紅落紫薇。

琉璃佛火一龕同，稽首楊枝悟亦空。泡影曇華都不見，眼前風竹自玲瓏。

有贈

似曾相識伯勞歌，他日應當喚奈何。十里芙蓉映人面，於今風月屬誰多。
擘碎露房須見子，翻殘玉局更彈棊。重來漫説緣仍在，已是成陰緑滿時。

和沈成齋

秋水精神山立玉，春風意氣天垂虹。醇醪一斗詩一幅，何幸逢君青眼中。
峨眉高高山壓肩，與君攜手尋飛仙。雲軿萬里不可接，來衮山下傾寒泉。
浣花溪頭工部居，相思不到渺愁予。草堂鄠水逢詩客，才壓當年賦子虚。
癡雲漫山倏忽開，吟鞭恰向雲中來。悤悤三十朝來别，不到同傾五日杯。
薝葡花開香滿林，新詩五首向人吟。鏤冰刻玉好風致，三復滌我塵囂心。

和孫有堂《約遊琴泉山》韻二首

愁思都須付麴生，看山日日出山城。白雲不掩琴泉路，松竹蕭疏有舊盟。

韻磬空尋僧院北，響泉今在水雲邊。琴臺亦有登臨處，佳句多教合舊筌。二琴皆唐李勉物。

爲梁涵虚書澹園師畫梅幅子三首

鐵削一枝寒玉胎，冷香冉冉逼人來。毚毫都爲吟詩秃，五月江城寫落梅。

縞裙練帨儉梳粧，不到羅浮夢自香。一首新詞寫仙魄，梅花應識顧華陽。

小軒清絶碧窻虚，冰雪精神玉不如。我愛主人幽致合，冷金箋榻硬黄書。

畫梅步澹園師韻

梅鶴因緣未解除，小窻閒倚隱囊書。再添幾筆芭蕉雨，便是維摩破偈初。

慧義古刹即今琴泉山寺八首

香花香雨兩婆娑，幻出諸天石曼陀。瞥眼滄桑幾更變，卧雲身已枕巖阿。
使君欲解車前印，處士都參上乘禪。名刹於今無慧義，舊題惟有聽琴泉。
石幢高襯石蓮花，古碣金經畫蚓蛇。剔蘚重尋舊遺跡，武成年月紀瑯琊。
舊有樓臺説望江，白雲圍合緑蘿窗。那知佳景今朝別，换个山亭看石瀧。
自笑天涯行脚僧，雲山小住掛枯藤。幾時覓着真如意，一葉慈航般若登。
千載愁雲壓亂山，壞苔斜溜雨斑斕。使君真具頭陀相，滿注寒流洗佛鬟。
恒河光照夜明沙，此地諸天供釋迦。莫道莊嚴盡凋落，洞中留得石袈裟。
慷慨登高意氣深，誰能佛地布黄金。新詩自作諸天供，無垢光中鑒此心。

午齋

南風入牖芭蕉緑，斜日照林梅子黄。五月江城静無客，閒齋消受午風凉。

射洪道中寄孫有堂二首

疊疊翠屏濃夏緑，潺潺流澗訢山聲。此行多少倪黄畫，寫向雲根分外清。有堂得雲根石，層層若片雲，纖脆可書。

筍輿迎面萬山開，無數山光入望來。一陣微風透衣袂，竹梢欹徑路紆回。

懷袖東先生

鵝溪光砑雪翻几，雙管齊揮潑墨時。想見掀髯玉虹閣，琅玕影裏讀新詩。

戲題壁

此詩遵義旅舍後五年，在松桃與陳孝廉分韻咏古，適得馬伏波即于是夜有失囚之事，因而罷官，亦前定也。

故李將軍近若何，灞陵醉尉屢相呵。畢生事已無侯骨，不問西凉馬伏波。

題畫二首

料峭春風上筆花，娉婷香霧散瓊華。十年辜負揚州夢，半榻爐烟展畫叉。

檐雀争酣小院香，午晴天氣鬥羣芳。壓簾花味濃於酒，絕似樊亭舊海棠。

贈人

惟當痛飲讀離騷，白板無煩説釣鰲。花樣終當尋舊手，更誰能唱鬱輪袍。

畫梅

淡月黄昏酒獨醒，天風吹戛玉瓏玲。筆花解識相思意，還我蕭疎舊草亭。

梅二首

照水曾留花影來，破空底是爲儂開。鼻頭參透栴檀味，新向瞿曇座上囘。

花須淨數一千遭，碧椀浮香讀楚騷。杜若洲前歸不得，疎疎寒月照江皐。

黔靈山寺雜題八首

松聲碎碎雜鐘魚，一帶青山隱梵居。特地來探廣長舌，豐干應爲話三車。

危梯屈曲路谽谺，剔蘚重尋石徑斜。我學臞僧挂瓢笠，坐餐松子藉松花。

幽處偏宜月四更，起看林影上朱甍。破除萬慮心如水，浩氣多應滿太清。

三聲槌板放朝參，一瓣心香供午龕。識得病維摩詰語，從教緘口事瞿曇。

十年不到三天竺，行脚飄零滯夜郎。賴得病維摩片石，坐來身世兩相忘。

活潑機鋒祇性靈，年來方寸漸忪惺。色空何處留真相，一角雲山萬古青。

木魚聲急定香遲，坐燼爐烟索好詩。惟有子規啼最早，五更唤客不如歸。

萬疊雲山露氣濃，一痕淡月照前峰。道人殘夢有時覺，一百八聲清夜鐘。

懷舊詩三十四首

故人天外，雲散風流，寂寞山齋。觸懷興感，未必二十八字即盡其人，聊以誌我懷耳。

沈澹園師諱清任，仁和人，別號疥憨。余受葉師進士，官儀部，兩爲觀察，皆罷去。得韓、蘇之豪，詞賦詩書畫，尤其餘事。

屢掇科名屢罷官，門庭收得盡單寒。於今歸作湖山主，百尺珊瑚拂釣竿。

徐袖東諱觀海，錢塘孝廉，有西湖才子之稱。官司馬，謫江西別駕。工詩文，善書畫，尤好蘭竹，隸篆、詞曲、金石、絲竹，無不精妙。

青藤家世米家書，占斷才名未肯居。何日江西布帆穩，琅玕影裏見南徐。

王東野應詔，閬中孝廉。工詩文，究心古作，常自比唐之孟東野。

窮途寂寞孟東野，何苦先生獨效之。祇有詞章窮不斷，搜韓鑄杜出奇師。

孫有堂文煥，綿州孝廉，澹園師門下士。工詩詞，善書。今作貴州龍泉令。

八載京華卧軟紅，科名到底石尤風。風流可惜龍泉令，萬疊蠻山化雪鴻。

李香畬芳穀，城都孝廉。工詩善書，名山廣文。

青蓮居士是前身，苜蓿齋頭卧破茵。飽喫蒙山茶七椀，朝朝擁鼻對峩岷。

車秀夫國珍，太谷人。詩詞、書畫、博弈、詞曲皆精，豪邁尤不可及。

黄金散盡欲何之，贏得新詞付雪兒。慷慨風流兼畫手，巴猿汾鴈最相思。

胡玉幢步雲，江寧人，上舍，工詩，卒於武昌，慷慨奇士也。

繁華一夢走川圖，甘作高陽舊酒徒。蘭不同心花已萎，清詞猶記和嗚嗚。

沈成齋幼陶，仁和諸生。工詩，今在雲南。

奔走天涯一瘦生，海隅雲嶺慣遐征。蓮花十詠詩猶欠，一幅綈袍感舊情。

王益齋立柱，漢軍前龍安守，後官平凉。詩酒風流，率真人也。

愛酒時時學酒仙，看花日日對花眠。聞君又罷平凉守，祇合西山逐醉禪。

高其道洪，本韓姓，山陰人。工書善畫，今作閬中尉。

十年閬嶺事如何，贏得瓊枝掃黛蛾。雞舌風情韓壽竊，小窗猶記懊儂歌。

夏雲峰仁，中江人。寫生着色，無不精妙。

認取前身老畫師，黄金粉本未能奇。酒酣潑墨淋漓處，瀉出胸中有像詩。

王曉輪光顯，一號半超，無錫孝廉，漱田光禄嗣。詩畫文章均傳家學，尤喜作蘭竹，風流倜儻，爲余忘形交。今官盤州牧。

海内論交誼半虚，如今猶得古人如。皇華驛畔重攜手，車笠情懷祇似初。余執戍金筑，值輪入覲，聚處數日，慰勞倍加，繾綣綈袍，尤可感云。

王礎生先生潤，蘇州人。仁懷司馬，權貴陽守。余居停兩載，咸賴周旋。古道照人，慷慨獨絶。工書，至老不倦。七古五律，氣雄才大，尤不可及。亦好金石。

東坡文字右軍書，老去維摩習未除。更仿歐陽著金石，商彝和璧照窗疏。

華蘭圃春芳，無錫人。文雅君子，同人無不欽佩時藝。詩學亦傳之家，學者爲薇垣參軍。

翰苑文章奪錦才，如何也到瘴鄉來。銜官屈宋無多事，挂笏詩成日幾囘。

馮昜齋釗，字周緒，慈谿人。工申韓之學，詩古文詞，尤所留意。

落落襟期我共君，仰天長嘯向浮雲。他年再得浮萍聚，讀畫敲詩析異文。

王安橋礎翁嗣君廷標，慷慨多義氣，嘗謂余欲歸隱吴門，作韓康賣藥之友，精心内典。
王君視我如弟昆，縞紵交情不足論。他日吴門賣靈藥，相攜同隱碧山根。

任秋坪青，蕭山人。七絶追步唐人，喜爲小詞，尤善奕。
秋坪先生古奇士，擊劍敲枰事事奇。熟讀悼亡三十首，知他原是有情癡。

佘相田嘉穎，燕人。情深意古，任俠好奇，尤工古隸。今爲思南參軍。
幽燕俠客氣如虹，莫笑迂癡落拓躬。似子胸懷今亦少，何時重與訴離衷。

黄勁菴宗傑，閩人。官化州牧，因公長流金筑。善書，詩文皆追踪大家。有《春草》《秋草》詩，膾炙都下。
骫髒襟期磊落懷，知君本是棟梁材。於今暫作攜家客，尤勝升菴獨自來。

孫月舟張淵，太倉人。豪爽天成，與袖東、芝泉皆密友，好客任俠人也。爲陽山尉。
誰信君家儋石無，千金結客氣毫麤。酒酣共話當年事，擊損筵前王唾壺。

王春谷泰雲，南陵人。英年作尉，書卷未除，詩古文詞，均稱絶調，尤工小楷。
芳杜洲邊欲别時，惟君尤費遠人思。驊騮待展雲中足，荀令衣香喜重披。

王潤亭烜，金壇人，良常先生孫。瀟灑出羣，歷落不拘邊幅，逸士也。

滑稽風範憶淳于，个是梁谿山澤臞。留取君家鼠鬚筆，何年滴露共研朱。曾共註《通鑑》。

施拙山年，嘉興諸生。工詩博古，潦倒金筑，與余剪燈寒下，評量今古，時慰岑寂。

長江萬里任遨游，纔罷登山便釣舟。註得蟲魚書數卷，歸帆他日傲鳴騶。

葉樗儂樹滋，蘇州人。由忠州牧謫水城別駕，復以事罷去。瀟灑風流，博古工詩，善畫，絶頂慧人，屢逢顛躓，風調不改。

先生自是古高士，俯視餘子徒紛紛。道書一卷酒一盞，擬欲相從卧白雲。

何牧齋昌森，桐城秀才。工詩，書學右軍，無第二家，數術尤精。

晉代風流擅右軍，墨香深處酒方醺。不須更乞澄心紙，我有鵝溪慣索君。

張蒙叟素，銅仁進士，華陽令。罷官二十年，閉户讀書，詩古文、詞、書、畫，無不博贍、精雅，自是黔中作手。

馬蹄秋水記前修，任俠耽詩狎野鷗。嬾向人間甘世味，大匏塵海自沈浮。

張松岩廷棟，滇人。孝廉，官安平令，去官獲罪，流寓金筑。詩文直學韓、杜，古勁可法，後學之津梁也。

雞足山頭赤松子，蟠鱗怒鬣何森森。不如移植閬風苑，中有神仙和玉琴。

沈逸雲俣，長洲人，平越參軍。工詩書，學諸名家，大草尤勝，篆隸兼長。

沈郎才調絶超超，五斗驅人屈幕僚。射鴨堂前馬曹客，不知誰與鬥吟腰。

楊菊圃效楫，無錫人。書學雪松，白描猶精想入微。

静者心多妙自然，愛他筆底繞雲煙。圖成洛浦驚鴻質，小楷烏絲更可憐。

范秋門煐，杭州人。今爲安化尉，工詩，善弈。

百萬呼盧氣概麤，不從劉毅讓梟盧。愛他紅佛桑中句，幅幅風流好畫圖。

李雲門漢，原山陰人。工詩，貧士，流寓思南。筆耕養親，品行兼優，純孝人也。

寒門家世原相似，莫道青蓮衹勝詩。未斷吟緣終是障，與君同坐者般癡。

劉米岑開璋，南寧貢生。工詩，時藝四六爲勝，詼諧瀟灑，絶無塵俗。

射的山前老蠹魚，無端行脚别匡廬。談諧笑索人間侶，未必侯門肯曳裾。

史懋堂森，湖州人。工小楷。

蠅頭鼠足未爲奇，小几明窗日影遲。記嚮聚頭紈扇底，風懷愛寫竹垞詩。

惺公和尚，黔靈方丈。精心内典，避俗若仇，與余及安橋一二人作方外交。

虎溪山下白蓮盟，未免如來太有情。我本無心君便了，幾時相對話無生。

《懷舊詩》三十四首，率意而作，無前後，無是非，無貴賤，有懷即書，興盡即已。海内朋交，正復不少，非敢有厚薄也。嗚呼！雲流星散，難尋舊雨之歡；雪爪鴻泥，聊寫新愁之積。讀者應爲酸鼻，吟成祇自悲歌。他日相逢，當於酒闌燈灺，共伸離索耳。

鸚鵡

垂垂簾幕映紅氍，笋笛輕颺鬥麗姝。閑煞階前白鸚鵡，私調喉舌怨雕竂。

題畫

人依桂樹月初圓，天上蟾蜍地上仙。笑嚮麻姑問滄海，試從雲外拾金錢。

憶湖上

每憶貓頭笋正甜，段家橋外指青帘。醉邀酒伴尋湖舫，先囑船娘捲畫簾。

初夏

輭緑新陰發古槎，淺波晴沼答鳴蛙。小庭寂静無人至，碧草叢眠白鼻騧。

題畫二首

鐵骨同撑瘦影雙，山深絶少足音跫。午風微動松花落，笑啟新篘罄碧缸。

水鄉身入采菱圖，滿眼烟波漾緑蒲。小艇撈蝦櫂歌發，耶溪三白急須沽。

鈔書

齒牙氷雪味超然，手寫奇書遜少年。欲覓素心相印處，眼光須到古人前。

春駒圖二首

繡陌春深景物佳，嫣紅輭緑襯吟鞋。愛他鳳子輕盈甚，纔集香茵又寶釵。

春駒海眼各分曹，豔影翩翩拂露桃。疑是羅浮山下種，丁香翠紺鬥仙袍。

秋宵聽雨

身世漁樵羡許渾，吴舠簑笠倒清樽。那堪瑟瑟秋宵意，冷雨斜風亂打門。

柳

露葉煙條輝泠枝，斑騅腸斷送行時。靈和殿裹西川種，似爾斜拖碧色絲。

西藏雜詩六首

捲地邊風眯眼沙，何人隔院弄琵琶。明妃久已埋青冢，莫遣哀弦惱鬢華。

蕭蕭暮雨吴孃曲，曾向江城倚櫂聽。蠻女踏歌清夜發，教人惆悵憶瓏玲。

百尺竿頭鼎可扛，顫顛椎髻技無雙。上林曾見猱升木，傳是都盧絕域撞。番人翻竿即古都盧之戲。

誰將覺路引金繩，性命鴻毛一擲能。我訝身輕一鳥過，人言亦似脱鞲鷹。布達拉觀飛繩。

萬口喧騰響法螺，沙門假面舞婆娑。十年又踏羶鄉路，梵唄聲中看大儺。番僧跳布札。

三藏相傳得要文，於今利欲轉紛紛。不知六幻爲何事，却讓南宗張一軍。臨聖教序有感。

讀蘇長公詩三首

醉翁舊識東坡子，憨老曾吟驥子詩。澹園師曾賦《駿馬行》見贈。千古傷心知遇地，不堪回首壯年時。

種松何似插垂楊，一載青絲爾許長。此語暮春增感慨，也知勁節晚來芳。

越吟莊舄鄉音在，楚帳虞兮舞袖繁。過洛杜鵑聲便異，渡江橘柚十分酸。

弔衛騎尉三首

前朝賁育猶馳馬，今日王喬已蓋棺。大抵人生如寄耳，雍門何必付哀彈。

任達劉伶死便埋，東坡猶道未忘骸。眼前又聽歌蒿里，感慨何堪動客懷。

無定河邊骨未回，春閨猶夢合歡杯。古來征戍全歸少，早向詩人句裏該。

得徐西村訃

巴山夜雨話當時，玉局三山識所歸。西村平時好論仙佛之事。他日樵風問華表，佐卿化鶴或來飛。

偶書二首

五交三釁摹神筆，我欲焚香祀孝標。縞紵但須裝簡帙，此中師友足鎪雕。

蒲坂求仙項曼都，十年憔悴返鄉廬。自言曾飲流霞盞，斥向人間作鄙夫。

絶句

明鏡難遮鬢裏霜，坐馳日月送春陽。歸心蜀道七千里，更八千里是故鄉。

琉璃橋三首

軟風濃緑恰藏鵶，遮斷青帘賣酒家。春事闌珊人寂寞，蠻牋小體弔殘花。
卧草拈花聽子規，琉璃橋下碧漣漪。鴛鴦無數隔煙水，相喚相呼野鴨知。
人静簾櫳覺晝長，輸他燕子爲誰忙。蝶移花少風沙惡，惟聽山胡啄白楊。

西招雜咏五首

膏瑩鷫鷞霜刃揩，舞腰宛轉彈金釵。公孫渾脱□空手，值得冬郎賦錦鞋。
錦韉蠻韡馬上娘，旋開金埒作盤場。慣從雲外落雙鴈，不解紅閨鍼綫囊。
曼陀花壓帽簷偏，半臂裁成學水田。自有凌波光緻緻，不須槳打鈌瓜船。
趙家輕燕笑環肥，不及香溪説姊歸。青冢文成堪作配，漢家征鴈尚南飛。
流水多情去路長，那須豆蔻七香湯。爲愁人説無鹽美，狼藉胭脂點額黄。

磨盤山山連布達拉之右，上有濟隴胡圖克圖廟。

塞上寒冰水不澌，紛紛鴻爪印青泥。悤悤行過平沙磧，翻羡飛鴉繞樹栖。

蜻蜓小幅二首

臨平山下有閒田，卅載棲遲負碧漣。寄語溪頭垂釣客，紅蜻蜓弱任留連。

點水迎風態自輕，幾時重訂苧溪盟。缺瓜艇子西湖畔，偷眼蜻蜓白髮驚。

得一如信偶書

元之歸興尋圓泖，茂叔時周肖濂官滇。鴻泥印點蒼。老我邊隅窮塞主，霜天空對鴈成行。

人日

人日寄詩思杜二，靈辰登陟覓安仁。菜羹煎餅全無分，三載離家薛道衡。

絶句

凄凉老驥負鹽車，虞坂崎嶇日易斜。市骨千金亦何補，空將筋力没塵沙。

清明節

春意已深催鴂鳥，杏花猶未綻么紅。尋常一樣清明節，沙塞江南迥不同。

雪後

一夜西風吹作作，曉看飛雪滿羣山。門前溪水潺湲闃，凍作螺蚪玉一灣。

聞捷口號

忽聽歌謡送喜來，春聲鐃吹鬧如雷。天恩普沛沾夷夏，塞外人從萬里回。

三月望日三首

年年此日祝椿齡，十六年翻淨土經。孩稺依稀問詩禮，夢醒惟有涕如零。

殯宫猶滯果城隈，望斷江南未易回。此恨未滇心似疚，何時歸剪故山萊。

全家移住錦官城，卅載空深故里情。何日嘉陵布帆穩，櫓舸歸去足平生。

四月十五日番人爲佛誕日四首

等身三匝名山畔，萬口皈依禮世尊。收束人心具微旨，須知爲善本無門。

道在靈山最上巔，世人識得便超然。大都能識不能破，佛亦隨時了世緣。

不貪兩字是靈源，野鶴孤雲悟本元。多少英雄忙不了，到頭白骨卧荒原。

生寄悤悤死是歸，破除煩惱即仙機。游神若到三山上，便共諸仙咏翠微。

偶然作四首

衡山朱鳳憫黄雀，不管鴟梟儘力啼。鑄就錕鋙淬霜鍔，佽飛海上戮鯨鯢。

吾家李廣無侯骨，射虎南山石應弦。老大無成耽獵較，風毛雨血騁連錢。

鑷却星星頷下鬚，壯懷畢竟未全輸。事功已似東流水，且可扁舟嚮五湖。
緑楊如薺草如茵，一望春蕪色色新。高處但將團扇幛，不須吹起庾公塵。

布勒綳寺僧送白牡丹二首俗名别蜂寺。

潔白天魔女豔粧，清芬微勝白檀香。春風裊娜楊枝外，帶露凝啼泥粉郎。
竺國因緣元是幻，空花過眼有無間。根深穩植菩提境，留取新詩詠玉環。

雜咏八首

汗脚歸來壯志消，回思萬里太迢迢。無端西笑長安道，又逐征塵過灞橋。
亂山處處列圍屏，雲棧停驂憩短亭。紫栢新紅皆絶妙，畫圖難染佛螺青。
霧靄烟波遠澹如，小舟一葉水中居。晚晴人在褒斜道，買得新罾漢上魚。
矮屋平疇四五家，家家打稻響連枷。秋程一路青山紫，幾處山丹尚着花。

柳外紅薇一兩枝，秋容點綴最相宜。苧蘿未嫁東風日，也嚮前溪照畫眉。
芙蓉多嚮水邊栽，換色臨風一朵開。花自無心人自苦，馳驅又過漢王臺。
伍員吹簫夜入吴，磻溪垂釣樂江湖。英雄多少田間死，青史應知半字無。
太華三峰亦有緣，一回相見一蕭然。朝來日射潼關扇，又上黄河渡口船。

得沈硯畦書

沈郎腰瘦不禁愁，帕首從軍襲短裘。比似山樓老摩詰，不將清淨易封侯。

聞硯畦被劾

辛苦從戎筆札紛，將軍好武不論文。歸來寂寞閑居賦，賴有楊枝共紫雲。

邯鄲道中二首

轣轆征輪去較遲，黑甜滋味睡翁知。不須更待黄粱熟，已是盧生夢醒時。

誰弔才人嫁厮養，盡知綺語贈兜娘。十年三過邯鄲道，肯信温柔別有鄉。

鳳縣二首

病維摩詰慣修持，天女疎寥任小窺。從爾散花無結習，石腸應唤作吴兒。

末下蓴羹憶豔豉，杜陵槐葉試新淘。飽嘗雲子田家飯，未必官廚勝濁醪。

西招雜憶十二首

酡酥湩乳鬥鮮新，小試薑鹽亦可人。最意緑熊茵畔坐，多磨七椀漸含顰。

普陀大士最相憐，舍利親分記去年。靈藥元霜都付與，雲英風貌可如前。

唵吧微爇影婆娑，千佛龕前百叩多。自把都梁薰袖口，等身祈福正清和。

裙釵鴛鴦喜並棲，新裁半臂稱身宜。珊瑚愛綰鴈中字，犀角涼心與佩觿。

五紋雜組挂胸絲，佛賜松堆辮作綏。不惜黄金鑄麻謎，蠻鞾正是走山時。

空勞仙吏掌氤氳，驀地參辰兩地分。留得水晶珠子在，夜深禪誦肯忘君。
四月清和日漸長，繡窗針綫爲誰忙。剪開五色同心錦，分貯將離片片香。
層梳記得上元時，甲煎盈庭共爇脂。小妹登樓齊拍手，阿儂吹徹玉參差。
水晶奩匣玉匙封，小字綢繆印幾重。長樂未央親贈與，錦牋題罷紫膠濃。
續命攢成繫臂紗，錦衾裁賸一團花。洛神肩瘦原如削，愛把紅綃一半遮。
普陀白足慣跏趺，曾習天魔舞態無。瓔珞雙垂裝七寶，當胸微露玉肌膚。
畫作崔徽卷裏人，施朱點墨屬鮮新。十分粧束描來易，祇少鴉黄一抹勻。

朝天江行

欸乃聲中雨打篷，峽雲風送一重重。嘉陵江上經行熟，慣聽飛仙閣裏鐘。

大木樹

翠峯如削一層層，曲徑蛇蟠不易登。樹裹鳥聲雲外瀑，此中惟有采樵僧。

秋漁三首

寒波三萬六千頃，起泛收罾落日斜。白髮蕭蕭身手健，滿湖風浪響魚叉。

煙雨扁舟理釣筒，慣將簑笠傲西風。得魚沽酒團圞醉，兒女喧乎荻火中。

垂綸江上暮雲横，一片芙蓉照眼明。相伴若耶溪上女，煙波老去足平生。

無題二首

小院猶寒未暖時，海紅花發景遲遲。半深半淺東風裏，好是徐熙帶雪枝。

醉折山茶嶺上枝，春歸袖底未嫌遲。東風留得前身影，最好燈前月下時。

春日偶成二首

吹徹玉簫春似海，萬千紅紫發天香。此中着得頑仙住，消受人間日月長。

消磨頑福亦塵緣，豔冶風光得氣全。頭白一生趨冷局，知他原住淨明天。

題《晴湖垂釣圖》四首

蓑笠閒情興有餘，江鄉清夢寄樵漁。畫圖展嚮冬青驛，又見江心起石魚。

畫出江南雨後天，沙鷗撲漉破汀煙。釣絲一任蜻蜓立，静息塵機道味全。

孟瀆相傳接太湖，九龍山色未全孤。撅頭艇子攜笭箵，自署頭御作釣徒。

莫羨君家老季鷹，蓴羹蝦菜醉瞢騰。釣鰲終學任公子，六極同支力尚能。

題《櫻笋圖》

記向黔靈參玉版，相攜曾共鄭櫻桃。於今櫻笋全無分，緑鬢朱顔昔日豪。

偶題

蒲津先生盪小舟，高冠二尺漉新篘。醉拉老兵作牛飲，倚棹朗吟驚白鷗。

題何霞江《行看子》四首

卅載金泉捋紫髯，憶在果州相遇，今三十餘年矣。豪情逸興壯懷兼。曾將一擲輕千鎰，更把三都掃筆尖。

投筆從戎萬里游，與君絕徼共披裘。雪山萬仞衝寒過，余時在宗喀霞江驅一驢赴大營投効，暢談竟夕。驢背詩情一例收。

蜀道鄉江去住頻，功名畢竟佩長紳。回思多少勤勞跡，黃綬聊期八尺身。

此日圖中八十翁，依然鶴骨配方瞳。胷中事事皆如意，相對芝蘭發幾叢。

洪補愚出故人胡雪舫書扇三絶

西泠舊侶推伯始，學邃文醇曠世才。磨盾穹廬宛如昨，道山君已返蓬來。

墨瀋猶新健筆飛，清風亮節想胡威。師門陳迹重追憶，賸有周郎減帶圍。

能承先志洪駒父，古處論交慕昔賢。遺跡珍藏歸笥篋，他時應炫米家船。

題畫二首

故壘難尋蜀相營，離離菜甲繞畦生。古原日暮蜂衙急，八陣風雲有變聲。諸葛菜。

疎雨纔過麂眼籬，豆花引蔓雪垂垂。秋聲一片來何處，月上山窗夢醒時。豆花。

初夏望雨三首

病中摩詰惟思静，老去文通莫較才。愁對驕陽望霖雨，萬民側耳待轟雷。

歲時已到分龍節，陌上猶揚撲馬塵。愁絶三農同失望，不知何術拯斯民。

窮通任運久相安，過眼雲煙一笑看。消遣病魔鑽蠹簡，讀書微覺老懷寬。

錢梅江爲述軒寫《香象圖》四首

象坑踪跡在雕題，曾訪迦陵騁碧蹄。今日披圖見真本，恍如重涉大荒西。

渡河香象破洪濤，深穩如山氣度豪。白楮江邊看浴處，蠻奴輕捷等飛猱。

巨鼻輪囷解拾鍼，惜牙知有愛名心。馱經舊跡巡天竺，侍從新班肅上林。廓爾喀貢象，由大西天來自青海入都，蒙恩留，賞前後藏各二隻，餘解京城。

錢顛風度昔曾窺，十指能翻洗墨池。寫得雄姿贈知己，兩髯各自抱英奇。

季晋叔以尊甫梧陰清作圖小照索題四首

泉石襟期據竹梧，朝簪不换舊明湖。看花踏遍揚州月，葉艇歸來好著書。

一諾千金氣節豪，家聲兩漢繼清高。那知逸興如陶令，閒撫孤桐引濁醪。

風雲壯志薜蘿襟，四海人人説季心。今日披圖親玉照，秋梧想像寄微吟。

令子才華驥足良，蜀山初見騁康莊。卯君曾共湖山樂，老我情懷慕水鄉。余弟軒與先生歡聚湖上，盛道風來。

吕鶴亭《别駕獨立圖》四首

嶽峙淵渟氣象開，高名碩學繼東萊。許公風度純陽骨，相業仙心次第陪。

梅溪芳沚敬亭雲，山水鍾靈迥不羣。任俠耽書兼重義，東平雅望獨推君。

萬里吴船蜀道行，隼旟熊軾錦官城。放翁宦跡渾相似，官職詩名兩共清。

記曾同醉浣花溪，滿袖凉風手共攜。此際蒼苔看獨立，恍疑重到草堂西。

三月三日作十四首

么紅淺白鬥芳菲，貼水雙雙燕子飛。扶杖筠廊聽鳥語，喜無俗客叩荊扉。

莓苔嫩緑點飛花，香屑紛紛撲絳紗。料峭春寒風似剪，玉盤盂尚勒新芽。

又是桃花水滿池，執蘭修禊憶年時。永和吟事成蕭索，惆悵溪堂壁上詩。前歲吕星泉脩禊草堂，詩尚存而人已杳矣。

翩翩戲蝶過牆東，鬥草人喧别院中。共記方干學年少，帽簷斜趁紙鳶風。憶有堂舊事。

有客來從西子湖，劇談鄉味憶菰蒲。缺瓜艇子歸何日，如畫家山著老夫。張植三自南來，道湖上之樂。

此日宜張洛水筵，春風蕩漾泛輕船。遥知鳴玉溪邊客，應有壺觴酹四賢。述軒弟時在忠州。

天邊鴈足去來頻，未抵聯床笑語親。最好百花齊放日，幾時同醉錦城春。述軒是月誕日，不得同賞春光。

乍晴微暖忽輕寒，一片春陰護牡丹。扶杖偶從花外立，蕙風剪剪覺衣單。

蠶豆香新笋茁苞，臨流修禊啟山庖。微吟偶與流鶯共，宛轉春風拂柳梢。

鏡裏霜毛日漸添，自憐衰病筆慵拈。祇餘物外新都静，領畧天香撲鼻甜。

網得巴江六六鱗，喜知哺養萬家匀。刑清政簡貧何礙，差可前賢繼後塵。得述軒信，忠州捐賑，日食二萬人。

浣花溪上聽新蟬，舌本初調韻可憐。尋到杜陵棲隱地，修篁濃緑裏輕煙。

知畦細篠徑歌斜，有客來尋緑玉牙。話到柴桑足幽興，風前長嘯岸烏紗。吴秋漁太守過訪菊徑。

先生新學養生方，珍重青精勸客嘗。試煑岷山蒼鹿脯，分來花底配瓊漿。吕燮菴太守餉鹿脯。

題倪小雲《意筌圖》四首

芽岡博學傳黌序，正甫風儀重大庭。滿腹經綸寄漁釣，箬溪相對眼常青。

紅驄曾踏鷲峯西，佛地班荆話狄鞮。百粤五羊吟跡遍，投竿重到浣花溪。

釣璜儀度思姜叟，運筆風雲佐衛公。他日功名在廊廟，漫教圖畫寫孤篷。

老我心情慕玉湖，滯留何日釣菰蒲。輸君才品同高士，應配雲林清閟圖。

李湘帆丈以此君軒漫筆見示五首

齊諧志怪一番新，縋險尋幽遍九垠。天賦青蓮淵海筆，珠璣落紙盡奇珍。

古今瓌跡細搜羅，萬卷填胸氣自和。想見此君軒裏坐，幾番閱歷寄懷多。

研求經史超凡見，徧録奇方救世心。從古佛仙多力學，一篇真抵萬璆琳。

愛標忠孝闡幽微，辨證虛誣較是非。一片至誠縈古意，賢關聖域是依歸。

《酉陽雜俎》多荒誕，干寶《搜神》亦渺茫。何似先生聞見確，閒將直筆寫書堂。

王西躔《瞻雲鞭影集》六首

執敬家聲起赤松，才華氣概等雲龍。仁山孝悌楓山節，並峙金華第一峰。

叱馭來從蜀道游，籌邊西望最高樓。如椽大筆摩雲手，題徧岷山紀遠猷。

廿年縞紵論交情，心折高懷似水清。今日把君詩卷讀，冰壺澄澈更光明。

輪蹄三度走燕臺，梁晉悤悤自去來。名跡搜尋題未徧，輸君八斗建安才。

昌黎排奡少陵神，摩詰家風更絶倫。兼取東坡居士筆，時從墨海起烟雲。

至孝偏爲御恤人，玉淪江上送輕艑。相期再著吴船録，賓叟巴童望寇恂。

戲作四字詩四首

鄭泉死葬陶家側，焦革魂猶配杜康。時復中之有真樂，三蕉豈有次公狂。

東坡過嶺哭朝雲，通國偏存罍雪君。大節人情兩無礙，登徒所見不能文。

英雄末路隱魚鹽，金范陶朱亦未嫌。酒債君平還自取，百錢未滿不垂簾。

玉斗筵前擊碎瓊，漁陽三弄老瞞驚。丈夫意氣應相似，罵坐終當戒灌嬰。

題畫 鍾馗探梅

朔雪凝寒上短鬢，先生清興未全孤。春香拗取吟懷勝，彷彿來從鬼趣圖。

芭蕉

雪裏曾看摩詰畫，午端猶憶虎頭詩。歸時移種南窗下，徧寫人間絶妙詞。

立春感懷 甲申作

春水微風漾緑波，櫂船嬌女曼聲歌。爲歡須及紅顔在，莫待華顛恨事多。
簷花春結一層冰，轉憶年時作賦曾。老去心情如病酒，空將白髮對紅燈。
一線春從梅蕚開，近憐多病強登臺。滴乾潘岳傷心淚，不見真真入夢來。

怡雲書屋詩鈔

〔清〕李瑜 撰
王猛 梁俊杰 徐佳慧 整理

叙録

李瑜，生卒年不詳，字念南，李若虚之子。清咸豐時曾任湖北蘄州牧。今存詩集《怡雲書屋詩鈔》。

《怡雲書屋詩鈔》是李瑜詩集匯稿，不分卷，由《巴渝行草》《馬湖遊草》《蘆亭草》《涇南草》《峨眉山行草》《邊月草》《綿江吟草》《嘉峨吟草》《頤雲小草》《蠶叢叱馭吟草》《適楚詩草》《磨盾詩草》《江漢吟草》《一十六硯山房詩草》等十餘部分構成，上海圖書館等地有藏。本次整理以《回族典藏全書》輯録的清木刻本爲底本。

《怡雲書屋詩鈔》所收録詩歌題材廣泛，内容豐富，風格多樣。體式有古體詩，有近體詩。《回族典藏全書總目提要》云：『其詩有「不著一字，盡得風流」之氣，意在言外，自有神韻。尤其以七言絶句見長。語言平淡樸實，感情真摯。』

《怡雲書屋詩鈔》中的詩歌以寫景紀游詩爲多，清新淡雅，疏朗平和。風光名勝、歷史遺跡、民風物産、閑情逸趣等皆流露于筆端，如《綿州雜咏》《嘉州雜咏》《楚遊雜詩》等皆是代表作。同時，李瑜的懷古詩、咏物詩、題畫詩、唱和詩等，也各有韻致。七言長詩《謝將軍歌》以謝將軍事跡爲題材，一位大義凛然、寧死不屈的英雄將帥形象躍然紙上，表現出詩人對于清代中後期國家命運的深切憂思。

李瑜生活于四川等西南地區，他的詩作中時常閃現故鄉的山山水水、父老鄉親，具有濃厚的鄉土情懷。《中國回族文學史》指出：『李瑜一生胸懷大志，希望有所作爲，他崇拜英雄豪杰，對古人古事常有獨特的思考。』『李瑜更關注現實，特别體恤黎民百姓的生活狀況，憂國憂民。』李瑜不僅是一位性情直率的詩人，也是一位心繫時事的濟世者。

巴渝行草

乙未　丙申　丁酉

柳橋

絲絲官柳緑成隄，柳外看花[一]路易迷。日暮送行人已去，漁船齊泊板橋西。

神韻翛然，畫家所不能到。縝亭。

【校記】

〔一〕此字底本漫漶，似爲『花』字。

題范月田畫

十畝篔簹濬欲無，秋聲瑟瑟繞菰蒲。疎燈影約紅欄外，莫是瀟湘夜雨圖〔一〕。

結處參以活句，□覺〔二〕神超意外。縝亭。

【校記】

〔一〕此字底本漫漶，似爲『圖』字。

〔二〕此字底本漫漶，似爲『覺』字。

六月十五日過□泉山，大風雷雨，率成長句

怒雷作勢挾蛟龍〔一〕，鬐鬣攪雨尾掀風。豢龍劉累持鞭不敢控，錢塘酣戰方交鋒。倒挽銀河洗兵甲，千巖萬壑伐鼓聲逄逄。又疑吾家藥師傾瀉龍姥金瓶水，淋漓浩蕩澆鴻濛。頃刻滂沱溝澮滿，欲使膏澤廣被萬物誇神功。濃雲密霧磅礴塞宇宙，對面不見峩嶫嵒崒萬點尖山峰。篔林大樹揚揚颯颯呼呼〔二〕嗃嗃吼不已，似是感激涵潤饕軒鼓舞相推崇。我來銜泥踏水欲去不得去，驅策我馬欲速不速踶趹嘶嘯行怱怱。澡身沐德元氣濕，雨師爲我湔滌塵垢之心胸。俯視平原三萬六千頃，彷佛如在汪洋大海中。差幸此身漸得□高處，不則隨波逐流如飄蓬。須臾逕上龍山

頂，倏見深[三]溪曲澗飛晴虹。昂頭縱目看，玉壘天宮洗出峭削青□蓉。老僧煨芋留我一瓢飲，醉裏猛聞噌吰鞳鞈上方□。酒腸芒角崢嶸發詩興，竟思狀茲奇景幻態變怪真無[四]窮。吟哦忽被靈山笑，道爾何來如椽大筆參化工。縱□畫中妙手荆關李郭大小米，欲圖此等潑墨山水濃□大劈難形容。我聞此語擲筆一笑上馬去，夕陽挂樹□胭紅。遥望前路諸峯軒豁開翠霧，天外[五]神龍飛翔□□霞焕雲蒸正鬱葱。

豪情勝概，青蓮嗣[六]音。縝亭。

【校記】

〔一〕此字底本漫漶，似爲『龍』字。

〔二〕此字底本漫漶，似爲『呼』字。

〔三〕此字底本漫漶，似爲『深』字。

〔四〕此字底本漫漶，似爲『無』字。

〔五〕此字底本漫漶，似爲『外』字。

〔六〕此字底本漫漶，似爲『嗣』字。

題覺羅寶輔□明府畫馬

騂騮千里志，精□薄九霄。五花散若錦[一]，振鬣風雲驕。許身龍虎匹，磊落不可招。不受百寶絡，不羨黄金聳。長鳴立大野，氣奪千人豪。駿骨自珍愛，如待九方臯。持獻穆天子，八駿空其曹。

【校記】

〔一〕此字底本漫漶，似爲『錦』字。

晚霽登百級臺憑望

山城纔一雨，霽色散寒煙。夕陽在高樹，秋聲來遠天。涼生歸雁後，磬響落霞邊。指點前溪晚，風帘賣酒船。

和秋坪原韻

卧雪餐霞好駐年，佛龕燈火緑娟娟。清能徹骨真仙品，淡到無言是静禪。洗眼波明飛嶂外，入山雲懶野菴前。記會攜手蘅溪曲，乘月敲門訪玉泉。

清不獨膚秀，乃在骨。讀此詩如見其人。縝亭。

爲錢育齋題《竹菊畫册》

傲骨何嫌瘦，虚中節自高。捲簾秋月上，相對讀《離騷》。

周梅史將以寶輔庭畫扇寄其友李綺陔别駕，索余詩并書，走筆漫成

同遊蜀國周興嗣，爲説襄陽李仲英。四海論交多義氣，五陵賔客盡知名。木〔一〕香村裏舊勳閲，仲氏綺陔推人傑。豪情逸上干雲霄，佳名久著彝陵北。心交梅史在提孩，獨重義氣輕貲財。季布由來不二諾，久要相信無疑猜。自從揖别宜城肩，三年不見同心人。蜀水蒼茫蜀山緑，幾回腸斷夜猨聲。屋梁月落醒夢時，言念故人生長噫。爲寄西川聚頭扇，王孫作畫君題詩。畫作暮雲與春樹，詩吟紅豆長相思。偶感君情發讕語，學繡平原五色絲。我亦隴西舊家子，卅年雁墖無名字。廉吏兒孫耕硯田，作嫁依人丈夫恥。鳳樓麟閣兩無緣，抱關擊柝俟他年。漁梁津吏能容我，擊檝還來訪巨山。

【校記】

〔一〕此字底本漫漶，似爲『木』字。

馬湖遊草

戊戌

石角營道中

石角亂峯西，雲深鳥不啼。箐寒風挾雨，路斷樹横梯。馬足千盤健，螺尖萬點齊。身高不知處，回首衆山低。

雷波感詠

鋒鏑餘殘壘，荒涼極望愁。炊煙依硐聚，澗水入城流。夷砦莜爲飯，人家板架樓。平戎無上策，萬户正啁啉。

蒿目傷心，雙管齊〔一〕下。縝亭。

【校記】

〔一〕此字底本漫漶，似爲『齊』字。

陡沙關

雲海兜綿散麴塵，手攔蘿薜瞰天門。泉香谷邃山深處，應有仙人白玉京。

早發白馬廟

野店荒雞語，篝燈林外稀。月黄淡樹影，山翠冷人衣。行客已驅馬，隣家尚織機。村墟夜春歇，曉色上岩扉。

『山翠』句令人思索不到。縝亭。

君山道人和壁間詩，有『朝游碧落三千里，暮浴滄江萬頃波』之句，和之

朝遊碧落暮滄江，遊戲神仙狡獪長。一抹斜陽紅樹裏，青山無語看人忙。

結句雋永可思，即是神鐘暮鼓。縝亭。

資中書臺山王君祠碑歌

書臺日出淩蒼煙，獨秀長峯高插天。蓮池半畝秋月圓，資溪九曲流潺湲。王君祠廟雲緜緜，風徽遺像留千年。豐碑青石攻磨鐫，詞賦煌煌十六篇。中和樂識頌甘泉，洞簫一首尤清妍。奇文軼世絶躋攀，炳彪光焰筆如椽。後宫佳麗鳴歌絃，賜錦束帛何戔戔。司諫大夫崇宫班，頌成主聖則臣賢。西禪東對思媚天，碧雞金馬求神仙。嗟乎！荒唐那復有神仙，安知日夜禱祀非真詮。城隈高壠誌牛眠，藤花芔草相煇鮮，子規鶗鴂聲嗚咽。地下子僑蹤聯翩，千載長呼王子淵。我來弔古懷芳荃，三復鴻文神惘然。雁江之水清且漣，蕭颯西風送客船。擊楫高歌君扣舷，青山紅樹聞新蟬。

漁家

網曬蓼花深處，船歸蘆荻前灣。擱竿忘却垂釣，坐看當門好山。

蘆亭草

己亥

題翁寄塘明府《蓮瓢詩意圖》

寄塘《西湖》詩云：切盡秋瓜暑未消，跨虹橋外雨瀟瀟。渚蓮落盡不歸去，醉拾紅衣當酒瓢。陳玉方學士愛之，爲題『蓮瓢小舫』額。陸秋生繪爲圖以索題。

占盡清涼是此翁，搴紅浮白倚孤篷。散花參破西來意，蓮瓣閒拈一笑中。

南屏山下路參差，西子湖邊細雨時。酌酒酹花花亦笑，和花和酒入新詩。

碧筩常羨鄭公卮，妙到蓮瓢想更奇。等是醉鄉清興好，一家風味藕花知。

家本杭州寄蜀都，卅年無夢到西湖。披圖擬欲隨煙棹，添入丹青許我無。

四詩極得雅人深致。縝亭。

再題寄塘先生《九里洲賣藥圖》

寄塘《九里洲看梅》有句云：頭銜已换君知否，九里洲邊賣藥翁。馮杏村繪爲〔一〕《詩意圖》，題詠甚多。

枕山環水香田路，千樹梅花淨俗塵。賣藥但煩花作伴，知君明月是前身。

豈容香海守梅花，蜀道需君活萬家。小試神仙醫國手，蘆亭百里煉靈砂。

山下桐君得見無，靈芝仙藥總模糊。不如栽遍甘棠樹，好共青山入畫圖。

性癖梅花不畏寒，此生修到此花難。年來撲面塵三斗，要乞先生换骨丹。

【校記】

〔一〕此字底本漫漶，似爲「爲」字。

題《卧虎圖》

虎老筋力頽，鼾齁石上睡。赤狐假其威，便以驕同類。狡兔與猢猻，又竊狐之勢。居然沐而冠，三窟恣點獪。吽哮復競逐，類聚各成隊。蕪穢襍彝猋，驊騮亦走避。虎亦竟不醒，麟亦竟不來。愁向西臺望，古道生蒿萊。何日霹靂一聲震宇宙，四山苦霧豁然開。虎驚狐竄狡兔死，惟聽猨聲處處哀。

南溪詠古

碕畔鴛鴦去不歸，鷺鷥磧上鷺鷥飛。貞溪水滿煙波闊，烈女祠中秋月暉。

水合重流抱曲楹，緑疇青嶂面江城。龍騰山色詩千首，猶記嘉州别墅名。

蘇黄翰墨擅熙豐，海内詩名震俗聾。涼署亭邊秋樹老，緑陰深處拜涪翁。

忠諍家風振四朝，繡衣驄馬繼連鑣。江流不盡興亡憾，賸有崇坊跨石橋。

報國捐軀父子孫，灘頭流水咽忠魂。寒雲古墓啼飛隼，遺憾千秋守劍門。

鐵膽剛腸王尚寶，臨危一劍答君親。從容走傍關夫子，浩氣何曾愧古人。

鋒鏑兵燹賸水鄉，撫摩休養頼循良。宋公十世猶祠廟，惠雨清風捍此邦。

揭地掀天玉石焚，祝融跋扈蕩乾坤。甘心殉父同焦土，腸斷仙源孝子村。

雨過偕巫連碧登南城憑眺

龍山風雨撼江城，雉堞憑臨俯碧澄。指笑紅樓春水岸，緑陰濃處一聲鶯。
啣泥乳燕營新壘，换樹嬌鸎蹴落花。牆内桑陰牆外椰，板橋西岸阿誰家。

畫石贊

一拳石，太古壽。色蒼蒼，蘚花透。白雲根，華嵩胄。疇其鍊之補天漏。

重慶府

大江東去古三巴，重水重山攬物華。飛栱層樓攢峻壁，酒亭歌舫聚平沙。禹功尚有塗山碣，渝舞争看字水花。更望佛圖關上月，嚴城鼓角隱鳴笳。

涇南草

庚子

庚子春初，偕吕筠莊居停至下南觀察之任廨東書舍。荆榛繁蕪，緣命老僕芟草剔樹，自排奇石成小山，復移蕉竹以映帶之，怡情娱目，亦客中閒趣也，不可以無詩

安排奇石小嶙峋，種竹移蕉翦亂荆。觸手竟能含畫意，遊心聊以助詩情。泥融燕壘春無縫，風度鶯簧樹有聲。静裏天真閒裏趣，客來應爲賦西清。

筆無纖塵觸手春，自是君身有仙骨。縝亭。

峨眉山行草

庚子　辛丑　壬寅

江口道中

雙江軟浪曳吴綾，蘆港人家唱採菱。青篛緑蓑划小艇，一溪煙雨唤魚鷹。

嘉州雜詩

凌雲山下浪花圓，大佛沱邊水拍船。更望三峩眉黛好，半輪秋月照嬋娟。

新漲如油漾碧漪，輕舟柔艣下犍爲。春山十里篔簹緑，煙雨濛濛叫畫眉。

峩邊道中

長嘯看龍泉，雞鳴著祖鞭。蓊攢山輻凑，陡削路欹懸。馱馬便銜霧，籃輿〔一〕欲上天。氣吞戎虜部，何日勒燕然。

【校記】

〔一〕此字底本漫漶，似爲「輿」字。

蠻歸岡

疊嶂凝霜雪，蠻歸民未歸。何年開草昧，若箇理戎機。鴻雁淪山澤，華夷界水碕。邊疆行欲遍，搔首拂征衣。

哭吕筠莊太守

家世東萊泰岱峩，通儒循吏本同科。名垂浙水嵩山遠，心竭牂江筰部多。作宦一生懷獨淡，籌邊十載鬢空皤。官齋話别剛旬日，惡耗驚傳薤露歌。

霽月光風挹宇眉，照人青眼感真知。謙如江海心常下，重似邱山性不移。瘴雨蠻煙摧壯志，夜行爝火誤歸期。臨風痛灑西州淚，腸斷軍門畫策時。公於馬雷軍營四次籌邊，余皆同在行間。

宦海西川歎逆風，一官未授數偏躬。憐才飽諳虀鹽味，處世羣推閱歷功。豈爲深沈書咄咄，無端駒電影偬偬。階除幸有雙珠樹，扶植還應賴次公。公需次川中十年，今秋始有題，補甯遠之議，而公逝矣，兩郎君俱齠齡聰慧。

如儂落拓病垂黄，駿骨千金價自昂。油幕聯吟悲吕範，鹽車垂顧比孫陽。武定孫東厒太守，昔任綏定，余居停四載，相得不啻公也。劇憐小別成千古，未必他生共一方。東望瀘南靈輀遠，杜鵑聲咽水蒼茫。

讀之使我愴然以悲，不勝知己淪亡之感。縝亭。

題韓小溪〔一〕《濯足圖》

彼何人斯撐瘦骨，危坐船頭赤雙腳。四山雪浪滔滔來，豈竟不畏風波惡。我今爲子一言之，爾其靜聽勿驚愕。先民有言滄浪歌，清斯濯纓濁濯足。爾本朱門侍從人，北轍南轅日趨逐。輪蹏千里走風霾，百丈紅塵愁眯目。況復市井多煩囂，笑指眼中餘子俗。安能一一洗滌之，毋迺大難未洞豁。我今披圖長太息，難辨渭清與涇濁。銀潢不浣人間穢，元規污人無扇却。清流濁流姑無論，搔首問天何處説。如我雲端謫降人，混俗同塵隨處樂。行將海上訪神山，仙船載我泛溟渤。天風琅琅引輕帆，直向蓬壺深處宿。偓佺留我吸天漿，飛瓊弄玉六銖薄。更邀曼倩東方朔，探取金丹醫俗藥，爲爾洗髓伐毛成正覺。

【校記】

〔一〕此字底本漫漶，似爲「溪」字。

花橋旅館題壁

征客倦行投逆旅，忙於歸鳥覓棲枝。移牀解襆月初上，秣馬尋芻夜已遲。攤飯偶沽田舍酒，留題先和故人詩。南轅北轍泥鴻雪，廿載游蹤驛路知。

峩邊感懷二十四韻

瘴水蠻煙地，淒風苦雨鄉。木皮支屋矮，鐵索架橋長。峻嶺凝陰霰，箐林積冷霜。泉流競噴薄，山勢接洪流。土瘠難耕耨，田蕪更竄亡。關心驚虎迹，跬步怯羊腸。刼後留殘壘，焚餘賸孑埸。村墟淪水火，父老話悲凉。萬姓鴻嗷澤，千官雀處堂。邊功成掩耳，諸將半無腔。豈惜軍威損，焉知國體傷？夷心由玩肆，民命半痍瘡。禍已興戎莽，人誰縱犬羊。奈將消弭計，竟作晏安方。賞盜誇奇技，教猱若故常。頻年增守戍，莫術靖巖疆。事既因循誤，拙難儆倖藏。不能清草野，何以答穹蒼。籌畫移薪備，綢繆未雨防。補牢休更晚，覆轍正須妨。倘昧安邊畧，終虞長寇殃。平蠻思吕範，治蜀少韋莊。封豕饑思噬，長蛇凍弗殭。幾時逢漢相，決策伏氐羌。

痛陳邊事，皆從血性中流出，官斯土者，能勿汗流浹背？通體以排偶之體，寓單行之神，長律中正難多覯。縝亭。

苦雨 經旬屢月，連宵達旦，民事艱難，從可知矣。

風雨郎當水繞城，高樓憑眺亂愁生。五羊瀚海烽煙劇，願借甘霖洗甲兵。

高閣重簾曳綺羅，不知門外雨傷禾。官齋咫尺猶如此，萬里君門更若何。

大鵞蕩前婦

大鵞蕩前婦，姿容亦媚嫵。云是邊人妻，深山伴豺虎。十月雪霜寒，冷凍衣裳單。茅檐風刺骨，梅花不忍看。六月霪雨多，屋漏難牽蘿。禾稼半傷損，乏食奈饑何。狼籍不堪顧，更有趨愁難訴。黑熊夜入園，居人戒風露。中宵守蜀黍，喧呼聲慘怖。赤夷昨出巢，攫掠如風剽。擄人縛羊豕，殺人刈菅茅。連村絶煙火，極望何蕭條。大姑嫁大堡，幸不憂戎虜。小妹嫁峩眉，烽煙從不知。一種嫁夫婿，獨爾無生趣。非關容貌不如人，祇是命宫合憔悴。何時驅除禽獸靖蠻方，鼓腹樂郊安椎髻。

愴然滿目，當作鄭俠《流民圖》看。縝亭。

看花吟

欲雨不雨天潑墨，入雲出雲山如雪。幾枝將開未開花，伴我欲歸未歸客。羈客思歸意料峭，花蕊初開如含笑。客裏吟詩哦向花，花光粲爛蒸晴霞。名花惟有半開好，比似高人養襟抱。世人惟知愛牡丹，豈識桬欏出廣寒。廣寒宫闕非人間，常得嬋娥帶笑看。月中琪樹無人見，奇花何由來此現。如來説法語真詮，天女散花下九天。五色翩躚衣袂舉，寶相光中開白蓮。白蓮太液池邊種，丹桂五雲深處妍。祇合佛龕長供養，豈與凡卉争繁鮮。我亦年來厭塵俗，深山邃谷來參禪。何時覺悟維摩偈，一笑拈花初月圓。

灑然而來，悠然而止。於寶相中現出花花世界，真是餐霞吟露之筆，非鈍根人所能學步。縝亭。

憶潔泉弟

有弟虹蜺氣，從軍下五羊。棄繻年壯盛，破浪志昂藏。海嶠風濤健，關山夜月蒼。好將腰下劍，殺賊報明王。

早起

嚮曉蟲聲急，人先鳥夢起。羣動未作時，斯景良靜閴。披衣此兀坐，試觀平旦氣。恍然見真吾，尚識本來體。晨雞偶一鳴，人事孳孳啟。及此萬慮寂，參我靜中理。天地本一清，寸衷湛若水。虛窗生初白，灝氣吸清淑。旭日漸東升，星月斂光靡。珍重舜跖機，勿負日之始。

辛丑中秋夜雨無月，排悶書懷東縝亭刺史

淡雲疎雨縈深箐，嫦娥不肯開明鏡。瓊樓玉宇下重簾，廉纖欲洗冰輪淨。虲無君玉奪天才，待月停杯發高詠。滿庭花柳濕山煙，美景良宵憶去年。去年瀘陽對皓月，斗酒金樽醉不眠。東萊老子興不淺，庾亮南樓奏管絃。張顛縱酒騁雄辯，劉四罵人口流涎。三更濯魄清暉苦，西隣長笛聲如語。此景彷彿在目前，逝水流光隨仰俯。今年此夜來邊塞，與君同望峩眉月。今宵待

月渺清光，去年看月成疇昔。人生聚散兩無情，風中柳絮水中萍。東萊太守遊仙去，雲散風流衆友生。人世百年幾離合，月光萬里同陰晴。對此茫茫百感集，關山草木動秋聲。桂子天香隱蟾窟，佪花仡鳥無顔色。梯雲取月爲君歌，夢繞清虚廣寒闕。訟庭無事吏人閒，席帽看山還拄笏。不羡郄超入幕賓，願學祖逖隨劉琨。雞鳴先起著鞭舞，努力籌邊靖戎虜。看君功成報最日，五馬一麾行按部。他年同看中秋月，水調歌頭爲君譜。

音節瀏亮，聲情發越，真令我對此茫茫，不覺百感交集。縝亭。

待旦，步縝亭原韻

長夜何漫漫，天光不遽曉。世人正夢寐，我醒勿太早。東方曙色動，虚室方皎皎。天地涵清光，精魄宜可澡。静默視靈臺，毋使生蒿草。端坐念平生，守身若鴻寶。顯晦各有時，何事競懮惱。勿以逐逐勞，勿以營營擾。洗眼對朝暾，扶桑烟裊裊。

静氣迎人，寫清冷之致，直覺肺腑一空，即孟子所謂平旦之氣也。慧心人善爲領取。縝亭。

重陽見雪，用東坡先生《聚星堂》韻

連夜清霜染林葉，邊徼重陽先見雪。銀妝玉裹米家山，濃皴淡抹真奇絶。遥知霽色層巔外，應有寒梅香可折。金巖窅窱列瑶屏，沆碭白雲映明滅。叢桂茱萸兩不見，時序偬偬如電掣。風風雨雨逼深秋，籬落黄花初綻纈。採菊對雪詠新詩，擬向南山踏瓊屑。高臺日暮試登臨，雁陣横斜驚眼瞥。銜寒想像鸛鵝軍，蔡州往事誰堪説。吟成擬付健兒歌，躍馬揮戈挽寒鐵。

叠前韻，酬縝亭先生

君詩豔爛如霜葉，郢上陽春歌白雪。字挾風霜氣凌雲，拍案吟哦還叫絶。雪裏芭蕉句有神，瓣香景拜真心折。邊城飛絮燦瓊霙，紅樹青山映明滅。乾坤皎潔天公戲，白鳳翱翔親控掣。素娥跽奉茱萸觴，瑶釵鶴氅霓裳纈。持螯把酒菊花天，天爲良辰散霏屑。高阜登臨賦玉塵，千仞振衣雲外瞥。颸館題糕呵凍書，花飲糗餈非臆説。羨君佳句含宫商，擲地鏗鏘響金鐵。

九日登高，和縝亭原韻

秋聲瑟瑟動疎林，風雨瀟瀟三徑深。黄菊清癯佳節淚，白雲繚繞故園心。多君健筆題餻字，媿我青衫伴玉簪。天末雁行嘹唳遠，引人離緒助清吟。

萬壑千峯嵐翠收，層臺駐立快凝眸。霜餘遠樹斜陽淡，雨後羣山爽氣遒。異國茱萸催令序，邊城笳鼓送清秋。登高一覽穹廬雪，六詔風煙費量籌。

遒字一聯，真堪入畫。縝亭。

即事感懷，再疊前韻

捷於飛鳥輕於葉，腰間寶劍光如雪。古來健將追猿猱，能令觀者咸驚絶。九月邊城雪作花，挽弓手僵凍欲折。羣醜跳梁鼠出穴，奈何燎原竟不滅。負腹將軍麒麟楦，登壜傀儡需人掣。閉閣養威雄鼓吹，高牙大纛宫袍纈。纖兒老革何紛紛，滿座貂蟬吾不屑。陰雨無時牖户穿，誰肯綢繆輕一瞥。桑土勤劬作預防，鳥猶如此人何説。邊功衣鉢誤心傳，由來錯鑄九州鐵。

紀事感懷

阿誰誤國啟兵端，弗識艱危發大難。仕宦四時躋捷徑，烽煙萬里激狂瀾。虎門礮火干戈劇，閩海艨艟鼓角寒。竟使朝廷旰食慮，捫心午夜豈能安。

梟獍猖狓遍海疆，狼奔豕突勢鴟張。頻徵貔虎援三浙，糜費金錢賂五羊。互市竟成要挾計，平蠻誰識奠安方。杞憂無那空搔首，天下兵戈正徜徉。

跨海飛舠恃火攻，倭婆牝雉欲争雄。和戎魏絳踈先事，怯敵哥舒避下風。撫議縱成終失體，夷氛尚在有何功。堂堂將帥連營壘，籌畫休教五技窮。

沉溺蒼生化刼煙，幺麿竟欲抗皇天。土膏作祟青燈障，花卉迷人白骨禪。豈意興戎因口腹，幾成無術洗腥羶。東南半壁殘山水，銅柱沉淪瘴海邊。

督師殉節蹈鯨波，諸將沙場併命多。蜃氣迷天騏驥困，狼煙滿地雁鴻吪。由來厚德臨諸夏，定有雄才靖醜倭。望斷軍門思凱奏，誰擎揮日魯陽戈。

山寺

尋僧入古寺，風鐸語琅琅。高樹濃陰裡，蟬聲噪夕陽。

辛丑歸省寫懷

邊城十日雪，大地堆窮霙。玉樹水晶花，晃曜絙箐林。今晨忽開霽，初日扶桑升。仰看入岫雲，遊子動歸情。高堂垂白髮，健飯樓衡門。爲兹菽水奉，轆轆走風塵。青山應笑客，僕僕何營營。歲晏不歸去，何以慰親心。不如爲農圃，定省及晨昏。念彼萊衣舞，動此心怦怦。愛命求笥輿，一肩書與琴。衝寒朝夙駕，迢遞陟崚嶒。崎嶇鸞歸岡，蕭瑟凝堅冰。醜如鳩盤荼，蓬首衣結鶉。蕪穢不自覺，谿磵塞荆榛。青棡黄茅坂，嶮巇如小人。傴仄復傴仄，仰天窺盎盆。大圍如渴驥，飲澗龍池奔。胡不化康衢，周道歌砥平。天使作關鍵，華夷於此分。何年事關拓，好大喜功勳。青燐依戰壘，白骨悲邊氓。願告謀國者，勿輕議遠征。西望峩眉峰，矗立淩蒼冥。延袤三百里，偹蛾翠黛清。巖巖蜀山宗，巍巍五嶽形。可望不可及，仰止於景行。大道久淪寞，無由問廣成。二峩勢盤亰，三峩氣峥嶸。岡巒脉絡貫，相依若弟兄。壽屏與瓦屋，拱揖如友朋。左右萬螺髻，羅列諸兒孫。其他培塿輩，卑卑何足云？三日過高橋，豁然開愁城。有如行文樂，得意誇傳神。恢奇變怪極，造詣歸於純。又如曠達友，磊落性光明。胸襟無濁滓，品概醕乎醕。夾江罨圖畫，古木環江村。恬淡誠高士，和藹貌端凝。眉山如快客，彭山如老人。鬚眉太古壽，活潑全天真。對之消塵俗，鄙吝不敢生。長江開明鏡，拂拭鑑精靈。三蘇不可作，宇宙留鴻文。浩浩雙留合，唤渡喧新津。笮橋古旂亭，昔此送征程。今我趨庭日，不必賦銷魂。行行丞相祠，參天柏森森。親舍已咫尺，意急摇心旌。入門拜父老，顔色温如春。諸昆各無恙，伯姊亦歡欣。喃喃小兒女，牽衣話誾誾。倚膝動憐愛，如我思娛親。團圞十日聚，樂比王侯尊。有田如不歸，誓水以爲盟。何當營畎畝，結廬西山陰。荷蓑控黄犢，秉耒事躬耕。歲收十斛麥，早完租税徵。秬秫釀村酒，疏食炊香秔。春盤肅諸父，相邀及舅甥。壺觴酌杯斝，洽比東西隣。

聊介老人壽，侍杖步郊塍。釣魴或罾鯉，課雨兼問晴。承歡極愉快，饘粥爲饔飧。荆棣吟春草，塤箎歌鶺鴒。宜咸朏顯輩，各使攻一經。不逐營營利，不矜赫赫名。昌平張公藝，義門陳子兢。我志在竊比，嚮往矢私誠。願與伯仲季，努力規儀型。富貴聽自然，至樂惟天倫。

東郊偶遇魏柳亭，同登泛月樓沽飲

江亭煙雨霽，日暮忽逢君。籬角沽黄酒，山腰看白雲。月來花有韻，風過水生文。擬泛扁舟去，忘機鷗鷺羣。

山城

城郭倚山開，嵐翠蒼茫裏。濛濛雲氣生，遥望隔江雨。

峩眉道中

白蠟濃陰覆驛亭，子規聲裏雨溟溟。雲開忽現三峩貌，翠黛烟螺萬古青。
幾度峩山脚下行，空聞天外步虚聲。何年蠟屐層巔上，呼應峰頭看月明。

蕎麥荒田噪晚鴉，懸巖深谷有人家。春融六詔蠻煙静，開遍漫山扁竹花。

柳條春色動邊關，鐵索長橋跨碧潺。雪箐千盤通筰部，銅河百折繞嶲山。

和邵蓮谿太守《三次遊凌雲山》原韻

十年九度過嘉州，無分凌雲載酒遊。辜負人生雙蠟屐，空吟山月半輪秋。檣帆上下摩城郭，嵐翠蒼茫罨寺樓。笑指景純臺畔路，何時乘興纜扁舟。

看山拄笏劇清幽，豔説前遊續後遊。琴鶴高懷風扇物，江天健筆露垂秋。詩分泰岱峯中秀，興寄煙霞水上樓。若使登臨陪几杖，披雲應爲櫂蓮舟。

琴樽宴紀曲江頭，棋墅競傳謝傅遊。管領山川歸嘯咏，重來風月换春秋。平羌水闊涵清嶂，爾雅臺高障濁流。更爲蒼生懷遠略，春陵作頌一消愁。

包穀

邊陬粳稻尠，蜀黍甚膏腴。玉本嵌金粒，青囊綴紫鬚。耰鋤山谷遍，風雨糗糧需。辛苦田家飯，敦龐洵可娱。

包穀本粗糲之種，得此品題，可以睥睨嘉穀。縝亭。

峩筍

雉子峩山笋，驚雷啟蟄鞭。露芽新雨後，粉竹暮春前。愛致黄公咒，名因白傅傳。天寗留妙諦，玉版可參禪。

雨中望夷地金岩谿

荒甸莽蕭蕭，叢臺極望遥。江渾魚鼈壯，草靡兔狐驕。野霧蒙山暗，秋風撼樹囂。愁霪如可掃，旭日仰晴霄。

風雲詭變，瘴霧迷離。願憑腰下劍，直爲斬樓蘭。胸襟可想。縝亭。

述懷

昔者陶彭澤，高曠適天機。不爲五斗米，折腰鄉里兒。慨然挂冠去，長歌歸去詞。樂道居南山，採菊醉東籬。古琴不張絃，深意託軫徽。徵聘屢不出，富貴安足縻。高卧北窗下，清風暢和夷。心超迹自遠，高節邁皇羲。泰然處淡泊，其樂永無涯。如我落拓人，豈敢誇傲睨。平生疎拙性，素昧承與趨。羞見附熱蠅，不識聚腥蟻。競逐既未諳，營營徒爾爲。念彼機巧者，攀援毋乃疲。朝謁權貴門，夕拜顯者車。輿臺肆詘笑，偃蹇相揶揄。得失何足憑，但爲若輩嗤。盍若聽自然，行止隨其時。因懶得身閑，榮辱兩忘之。心不爲所累，志不爲所移。固知巧與拙，趣各異指歸。勞逸濃淡間，請從性之宜。因讀五柳傳，怡然得所師。

雅人深致。縝亭。

寄部菴三哥、潔泉九弟

殷勤遠寄阿兄書，爲覓江村水竹居。茅屋三椽營儉樸，山田十畝樹蕎蔬。頻删荆棘妨遮月，多蓄蘋蘩好護魚。他日歸耕同聚首，眉筵春酒樂何如。

溪山環曲對荆扉，買就魚竿待我歸。椿蔭濃時蘭茝秀，棣華高處鶺鴒肥。看雲挈弟探青靄，覓句隨兄上翠微。秧馬長鑱吾願足，與君同著老萊衣。

征婦石門汎蔡姓事

黄草坪西血作斑，石門戰骨委空山。征魂不入深閨夢，猶寄音書勸早還。

雨霽即景

小院風初定，穿簾燕子斜。芭蕉新雨後，送緑上窗紗。

邊月草

癸卯

癸卯春日寄懷王理齋

不見王元美，於今已四年。先生吟馬苜，賤子逐蠻煙。路遠千山外，腸迴九折前。那堪邊塞夜，風雨夢琴泉。

飛鴻聲寂寂，遊鯉亦無蹤。鄞水波應緑，峩山雪未融。月梁愁萬叠，雲樹影千重。把臂何年事，書成寄遠峰。

雨詩意致纏〔一〕綿，風情綽約，讀之使我深友朋聚散之感。縝亭。

【校記】

〔一〕此字底本漫漶，似爲『纏』字。

海棠

含情脉脉倚欄杆，茜袂臨風怯嫩寒。隱約畫簾遮半面，嬌羞猶自避人看。

温柔旖旎豔春龐，翠鬢朱顔隔倚窗。若肯嫣然留一笑，不辭深夜照銀缸。

風姿可掬，是人是花是詩，吾不得而知之，可謂絶唱。縝亭。

猗蘭

猗蘭在空谷，常與蓬蒿伍。樵夫不知貴，芟棄等榛楚。若逢採芝翁，移根植元圃。滋養汲靈泉，光風吹和煦。披描〔一〕發幽香，九畹森琪府。天生貞固士，知己覯難數。真人不再來，芳荃色如土。

【校記】

〔一〕此字底本漫漶，似爲『描』字。

暮春野望，柬楊縝亭居停

繞郭桃花送冶妍，入簾草色緑芊芊。况逢乍雨乍晴日，正是宜詩宜酒天。莫以蠻方笳鼓競，空教吟客性情捐。擬尋柳栢攜柑云，同聽流鶯學語圓。

新詩如彈丸，脱手不暫停，可以移贈。縝亭。

縝亭先生和詩敏捷，再叠前韻答之

八叉句捷劇清妍，潘岳多情賦碧芊。妙緒雕鐫迴雪詠，吟毫點綴暮春天。鶯花共挽韶光駐，風雨深譚俗慮捐。更喜莎廳閑静處，鳴琴坐對月華圓。

學步之作，謬承奬諛，所云『挽韶光』『捐俗慮』二語，則拜而受之。縝亭。

弔花鴨

草色如茵露已垂，毰毸無復舊褵褷。緑頭紅掌雕欄外，水暖春江知未知。

末句不著一字，儘得風流。縝亭。

四月初一日餞春作

春風九十匆匆度，無計留春作餞詩。旅次韶光真過客，邊關草色引遐思。繁花無賴開偏早，好月何妨出較遲。最愛清和天氣永，緑陰晝静養靈芝。

頸聯無限感慨，恰得身分。縝亭。

初夏

蠶市人初集，桑陰葉漸長。隣家煮繭忙，軋軋繅車響。秧鍼挑緑縠，麥浪翻黄雲。學語鶯求友，朝飛雉戀羣。

夏晚村居

塘蛙閣閣雨新〔一〕晴，楊柳梢頭月乍明。茅屋數間修竹裏，小窗燈火讀書聲。

想見村居之樂，直可畫作一幅竹屋課讀圖。縝亭。

【校記】

〔一〕此字底本漫漶，似爲『新』字。

雨過

一雨驅熇暑，風清晚霽初。新涼生几席，積水上階除。健愛巢松鶴，閑觀泛藻魚。來朝乘土潤，荷鍤種箖箊。

閒閒指點，具有濠梁自得之趣，品格可以上追摩詰。縝亭。

舟發嘉州〔一〕，過凌雲山。望三峩之秀，攬九峰之奇。因思昔人平羌破虜之才，而今湮寂不聞，海疆烽燧無常〔二〕，安得若人攘輯而奠安之？率爲長句，用誌感慨云爾

三江趨像閣，凌雲作屏障。叢臺峙犄角，九頂據其上。錦江蜿蜒來，青衣源導漾。蟇頤貫脈絡，僰戎匯浩蕩。嘉州山水窟，邱壑氣詄宕。峨眉月半輪，倒影江天曠。明秀冠西川，吴楚差頡頏。桅檣聚郊闉，舢艫雜艤舫。客舟天際遠，一葉中流放。烏語隔烟蘿，鐘梵隱層嶂。下水對佛崖，面摩莊嚴相。巋然俯洪流，稽首齊瞻仰。砥砫遏狂瀾，拳石捍駭漲。電掣萬螺青，奔馬竟須讓。上水曳巨維，挽繩亘千丈。到□□重〔三〕纜，理檝棹歌暢。飛渡平羌水，鵝鸛聲嘹亮。四山如轉環，須臾達城港。險夷分俄瞬，旁觀黯惆悵。名利甚鞭策〔四〕，驅迫輕去嚮。豈昧行路難，志在甑石覴。軀命鴻毛輕，隨風任飄颺。幾輩解探奇，芒屩攜蠟緉。緬懷岑嘉州，功成引恬養。陳王崔薛來，泉石留高唱。李杜不可作，風雅悲淪喪。熙豐擅蘇黄，詩境競奇創。渭南老放翁，劍外誇遊壯。板蕩遭時艱，託興鳴悽愴。數公古名臣，詞章世宗尚。治國奠華夷，事業詎虚誑。殄暴安鮠鮀，花卿號猛將。郭綸挽橡槊，飛矢殁蠻瘴。方今湖海道，鯨鯢聚滃漭。藩籬〔五〕鎖鑰材，誰堪膺虎韔。萬里乘長風，樓船破巨浪。側身宇宙濶，著生日仰望。都俞贊化儔，何以佐霸王。蜃氣幻叵測，太息心怏怏。安得岳韓賢，么麽誓掃盪。安得戚俞良，平倭擷其吭。肅清風波險，削平崎嶇狀。萬彙歸康衢，耕鑿歌擊壤。四海鞏磐石，毋復憂汹漭。

有氣勢，有結搆，有寄託，有議論，其詞則摛藻揚芳，其義可經天緯地。捧讀一過，直覺上嗣昌黎，近軼崆峒。傑搆也。縝亭。

【校記】

〔一〕此字底本漫漶，似爲『州』字。

〔二〕此字底本漫漶，似爲『常』字。

〔三〕此字底本漫漶，似爲『重』字。

〔四〕此字底本漫漶，似爲『策』字。

〔五〕此字底本漫漶，似爲『籬』字。

鷺鷥

鷺鷥在石梁，戢翼拳一足。霜毫何皎潔，清淚比白鵠。振飛列行序，俯仰烟溪曲。踽步貌安閑，似亦甘素約。見魚遽偃絲，掩□□貪攫。廼知潛蹤處，殺機已陰伏。斂弭匪純真，蓄心逞殘虐。禽族性慘忍，斯鳥其尤毒。譬彼色莊人，機械不可度〔一〕。飾貌而售奸，外清内懷濁。安知遊獵子，方思餍其肉。挾彈張罦罟，終見膏鼎餗。何若鸞鳳友，遐漸青雲陸。翱翔千仞岡，無心於鶩鷺。

託物寄興，本莊辛倖臣，論而暢言之，足以唤醒癡迷。縝亭。

【校記】

〔一〕此字底本漫漶，似爲『度』字。

黄葉

西風白露溯蒹葭，黄葉森森雁陣遐。細雨寒山蕭寺遠，夕陽古渡釣船〔一〕斜。懷人悵望村前樹，覓句閑吟谷口霞。爲愛清秋林薄静，江天憑眺感年華。

【校記】

〔一〕此字底本漫漶，似爲『船』字。

紅葉

蕭條落木瘦山垠，楓葉凌霜鬬麗辰。能使秋光增絢爛，偏於冷處見精神。叢巖丹桂同心賞，老圃黄花結契真。點綴西風饒古趣，肯隨陽豔媚時人。

雲涼風急雁高鳴，紅樹青山氣倍清。斜照疎林秋有韻，晚霞流水雨初晴。郵亭客去車聲緩，江岸鱸肥酒旆明。石徑谿橋幽谷遠，有人相對理棋枰。

『秋有韻』一語，可謂句中句，對亦穩稱，真覺幽豔動人。縝亭。

中秋無月，十六日夜月光如水，書此以誌歡暢

姮娥有意續清〔一〕歡，故把氷輪隔夜安。不待管絃催已上，光華要使萬人看〔二〕。

結語想見不緇不磷胸懷。縝亭。

【校記】

〔一〕此字底本漫漶，似爲『清』字。

〔二〕此字底本漫漶，似爲『看』字。

謝將軍歌并序

將軍諱朝恩，字賡颺，四川華陽人。以行伍累戰功，洊至江南狼山鎮總兵。道光二十一年，英逆入寇，由廣東犯浙江，陷定海縣城。公奉旨隨裕魯山制軍督師防寧波海口以禦賊。時提督余步雲盡率精鋭軍爲前鋒，守招寶山，公將親軍五百人守金雞嶺爲之繼。賊至招寶山，前軍先潰，賊船驟逼金雞之壘。公慷慨揮戈，大呼殺賊，親軍五百人應之，勇氣百倍。奈孤軍無援，搏戰逾時，兵盡，公負重傷投海死。督師聞信亦蹈海波以殉。事聞，求公屍弗得，勅建祠於寧波，祀裕督師與公暨同時死難文武員弁兵勇，以旌其忠。

海濤如山翻雪〔一〕渦，夷鬼乘潮犯甯波。火輪鐵葉虎而翼，妖氛蜃氣喧鼙□。招寶山頭大軍靡，番魔欻逼金雞尾。礮火飛空勢莫當，將軍慷慨揮戈起。揮戈起，賊如水，併命沙場心不悔。五百貔虎盡知方，一一願爲將軍死。雖然勇氣奪么麿，其奈孤軍援絶矣。拚將臣命報君恩，若飲賊刀傷國體。不惜兹身葬魚腹，甘蹈□波付清泚。血性堂堂泰山重〔二〕，生作忠臣死厲鬼。督師聯臂歸洪流，將帥錚錚照青史。水晶宫闕瘞忠骸，馮夷呵護蛟龍禮。氣作山河壯本朝，古句。九重驚悼三軍號。勝敗無常何足論，將軍風烈秋霜高。勅建旌忠祠，英靈棲浙左。碧海波蒼茫〔三〕，□霧愁雲鎖。忠魂毅魄捍羣生，定乘龍車挽雷笴。從□醜類攝神威，默棹夷艑竄蠻砢。堪笑從來苟免徒，倉皇避〔四〕敵先逃逋。偷活草間能幾日，檻車逮問伸天誅。空令梟獍勢猖獗，澌東赤子遭屠俘。誤國殃民不自免，流芳遺臭須臾殊。君不見陳忠愍，江南提督，諱化成。苦戰江淮以身殉〔五〕。又不〔六〕見〔七〕關忠烈，廣東水師提督，諱天培。揮軍海上歐刀血。二公正〔八〕氣凜〔九〕如生，忠毅劉公亦人傑。湖北提督，諱允孝。王公諱錫朋，總兵官。鄭公諱國鴻，總兵官。古男子，相將効命酬君國。數公事異道則同，剛腸赤膽無差忒。嗚呼！鯨鯢跋浪犬羊橫，獅象騏騮遭鼠嚙。蒿葯敷榮松桂摧，行人野老生悽惻。□佞從來不易分，疾風板蕩觀優劣。堪羨常山死，莫效舒哥活。我吟《將軍歌》，願告簪纓客。後生豈敢輕雌黃，書之聊以勵風節。

慷慨淋漓，凜凜然生氣涌現紙上。余有《障海歌》一首，瞠乎後矣。縝亭。

【校記】

〔一〕此字底本漫漶，似爲『雪』字。

〔二〕此字底本漫漶，似爲『重』字。

〔三〕此字底本漫漶，似爲『茫』字。

〔四〕此字底本漫漶，似爲『避』字。

〔五〕此字底本漫漶，似爲『殉』字。

〔六〕此字底本漫漶，似爲『不』字。

〔七〕此字底本漫漶，似爲『見』字。
〔八〕此字底本漫漶，似爲『正』字。
〔九〕此字底本漫漶，似爲『凜』字。

八月十九日誌恨

彼蒼默默叩無門，萬姓何辜久覆盆。劫火又添新戰骨，重泉難慰舊冤魂。磨牙犬豕張饞喙，疾首官氓揜淚痕。仁愛天心應厭亂，茅檐今已少完村。

九日偕楊升甫前輩登高

逝水匆匆節序更〔一〕，驚秋客夢滯邊城。關山萬里悲戎馬，風雨高臺憶弟〔二〕兄。紅樹多情雲共遠，黄花無信酒慵傾。羨君老健豪華在，頻拂霜髯望柳營。

【校記】

〔一〕此字底本漫漶，似爲『更』字。
〔二〕此字底本漫漶，似爲『弟』字。

邊月草

甲辰　乙巳

甲辰元旦

客中萬彙慶昭回，雲影天光絶點埃。元日思親千里外，新春盼信隔年來。若教蠻瘴安恬靖，閒看山花次第開。古樸遺風留草野，宜春帖子有新裁。

月季花

柔條細葉態翩翩，翠袖紅妝助好妍。嬌豔豈隨時序改，穠華長共月光圓。不彫霜雪香彌永，遍閱春秋氣自全。耐久多情真膩友，晴窗相伴娱遐年。

讀《淮陰侯傳》

韓信在淮陰，受辱少年胯。犯之而不校，有如真怯懼。一旦逢酇侯，國士無雙譽。破楚振英風，功業振寰寓。當其落魄時，寸心無剖訴。留侯滕公外，知己豈多遇。他如樊灌儔，那得知其故。昔日辱信者，卑卑何足數。蛟龍偶蠖曲，自信豈無據。滄海量淵深，難測溢與涸。黄鐘覯瓦缶，詎甘碎一扑。羞同市井兒，齷齪競門户。庸俗半盲聾，勢利爲趨附。諂諛媚權津，偃蹇輕儒素。烏知賢愚分，不啻鸞與鷟。漂母哀王孫，餘子媿衰嫗。

借酒杯澆壘塊，幾有髀肉重生之慨。縝亭。

凌雲山大佛像山上有三蘇讀書樓。

金身百丈象山邱，獨立蒼茫障濁流。海内莊嚴惟此佛，蜀中嘉勝有名樓。千秋興廢無心閲，萬頃奔騰繞足浮。爲語衆生風浪險，檣帆須向穩時收。

月夜

白露下庭竹，瀼瀼濕冷翠。明月來照之，瘦影滿階砌。玉兔瑩秋光，銀蜍守丹桂。萬户正舯舻，栖鳥亦酣睡。可憐一片月，清光付夢寐。誰攜紫瓊簫，良夜弄幽吹。人生幾蟾圓，競逐趨權貴。奔忙鮮暇晷，昏暮工諛媚。何若對皓魄，花間一壺醉。圓缺與盈虧，任天安顯晦。嫦娥倚廣寒，仙風飄環珮。

野泊即景

旅雁宿洲渚，蘆花秋水寒。魚燈風露下，明月照琴灘。

和楊柳泉拔萃《途中雜詩》原韻

九曲昆崙水，龍門激駛波。混茫涵地軸，浩蕩接天河。路閱齊梁遠，山連晉衛多。澄清應作頌，澤潤遍巖阿。渡黄河。

探奇欲陟泰山巔，望岳登臨駐馬天。人品海門丹鳳翼，詩思日觀緑蘿煙。樓頭細雨霑衣潤，檻外薰風拂帽偏。他日濮陽傳盛事，光芒共仰液池蓮。東昌府城内光遠樓憑眺。

客路沿河内，關山紀壯遊。吹臺揮健筆，梁苑緬名流。丰概雲中鶴，精神水上鷗。看君饒逸氣，豪興託滄洲。河内道中。

琴裝瀟灑向褒斜，日近長安駕犢車。腸斷古人西笑處，來看韋杜曲邊花〔一〕。長安道中。
百代紅妝皆夢幻，一坵白骨費詩才。齊勘鏡裏空花影，環佩何曾月下來。馬嵬驛弔楊太真墓。
履盛幾先不爲慵，常將秋月照心胸。求仙豈必希黄石，託興何嫌訪赤松。喬木空山成古趣，閒雲野鶴想高蹤。叢祠瞻拜深惆悵，紫柏濃陰護碧峯。紫柏山謁留侯祠。

【校記】

〔一〕此字底本漫漶，似爲「花」字。

效楊子冠和趙公韻

半輪秋月峩山道，高樹濃陰啼健鳥。瑟瑟西風短鬢吹，晝長深院讀黄老。新□霽色雨初晴，客裏有花看亦好。川遊僕僕二十年，平生癡願何日了。擬尋老衲問真詮，山靈可許歸期早。君不見蘭芍谿邊湖水深，茅亭花影静沉沉。何時買棹家山去，萊衣秉耒遂初心。
一結想見椿榮棣茂、桂馥蘭芬之樂。縝亭。

螢火

小院新秋夜，流螢繞曲廊。微蟲猶自照，腐草有餘光。月下疑星度，花陰覺露涼。試憑團扇撲，留取映書囊。

秋清天宇静，熠燿夜光飛。隔水漁燈淡，穿林獵火微。風欹輕點點，雨濕閃依依。妙悟三生果，春原演化機。

新荔枝

枝頭火齊浥瓊漿，風韻競傳十八孃。翠袖高擎綃縠縐，絳襦初啟玉肌香。側生並蒂楓亭驛，粉挺柔心海樹堂。想像華清妃子笑，輕紅醉擘奉三郎。

詠史

辛苦和戎議，誰憐大局非。但求豐貨賂，何以判安危。禽獸寧懷惠，將軍太損威。防秋勞虎節，遺孑可能歸。

列戍羅星宿，三軍聚虎羆。烽煙何日静，刼火有餘悲。技以長才誤，涕從冷眼揮。治安應有策，賈傅爾爲誰。

藝蘭

芝蘭生階砌，秀色映鬚眉。主人深愛惜，種植暢生姿。護以玉欄杆，灌溉親培滋。夏日慮日炙，冬日防霜萎。珍重復珍重，留娛桑榆時。既思娛桑榆，莫栽荆棘茨。若更栽棘茨，行將挂衣襦。不特挂衣襦，芝蘭轉受欺。寄語藝蘭人，慎勿自支離。

過藠頤灘殘唐拾遺孟昭圖被沉處。

午日汨羅江畔酒，祇今猶爲屈平悲。千秋嗚咽藠頤水，誰弔忠魂孟拾遺。

過梅子坡

清晨上峻坂，陡削虞顛傾。胡不履康衢，甑石驅廹頻。貿然冒險阻，崎嶇陟嶙峋。心驚魂亦悸，撲面積緇塵。狖玃既礙路，荆棘勾衣襟。跬步愁失墜，踖踧復戰兢。努力勉攀躋，捷徑不可尋。仰天長太息，何時周道平。

種蓮曲

種蓮莫種菱，菱刺傷人手。種菱莫種蓮，菱長蓮不茂。試問種蓮人，此意君知否。

懷人詩

宜民愛士孫莘老，撫字心勞下考尤。龔遂仁風成佩犢，欒羊謗牘付浮鷗。看雲海上攜仙侶，墮淚碑前想故侯。宦轍升沉何足論，肯將微禄易千秋。孫東屌太守。

老成儒術吕東萊，報主心誠叱馭來。國器久驚山吏部，清名直並宋蘭臺。未工束帶摧眉技，辜負平蠻指掌才。可惜錚錚賢太守，巫陽何故苦相催。吕筠莊太守。

會稽名士有情癡，肝膽論交衆口推。可惜才人無鶴算，偏教嫫母妬娥眉。生平縞紵空知己，身後琴書付阿誰。靈輀三年東郭寺，鑑湖歸葬在何時。史晴川先生。

介胄班行有藎臣，勳華難得是清貧。元戎好士交忘分，儒將能文妙絶倫。舊日旂常陪扈從，祇今部曲仰經綸。騎箕未竟平生志，共爲中朝惜此人。開圖南都督。

瀟江秀毓三珠樹，棣蕚荆華别瘁榮。最是清才王氏勔，竟傷奇疾冉家耕。夢中識路真靈鬼，病裏删詩爲令名。一事羡君堪不朽，佳兒能續讀書程。郘博齋。

敏捷豪華陳仲子，有才無命實堪嗟。平生未脱囊中穎，垂死猶争筆底花。徹骨窮愁偏好客，全身疢疢尚持家。可憐八口終羈旅，異國招魂道路奢。陳丙也。

苦憶堯夫安樂窩，十年不見鬢應皤。文章憎命休論價，孝悌傳家自有科。名士由來依幕府，新詩難與送貧魔。彭宣空切扶輪願，陸氏莊荒奈若何。堯溶川師。

藐姑臺畔章夫子，作宰山東二十霜。齊魯民歌今郭伋，峨岷詩媲古韋莊。曾聞罷職仍流寓，近復攜家理嫁裳。轍迹年來何處著，音書欲寄雁飛忙。章春漪師。

從戎初識沛公賢，慷慨談兵決勝先。捍衛巖疆親握槊，指揮貔虎自張弦。長城坂築安千兆，列戍雲屯控百蠻。最是功成身退處，殷勤猶復計籌邊。劉申甫刺史。

儒雅風流數北楊，鳴琴理劇古循良。謳歌早遍川江路，名姓榮書貝闕光。海國蒼黎歸坐嘯，天衢幢旛看騰驤。小星應有蘭芽夢，會見森森玉樹長。楊慰農制軍。

能詩拔萃王摩詰，三世通家舊典型。豪爽雄譚飛玉屑，江山文藻助精靈。斯人若老雕蟲技，舉世空傳相鶴經。注目青雲看得路，雛鸞老鳳共南溟。王藕船拔萃。

香山後裔真英俊，蘊藉風流品概高。福地嫏嬛三世業，掞天詞賦五車豪。蓮花暫泛開仙幕，柳汁旋彈染錦袍。積厚流光原有自，他年虎觀定簪毫。白小裴孝廉。

九里洲邊賣藥翁，寄塘集中句也。天然邱壑在胸中。吏才不愧神君頌，友道羣推國士風。强項直心人似鐵，酒龍詩虎氣如虹。而今歸作梅花主，高卧嚴陵作寓公。翁寄塘明府。

延陵季子雪溪客，翠竹高梧太瘦生。古道照人心直諒，引經斷獄議詳明。及門桃李銜恩衆，當道公卿倒屣迎。頪襼十年無一紙，何時重與賦春鶯。吴尚之。

江淮俠客氣豪粗，也向朱門曳短裾。董奉通仙傳妙術，陶公致富有奇書。詩參活潑泉千斛，論雜莊諧鬼一車。往歲瀘陽曾對屋，步兵青眼最知予。張鐵臣。

齊門挾瑟朋交盛，誰似山陰鮑叔賢。鯖膾五侯仍素手，酒浮三雅仰青天。芙蓉幕静中韓重，花蕚樓高伯仲傳。更羨和平徵厚福，庭階蘭桂玉翩躚。鮑東甫。

桂林琪樹一枝新，公子翩翩秀如神。鸞鶱文章驚海立，鶺鴒詩意感天真。交遊共羡殊方璧，射策頻看故國春。銀牓家聲君好繼，翺翔應貢玉堂身。邰監卿。

同門好友如昆弟，家學淵源意氣高。龍劍銛鋒頻淬鍊，神鷹養翮待扶摇。荒疎似我書先廢，奮志如君券可操。耐守元珠終入彀，金針暫借度兒曹。堯雨生。

題畫

任他鷸蚌苦相争，袖手無言一笑生。坐享成功如此叟，旁觀冷眼最分明。

綿江吟草

丙午　丁未　戊申

雒江白馬關龍鳳祠懷古

龍翔鳳翥鼎基開，王佐同歸聖主來。獨任收川興帝業，未終復漢濟時才。關前白馬英雄恨，原上秋風鼓角哀。一樣忠貞垂不朽，區區吴魏刼塵灰。

緜州雜詠

水田如鏡照山妝，漠漠雙飛鷺下忙。慢刺漁舟歌欸乃，東津煙水緑蒼茫。

紀夢

丙午八月秋分夕，月光如水照庭白。梧梓松篁影參差，波間藻荇漾明瑟。是時抱疴雙耳聾，昏瞢瞶眊心忡忡。倚枕而卧不成寐，欻來羽客兩仙翁。其一白鬚古而秀，峩頂孤松映寒溜。竹冠葛衣貌沖和，問年直並佺期壽。其一修眉紫髯長，丹顔碧眼雙瞳方。珊珊各具凌雲骨，霜天白鶴翩躚翔。怡言邀我出門去，猶見月色滿階砌。長堤高柳淨無埃，恍惚非復塵寰地。岑樓飛閣接蒼冥，五雲環簇烟霞蔚。朱闌翠幙廠重軒，老樹扶疎粲丹桂。攜儂拾級登樓頭，月亦隨人上簾鈎。插架牙籤三萬軸，石匱金緗雲錦幬。娟娟緑字彩毫光，蝌蚪蟠攫蛟龍遒。云是嫏嬛真秘笈，洞天福地供研搜。憬省長跽求受籙，二翁含笑明前修。謂本昔年舊遊處，天漢文章第一樓。後果前因時有待，他年還汝歸丹邱。仰見月華瀉精彩，蘇蘇響若鳴蟬幽。呼僮俸竽獻清茗，光浮翠柳天漿冷。挽袖殷勤勸我嘗，醍醐入口心脾沁。樓中寶鏡鑑秋毫，天心皓月鬬晶瑩。鏡光月色兩難分，照我如在蓬壺境。仙童兩兩髮覆肩，並倚欄干弄花影。須臾送我下樓臺，斑鹿黄鵠馴無猜。珍重欲别再三惜，月光如我意徘徊。爲語心田培意果，高樓有約好重來。我聞此語啞然醒，明月依然照天井。開門獨步月相陪，依稀猶憶夢中景。前身莫是栖樓人，墮落塵緣作癡騃。仙凡雅俗了不知，攜壺且就花間飲。長嘯舉杯問明月，來宵更借遊仙枕。

德陽縣

脩竹檀𨻶蔭草廬，荻花飛雪釣人居。孝泉日夜潺湲裡，可有姜家孝婦魚。

贈馬夔友遊戎

伏波世業繼勳名，火色鳶肩冠俊英。貔虎千軍尊將畧，西南半壁寄干城。天山瀚海銘功遠，細柳長楊樹績成。更羨元戎能顧曲，鐃歌清咽暮笳聲。

和孟炳山明府見贈原韻

詩書無成空碌碌，景仰名流如㑭佛。緜江邂逅孟夫子，凌雲健筆鐵可屈。示我琳瑯心目眩，風琴雅管何沖淡。腹笥便便富五車，和平藴藉神安晏。萬頃才華據上流，陸海潘江君獨占。光騰太乙相鮮煇，架筆珊瑚紅絲硯。偶拈詞譜鬭新聲，輕刀快馬來酣戰。鄒魯淵源舊典型，宓子風流欣再見。而今方識斯文在，賈胡珍貝鮫人賣。贈我新詩錦弗如，秋月春風不朽壞。霓裳仙曲世稀無，清如春冰映玉壺。商彝夏鼎連城價，不數區區照乘珠。陽春白雪難爲和，巴人下里徒嗚嗚。君才合掌天禄秘，賢豪豈屑雕蟲技。拭看談笑展鴻猷，蠶叢頌遍循良吏。

戊申上巳前一日，楊柳泉邀同鄧鑑資、孫心如、李文軒、堯繡圃遊富樂寺

如畫郊原稱冶遊，踏青小隊騁驊騮。桃花乍褪黏春水，柳綫新垂罨戍樓。佳客共饒詩酒趣，山僧閒話古今秋。提壺喚我來初地，鎮日盤桓作小留。

清明寒食過匆匆，共借來朝上巳風。草色入城春婏嫿，山光抱郭雨空濛。淡煙喬木長堤繞，翠竹蒼藤曲徑通。擬泛扁舟鷗鷺外，芙蓉溪上作漁翁。

步孫心如明經《踏青長歌》原韻遊緜州東津富樂寺之作。

賣餳天氣禁煙節，風雨連宵不肯歇。朝來偶動遊山興，江頭晴霽沙如雪。翩翩公子整吟鞭，寶馬馴騾齊控埒。城闉喚渡過溪東，入山共訪遊仙迹。竹轎穿山柳拂幃，山光山鳥弄春暉。踏青人聚酣春社，幾處紅稀緑漸肥。麥隴花蹊尋古路，行人指點煙中樹。芙蓉溪上小橋橫，杜老當年舊遊處。看山犢幕擁青油，高風韻事足千秋。文字因緣山水福，昔人聲氣還相求。諸君慷慨真豪舉，醉拉古哲爲朋儔。席地縱談真不俗，道人有夢隨蕉鹿。高臺古洞雲霞護，碣斷碑荒苔蘚緑。敲枰煮茗鬭奇想，松風謖謖傳幽爽。鐵笛銅絃發曼歌，齋魚寂寂鐘梵響。攜手來尋寶

蓋峯，莓牀露坐天開朗。休從老衲問虚無，竟潑村醅作酒徒。興來諧謔窮光怪，蒼茫夕照下平蕪。歸路狂呼驚宿鷺，江干遠樹烟模糊。一痕沙月漸東上，嚴城漏箭催銅壺。小山且莫賦招隱，杪欏同咏扶疎影。來朝蠟屐上西山，搜奇肯教詩懷冷。

步楊柳泉、堯繡圃原韻

躡屐諸天外，捫蘿第一峯。清癯人似鶴，神俊馬如龍。佛懶看雲臥，僧閒採藥春。蒼蒼山谷静，吟嘯答疎鐘。

嵐光紆折處，野寺緑楊中。石磴穿花出，溪橋架竹通。琴樽名士酒，羅綺美人風。醉後歸來晚，漁燈隔樹紅。

嘉峨吟草

戊申　己酉　庚戌　辛亥　壬子　癸丑

遊邵蓮谿先生憩園，占此奉贈

西山招爽氣，風日又清和。水筧高於屋，花蹊斜上坡。愛蓮君有説，對酒我當歌。笑指如鉤月，流光照薜蘿。

太乙青蓮種，先生手自栽。名花君子伴，香夢野人偕。竹引清風遠，泉疎活水來。高懷真不淺，頻泛碧筩杯。

官閣清無事，庭閒早放衙。小橋通曲水，老樹發秋花。落子棋聲静，催詩鳥語譁。更收仙掌露，拂石坐煎茶。

小亭舒雁翼，宛在水中央。把釣魚依影，維舟鷺宿檣。松杉饒古趣，蘭茝有餘香。何必青山隱，居然緑野堂。

憩園送蓮谿太守

名園如許好，賢守又將歸。松菊牽離緒，樓臺伴夕暉。裝輕攜鶴瘦，帆峭趁鱸肥。從此懷顔色，天涯仰少微。

送别蓮谿先生

億從塞上識荆州，如仰元龍百尺樓。談笑籌邊揮白羽，輶軒問俗擁青油。清才頌遍無雙士，大雅輪扶第一流。十載謳歌巴蜀道，循良心迹自千秋。

漢家太守傲東坡，况有名園安樂窩。待客琴樽三徑好，依人魚鳥四時和。高風績著瀟湘遠，健筆文留海岱多。治蜀經綸纔半展，那堪重唱蔫于歌。

會讀凌雲載酒詩，瓣香心折奉如師。知音賞自風塵外，著眼高於魏晉時。清極不嫌梅共瘦，興來先得畫中奇。龍門正擬皈依處，遽賦驪駒贈別詞。

諸公詞賦錦千堆，共勸江亭酒一杯。曉日黄綿官舫駛，寒梅白雪水程開。東山笠屐休高卧，西蜀蒼黎祝再來。轉盼春風承湛露，重敷霖雨濟川才。

讀何申畬增元、**董槲園**承熙**前輩，王雪橋、楊縝亭、曾芸軒諸君送蓮谿先生鄉旋唱和諸作，依韻步和，用誌佳話**

非關刻翠與雕紅，各寫深情送郡公。洛社耆英徵雅集，香山主客盡詩翁。胸襟雪亮中天月，杖履塵清上古風。此日德星重聚處，漢家勝蹟水城東。

翰墨因緣互賞音，蓬窗話別酒同斟。光風霽月傳清瑟，雅調高懷託素琴。青眼朋儔真趣合，白頭師弟倍情深。鲰生何幸逢斯會，不禁披雲仰望心。申畬先生由翰林出守江西南康府，曾典山東壬午科鄉試，蓮谿、雪嶠皆其所取士也。

九峯山色淨無塵，前輩風流水部春。蓮谿守嘉州，延申畬先生主講九峯書院，晨夕過從，師弟真情當於古人中求之。召伯棠陰將去客，蓮谿因案左遷司馬。董公桂苑再來人。榭園先生年八十八，嘉慶戊申科舉人。進士明年，重赴鹿鳴。詩書爲政凫飛舄，清白傳家鹿擁輪。慙婢阿儂羞自顧，譚詩短李轉篷身。

新詩百首頌甘棠，同人贈别與蓮谿酬唱詩不下百餘首。别緒無端感興長。座上鬚眉饒古誼，船中書畫是歸裝。離情重處雲依岫，客話深時月過墻。持贈何殊南浦賦，千秋翰墨有餘香。

蓮谿先生途次遠寄和詩，再疊前韻奉酬四首之二

腸斷名園錦繡坡，春光爛漫海棠窠。雲煙過眼襟期淡，風月懷人感慨多。蘇老吟魂依九頂，放翁遊迹遍三峩。嘉州别賦成佳話，譜入江天擊檝歌。

爐香燈火憶談詩，低首生平一字師。覓句松陰風静處，會心水面月來時。身如古佛精神健，才撼江湖魄力奇。文字因緣青眼顧，何年重與和新詞。

和杜蠡莊《感懷》原韻

放眼乾坤本自寬，何常風雪老袁安。棱鞋桐帽留真趣，煮酒論文趁小閑。竹節高時先得月，梅花清極不知寒。春來拭看神龍起，骨换金丹已九還。

休從歧路歎風塵，笑我儒冠已誤身。爲有閒情躭翰墨，聊憑佛法戒貪嗔。阿儂狂態真違俗，此老詩懷大可人。一語寄君君莫笑，陽回花鳥自逢春。

和縝亭先生《勘巡木路銅街諸處石城紀事》原韻

成事貴任難，主持在倡首。憑高試一呼，捷應蒲牢吼。古人營臺囿，子來効奔走。況操救命符，捍衛免躪蹂。建議毋沮撓，功媲回天手。衆志果成城，磐石屹不朽。扼要據其衝，設險鍵樞紐。棊布復星羅，擊柝鳴刁鬥。鞏固氣森嚴，樹以金隄柳。軍威振先聲，足懾跳梁醜。保障奠編氓，從此安農畝。壁壘顧堅完，能戰斯能守。上下契一心，踴躍信非偶。五馬親巡防，賢侯勤導誘。陰雨計綢繆，韜鈐訓攻掊。地利賴人和，守望偕耕耦。努力矢同仇，奮志驅狐狗。蠢頑禽獸徒，黔驢技何有。人心忌渙散，精神壯抖擻。召爾宗黨豪，勗爾鄉閭友。愼勿預潰奔，怯懦罹縛杻。禦侮在自强，勉勵計長久。二公愛民殷，拯援費苦口。譬彼籌邊樓，垂光映先後。願繼銅鼓歌，勑勒銘岣嶁。

和吕子懷光瑾孝廉見贈原韻

經傳千佛姓登仙，萍聚他鄉信夙緣。和氣爲春真學問，淡交如水忘去聲形年。心參函谷秦關月，才似華峯玉井蓮。指顧東風紅杏擷，銀袍簪筆唱臚傳。

孝廉名士兩堪誇，貽贈新詩屈宋華。逸韻經鏘調玉管，傑詞豪宕舞金撾。青氈暫作西川客，紫府旋賡上苑花。慚愧阿儂羞作嫁，交情兩代舊通家。

嘉州雜詠

首夏分蟲上樹梢，凝脂新蠟暗浮條。行人指點青林表，疑似春深雪未消。蠟樹。

牛車竹筧挽鹽泉，汲井何如煮海便。百丈鑿穿如盌穴，子陽無計坐觀天。鹽井。

連筒接引度畦阡，地氣咻咻爇欲然。不用負薪供爨火，策勳府海讓功先。火井。

掘井求泉竟得油，土膏醲厚石脂稠。色昏臭惡休嫌濁，雨夕風宵碧燄遒。油井。

夏夜登嘉州城樓

麗譙星漢已參横，九頂蒼茫露氣清。隔水漁笳燈數點，吹螺笳以致魚。繞城蛙鼓月三更。烏啼塔院鐘初動，棹響煙波船夜行。何處有人吹玉笛，故園楊柳漫聲聲。

偕孫心如、官學教習，名恕。蔣琴生縣尉，名坦，善畫。遊凌雲山並題《琴生畫》

畫本同將雪爪留，毫端寫出荔枝樓。秋山偶露雲中角，孤墖常昂天外頭。人品我羞新月旦，詩才君擅古風流。螺舟似可浮滄海，便擬相從汗漫遊。

嘉州感興

依樓從古負詩豪，俯仰隨人愧桔槔。寒燠頓更新舊雨，低昂難定淺〔一〕深濤。非關名士偏工瑟，豈有英雄久捉刀。古調未宜時俗耳，十年羞唱欝輪袍。

【校記】

〔一〕此字底本漫漶，似爲『淺』字。

同遊泌水院宋梅生太守建。

新花開遍舊花枝，泌水招提小憩時。茶味清於名士酒，鶯聲嬌似女郎詩。佛龕燈火娟娟緑，石墖蘅蕪裊裊絲。太守文章傳宋玉，風流不減習家池。

游仙詩

雲作袈裟玉作臺，青蓮十萬雨餘開。偶然説法招龍象，蓬島羣仙抗手來。
懶從仙女采靈芝，遊戲人間爛醉時。太華峯頭盤腳坐，笑看明月照鬚眉。
紫海歸來日未曛，清泠川上好湔帬。安期貽我青精飯，亂劈珊瑚煮白雲。

題友人詩集

風檣陣馬莽蕭蕭，浩氣雄於駕海潮。腕底蛟龍扶健筆，壺中華岳著詩瓢。如斯清品真無幾，縱未名家也自超。知己賞音良不易，且沽村酒醉三蕉。

水雲

泉水清清本在山，何須流出到人間。閒雲爲戀前峯好，舒卷無心懶出關。

宿池上

藕花十畝傍樓栽，紙帳疎窗面水開。明月滿湖風露下，凌波冉冉泠香來。

采蓮歌

隔花女伴唱蓮歌，水榭風廊界碧波。我欲盪舟采蓮子，不知何處藕花多。

憶果州

果州江水碧稜稜，一葉扁舟寄我曾。兩岸秋山紅樹遠，畫眉聲裡渡嘉陵。

梅花

憑誰千里寄相思，春在南枝又北枝。流水孤山高士伴，紅雲香雪美人詞。花中清品原超逸，天與名香好護持。千古逋仙傳絶調，令人惆悵怕吟詩。

舟泊竹郎溪俗名竹公灘。

韶華錦繡翦刀齊，放棹江亭日未西。楊子宅邊楊柳緑，竹郎城下竹雞啼。扁舟載月酣歸夢，野館桃燈和舊題。問舍求田成底事，三春孤負豆花畦。

謁明華陽伯楊公展祠在嘉定府城内高標山麓。

拚作長城障蜀天，殘山賸水一身肩。雄才力桿明藩鼎〔一〕，永歷。血戰頻沈獻逆船。袁武陰殘終異類，瞿樊忠藎可同傳。前身早悟峩眉衲，家國恩仇夢幻禪。公與故相樊公一衡、瞿公式耜等同心討賊，志延明祀，乃以威望爲偏沅巡撫某所忌，使降賊袁韜、武大定害之。

【校記】

〔一〕此字底本漫漶，似爲『鼎』字。

城南探梅

藤杖芒鞋烏角巾，衝寒踏雪爲尋春。何年卜築湖山麓，好與梅花結比隣。

李花

萬紫千紅盡媚春，九標玉李傲花神。蟠根本是仙家種，並蒂曾傳帝苑珍。月殿霓裳新按譜，商山鶴氅不稱臣。尋常桃柳休相妬，千古鍾靈老子身。

水仙

清泉白石浣溪紗，微步凌波唱楚些。洛浦精神冰作骨，瀟湘環珮月爲家。霜晴嫋嫋寒香嫩，燈暈婷婷素影斜。金醆銀臺真絕品，風流端合伴梅花。

仙子凌波呼之欲出，此詩殆有過之無不及也。問珊。

怡園

名園附郭枕江斜，乘興同來賦九華。萬種嬌妍花建國，千章濃蔭鳥宜家。開窗笑喚漁翁艇，排闥閒招海島霞。紅友多情留我醉，爲君高唱浣溪沙。

方塘溶漾蔚藍天，石丈玲瓏拜米顛。白鶴過於人簡傲，青山慣與我周旋。庖丁細斫銀絲膾，笋甲同參玉版禪。重過海棠巢畔路，摩挲嘉樹想平泉。

神仙

雲氣無非山水煙，空濛那可載神仙。仙人未必輕於葉，不見乘風葉上天。

登錦城東樓

爲愛遥山暮靄清，相攜同上錦官城。雲銜雁陣斜邊度，月傍漁舟泊處明。緑樹紅樓新畫稿，白沙翠竹古詩情。平生逸興惟疎放，要狎羣鷗作主盟。

新竹

夜雨連宵土脈酥，穿籬新笋上林初。春風解籜青筠見，勁節森森玉不如。

春信平安早報知，此君瀟灑出羣時。成龍指日淩霄漢，化作瓊林第一枝。

菜花

晉張季鷹詩『黄花若散金』，青蓮學士稱其風流五百年。唐人以此命題試士，多誤爲菊，與張詩春華意不協。今見野田菜，花鎖細如金，其在斯乎？

十里青疇間緑岑，菜花霏屑散黄金。唐人錯擬秋英賦，未識風流千古心。

峩邊道中

羅沐川原六詔戎，誰將鳥道闢鴻蒙。摩天梯路千盤上，跨水繩橋一道通。竹筧引泉寒溜碧，石煤煨火地鑪紅。峩眉南望冥濛處，瘴雨蠻烟老箐中。

秋日即事

抛書散步索詩題，滿地梧陰日未西。稺子指看湖柳外，最高枝上鷓鴣啼。西湖柳亦名赤檉柳。

荷葉如盤浥露華，收來旋煮瀹新茶。粉牆一望誰家樹，開遍深紅躑躅花。

寄孫心如孝廉時在都爲咸安宫教習。

夢繞西湖憶故鄉，依然流寓錦官坊。年來閉户無知己，花下懷人感興長。

淡煙喬木緜州地，小隊吟鞍探碧蘿。記得芙蓉溪上路，與君同聽打魚歌。

同作青衣攬勝遊，凌雲山下泛扁舟。九峯蒼翠憑欄處，指點峩眉月似鉤。
溪邊買得墨魚肥，沽酒談心坐釣磯。夕照漫天林壑静，隔江燈火放船歸。
又向峩山仗劍行，南徐東道舊交情。十年吟遍關山月，詩帶金戈鐵馬聲。

峩邊

羅沐川名舊，防邊阨塞秋。山留太古雪，水接大荒流。戍鼓凌風勁，鐃笳戴月愁。書生慙呂凱，借箸尠良籌。

冷磧關

邊關羌笛冷，秋柳雪依依。礨馬蠻奴集，韝鷹玁户歸。蛟龍鳴劍匣，詩句繡弓衣。未是西涼簿，何能佐一麾。

哀邊氓

山茶花

海上仙人媚化工，緋幂翠袖嫁東風。春朝晝錦千層豔，元日宮袍一品紅。犀葉寒輕香委婉，蟠枝晴暈影玲瓏。多情最愛徐熙筆，寫照傳神是雪中。

峩邊雜詠

閒眺

靜裡一登眺，遊心豁旅顏。江流無際遠，雲意有餘閒。邊塞年將改，他鄉客未還。寂寥愁對鏡，怕見鬢毛斑。

梅花

十月初過小雪纔，山中尋覓重徘徊。多情持贈人千里，無意相逢花半開。斜月橫窗疎影見，微風拂座冷香來。對君把酒饒生趣，笑向枝頭酹一杯。

落落疎疎古性情，江南江北舊知名。丰姿澹雅真佳士，骨格清奇太瘦生。縷縷相思春半面，珊珊入夢月三更。吟髭拈斷緣何事，別有高懷寫不成。

管領春風第一籌，天然瀟灑百花頭。擬鋤明月和情種，對鼓湘靈慰客愁。笑我懶如千日醉，問君清是幾生修。新詩寄語騎驢叟，灞岸衝寒得句不。

不是孤高太絶人，托根香海本無塵。枝疏蕊冷花添韻，月皎風香畫入神。天地有心容傲骨，溪山舊約稱閒身。和羹藥石平生願，莫當尋常草木春。

立春

東風昨夜度邊城，細雨催花過午晴。巒岫雲閒無幻態，乘時鳥樂有歡聲。春藏遠塢梅初綻，緑染平原草漸生。便擬尋芳攜伴出，安排酒榼與茶鐺。

春風

春風絶妙丹青手，淑景傳神點綴新。大地江山齊著色，鶯花我亦畫中人。

如畫春光入畫詩，我亦思作畫中人矣。問珊。

堡城春雪

清明連日雨濛濛，料峭森寒入夜中。三月涼山春後雪，金岩化作玉屏風。
望裏瀰漫霧霰濛，客愁權寄酒樽中。重裘抱膝圍鑪坐，忘卻蘭亭上巳風。

感懷

鳳泊鸞漂爲底謀，蝸廬雞栅異鄉遊。依人輕似凌風葉，知己難於上瀨舟。客路青衫名士淚，鬢邊華髮丈夫愁。班生千古真豪舉，投筆會封萬里侯。

渡銅河 沙坪

一篙春水渡銅河，軟浪輕舠對岸過。山似蒼頭迎我笑，天開青眼閱人多。索橋飛挂凌空鐵，板屋斜牽補漏蘿。擊楫中流緣底事，峩峯無暇采杪欏。

暮春

漸長天氣惠風清，棼尾春光欲贈行。青草拂池初泛鴨，綠楊蹴地乍聞鶯。村村社鼓分秧雨，處處田車戽水棚。何日買山南郭下，烟簑霧笠遂歸耕。

池上晚步

明星倒映漾溶溶，風拂池心繡縠重。花影橫窗三弄笛，月華渡水一聲鐘。石邊泉瀨笙竽細，竹裏茶煙篆籀濃。爲愛讀書清徹耳，徘徊松徑拄吟笻。

烏蛔山憑眺嘉定府對江亦名爾雅臺，俗傳郭景純註《爾雅》於此，不足信也。

豪快生平一大觀，振衣千仞五雲端。舉頭漸覺星辰近，放眼須知天地寬。黑水江沱趨灩澦，青城雪嶺控呼韓。驚人好句攜來未，欲撼天門叩廣寒。

贈馬夔友都督名龍

三邊扼塞草萋迷，敕勒歌成鎮狄鞮。健將移營關月冷，蠻奴吹角陣雲低。防秋旌纛摇紅影，按隊騂騮騁碧蹏。好使諸戎都蛾伏，軍威莫讓漢征西。

萬里長城鎮蜀關，天生豪氣懾烏蠻。風清鷹背岩邊雪，令肅牛心塞外山。曉角霜笳銅柱迥，琱戈寶劍鐵衣還。伏波勳績分明在，好繼家聲虎將班。

夜雨感懷

邊城風雨夜達旦，偃卧匡牀伸懶欠。青衾無暇夢還鄉，寂寞長檠光黯憺。憶我十八出門遊，豈爲區區口腹謀。書生少年志頗壯，朱門挾策干王侯。二十翩翩作書記，枚皋阮瑀風流劇。屈宋衙官何足論，燕然要勒摩崖碣。三十讀律事申韓，名法縱横抵掌談。參軍短簿非吾意，射鴨哦松卑小官。東萊北海投鍼芥，仗劍從軍心慷慨。威張弧矢殪天狼，西涼一簿猶堪代。男兒須銘鼎鐘與旂常，竹青汗簡流芬芳。縱不封侯齊衛霍，還當五馬作龔黄。丈夫意氣人所仰，豈徒浪語欺聾盲？安知落拓竟不偶，世載風塵牛馬走。傍人門户豈英雄，鼓瑟吹竽亦孔醜。湖海元龍豪氣除，頻添酒債與詩逋。蓮花幕冷芙蓉老，黄金臺高觚不觚。老馬伏櫪，神鷹在韝。奮飛無術，展驥何由。伯樂不來王良休，不如歸趁蓴鱸櫂扁舟。而今風雨他鄉夜，聞雞起舞心悵惘。急呼尊酒浮三白，唾壺擊缺看吴鉤。

虞美人

依然帳下舞婆娑，鼙睞東風怨楚歌。寂寞漢宮春色盡，香魂千載未消磨。

翦絨

春羅翦罷翦秋紗，翦出唐宮綺麗花。多謝風流殷七七，并刀無迹鏤丹霞。

憶江鄉

藕花裛露勻紅粉，荇葉牽風漾碧絲。赤腳擕篙湖水曲，親摇鴨觜採鳧茈。

瀑布

飛瀑凌空瀉急湍，青山高挂水晶寒。跳珠噴雪霑衣袖，多少農人荷鍤看。

夾鏡樓叙州府合江門外。

欝姑臺畔路縈紆，夾鏡樓頭野望娱。風蹴江波齊遠樹，雲拖山色下平蕪。金沙溜急滇人國，石筍煙荒僰道圖。瀚海神駒消息渺，奚官不必問龍湖。雷波海子相傳曾産龍駒。

夏日偶書

浮雲富貴素無緣，自署頭銜號信天。不媚錢神慵點石，清閒懶散一頑仙。

魯子敬

正氣堂堂長者風，光明磊落冠江東。和劉志在尊王室，拒魏心原黜霸功。學似武侯輸智略，量超公瑾秉醇忠。獨伸大義扶英主，不在尋常詭譎中。

問成都來人

憶爾發成都，薰風吹羅綺。窗前茉莉花，今年開幾許。蕙應含乳箭，蘭可綴真珠。白石黄瓷斗，幽香尚健無。

武侯

高卧南陽樂道身，隆中三顧得宗臣。商周以上論出處，管樂之間詎比倫。兩表精誠昭日月，一生謹慎矢忠純。孫曹吳魏隨灰燼，丞相名垂宇宙新。

霧

淋漓元氣混茫先，彷佛乾坤未闢前。萬象包羅成玉海，大千世界見兜綿。江潮日色相吞吐，雲影山光互鬱旋。誰破蚩尤迷幻術，驅除渾沌淨諸天。

秋日雜詠

秋光淡且清，秋花峭可憐。徐孃雖漸老，丰韻尚嫣然。
蟋蟀感秋風，切切鳴不已。如訴兒女情，深夜喁喁語。
秋陽明皜潔，秋月影清妍。階砌蛩螿急，羈人夜未眠。
妾如水面船，君似舵樓櫓。船身重千金，憑仗君爲主。
郎心如滿月，妾意同秋水。團團明月光，夜夜照清瀰。

窗前如意草，是郎親手栽。郎客他鄉遠，穠華何意開。

郎摘並蒂芸，親手爲儂簪。看花因寄語，珍重摘花心。

秋晚

幾行嘹嚦雁書空，霜葉漫山夕照紅。涼月一畦瓜蔓水，秋光滿架豆花風。蘧蘧仙夢酣香蝶，切切繁聲響露蛩。搗練深閨砧杵急，征衣應爲寄屏東。

羅沐歌

羅沐川，峩山側，五月炎天飛白雪。山莽莽，水滔滔，風呺大野起盤鵰。我來彎弓射猛獸，巒酋拜舞獻醽醪。

水車

車聲軋軋水潺湲，竹筧筠筒繞架翻。激溜衝輪輪自轉，跳珠噴雪上高原。筒車。

槐柳陰森江岸長，車翻龍骨灌新秧。雨餘風定聲啞呀，引興湖山憶故鄉。龍骨車。

綠菜

瓦屋洪雅山名溪毛逆水流，蘆山澗谷帶絲柔。食單滑潤□羹美，綠菜清芬味俊遒。

偶成

環石茸茸翠髪滋，筠籠採掇月明時。宵中雲淨無纖翳，盪漾波光萬縷絲。

紅豆

朱門垂珮人，滿身羅與綺。組織既未諳，何嘗識經緯。豈知深閨中，辛苦有寒女。

相思鳥

春風紅豆有情枝，綠玉臨風裊裊垂。採擷巴山持贈遠，須知粒粒是相思。

相思巖畔相思鳥，雙宿雙飛比翼鳴。山水胚胎靈秀氣，鶼鶼微物特鍾情。

東坡樓

醉把金罇酹兩公，旋飛大白浮海通，彷彿名士高僧攜手來雲中。足躡星斗，手撼蒼穹。心空江海，目小衡嵩。仙乎仙乎，我亦逸世獨立，飄然長嘯凌天風。

古柏行爲髯翁作

此栢古而峭，風霜鍊貞操。不知何年植，佳氣紆盤界。老幹百尺撐，清陰十畝照。扶疎炫光彩，夭矯臻微妙。虎踞〔一〕蒼龍蟠，鳳翥青鸞叫。拔地走蛟虬，摩天揮羽纛。高藉猨鶴栖，深蔭鶤雞菢。童童車蓋擎，炯炯元精奧。翠黛欝菁葱，雲霞恣籠罩。風雷會有時，霖雨懸飛瀑。鐵骨詎尋常，奇趣淩烟昊。輪囷梁棟材，可以獻清廟。其下列盤石，可以憩漁釣。霄漢承暄曦，寒潭秋月耀。天半吼濤聲，振啟乾坤竅。細籟發笙竽，行人驤首頫。似聞古先生，於此託吟嘯。盤桓契遐蹤，山林養高蹈。畫工筆有神，貌出髯翁貌。聳秀勢磅礴，相對平矜躁。黃庭結静期，緑綺彈真調。君子後彫心，歲寒看獨抱。我陳嘉樹詩，爲髯伸頌禱。壺嶠託靈根，岡陵徵耊耄。千秋不朽身，宇宙隆覆幬。洛社紀耆英，精神同大造。此柏與此髯，無迺實相肖。書此貽髯翁，掀髯應〔二〕一笑。

【校記】

〔一〕此字底本漫漶，似爲「踞」字。

〔二〕此字底本漫漶，似爲「應」字。

贈友

天末忽逢君，攜手各無語。胸中千萬言，欲説從何起。

梅子坡

鳥道羊腸綫幾條，我曹踟躅上層霄。山圍似甕天爲蓋，硐斷成谿樹架橋。宇宙本寬毋自小，星辰可摘漸登高。笑看來往人如蟻，四顧蒼茫不敢驕。

感懷

人生貴適志，胡爲浪自苦。况余爲人子，家有八旬父。遠〔二〕遊而弗歸，何事不違處。鼓瑟倚齊門，時時歌踄岵。何若舍長鋏，買山學農圃。樵牧得餘閒，松柏培嘉樹。伯仲繫子姪，同作萊衣舞。天倫有真樂，冠蓋奚足取。歸來歸來兮，椿蔭靈根固。

【校記】

〔一〕此字底本漫漶，似爲『遠』字。

遊嘉州凌雲山參大佛像，觀海師洞，繼登讀書樓，拜蘇東坡、潁濱兩先生祠

朝出鐵牛門，喚渡青衣水。長風送我過江干，潮音洞口著屐齒。攜手蹣跚上翠微，雲巖煙嶂何清閟。風飄衣袂獨憑闌，千里江天奔眼底。峩眉山翠忽飛來，遠水孤帆駛如矢。俯瞰城郭水中央，萬家烟火攢浮塏。我來弔古復登臨，唐宋碑銘何處是。雨花臺上罥藤蘿，苔斑斷碣斜陽裏。釃□臨風酹一樽，地下古人呼不起。塔鈴東東如人語，如此山川且隨喜。東坡居士讀書樓，文章經濟此中修。弟兄師友聯牀處，早踞諸天最上頭。書生面目雙年少，精神逸世天仙儔。載酒時作凌雲遊，玉友金罍還唱酬。五百年來無此樂，何數人間萬户侯。海師面壁留古洞，疏鑿巉巒身抱甕。招邀巨靈驅五丁，神斤鬼斧風雷動。手成大像障三江，胸中直可吞雲夢。援拯蒼生繼禹功，不媿如來真作用。鐘聲驚破蛟龍眠，夜謁達官解羈鞚。蒲牢莫向月中撞，願獻清泉作齋供。名臣古□兩超羣，斯人豈復尋常倫。嘉山嘉水增顏色，東南冠絶鍾英靈。兹山何幸以人重，千秋萬載傳嘉名。丈夫風雲際會亦猶是，何必硜硜齷齪徒蠅營！戲拍彌勒肩，醉摩天佛頂。坡翁含笑海師哂，佛髻螺泉何清泠。佛脚江流波滚滚。山花滿地山烏啼，彌勒醉眠何日

醒。龍吟獅吼象翻身，天女散花維摩請。宇宙光明一欠伸，閻浮衆生齊引領。

嘉定凌雲山爲蜀名勝，此作洋洋灑灑，下筆數百言，寫景論古，高唱入雲，雅與題稱，集中杰作也。結段尤佳。

何〔一〕雲畡。

【校記】

〔一〕此字底本漫漶，似爲『何』字。

頤雲小草

甲寅　乙卯　丙辰

南郭塔院

忘機鷗鳥漸無疑，墖院閒觀局外棊。隔水青榿工部宅，參天翠柏武鄉祠。心隨鶴影盤雲路，目送茶烟過竹枝。懶慢擬尋漁父隱，山僧何用索題詩。

和孫心如《留别》原韻

書劍依栖沫水城，古雲今雨慰平生。交深三世情何重，話到同心葢〔一〕屢傾。紅豆懷人無限意，新詩寄我特多情。孫郎才調□來□，好□龍池百囀鶯。

因交祁午羡[二]□□，况有才名噪蜀西。劍閣仙雲歸嘯詠，灞橋柳色陰輪蹏。鷹盤華岳心何壯，花插瓊林首莫低。秦晉燕齊遊歷處，摩崖千丈任留題。

擬繪旂亭送客圖。報書迢遞託飛奴。珊瑚鐵網相需急，美玉儒珍待價沽。之子遠行如健鵠，阿儂伏櫪媿疲驢。看君飽喫紅綾餤，珥筆文章重兩都。

【校記】

〔一〕此字底本漫漶，似爲「蓋」字。

〔二〕此字底本漫漶，似爲「羡」字。

看雲四十韻

白雲生石罅，如絮塞囊口。觸石僅膚寸，初如香一綹。依依岩嶂間，如字篆蝌蚪。出岫本無心，摇曳横斜剖。嘘吸忽因風，捲舒隨所受。徐徐散吹煙，騰騰力漸厚。俄頃勢奇恣，變態狀蟠紐。油然滿太空，漭瀁吞岡阜。陸海現兜緜，大塊攢紛糾。中有布雲童，推排費千手。彷佛雲中□，駕鶴招良友。或驂銀鳳鸞，或控玉夔蚼。儼然秀士衣，紆若達官綬。釋老坐趺跏，勇士矜桓赳。傴僂丈人行，黄皤矍鑠叟。翩躚佳麗人，瓊裾珮璜玖。癰腫香象行，剽迅雪獅蹂。

蜿蜒似神龍，矯尾現其首。趯躍肖魚蟲，璀燦繪花柳。贔屭挾靈鼉，羚羊狎蒼狗。振翮翔鳶烏，狻黠竄鼪鼬。招展揮纛旂，鎧冑雜刁鬥。明堂列鼎鐘，環拱朝羣后。几案陳觥罍，醑醴薦清酒。聳矗危峯高，湧突塔勢陡。婆娑蠻奴頑，詠□山鬼醜。磥砢石嶙峋，輕勻綃縠縐。洋洋真大觀，萬象□□有。天地成虛白，磅礴遍宇宙。浩瀚含混茫，沆澒滌塵垢。陵谷一例平，嶮巇失培塿。幾疑渾混前，未闢乾坤藪。淋漓元氣濕，活潑天機守。化工用作霖，滋涵億千畝。當兹旱暍時，藉慰安茆蔀。我本澹蕩心，徘徊瞻顧久。大叫復狂吟，鬚眉健抖擻。呼僮急開樽，雲來窺户牖。掀髯浮大白，聊以爲君壽。相對自怡悦，頣性期鮐耉。

秋日城南遊矚

百花潭上浣溪濱，散策郊原訪隱淪。佛墖峭於詩筆健，秋雲淡似畫縑勻。蕭疎煙鞞陶公柳，滑潤風牽張翰蓴。石上笑陪漁父坐，看他隻手掌絲綸。

詠史八首，用左太沖韻

章逢生盛世，三餘讀詩書。曠緬觀唐虞，日月麗太虛。治道在謨訓，一德契俞都。禹稷輔元化，乾坤勞補苴。醕風被荒奠，區隩定荆吴。風動仰時雍，安坐行良圖。薄海成熙皞，九夏靖戈胡。耕鑿忘帝力，擊壤歌蓬廬。

牟麥播南畝，佳種生良苗。阡陌多楊柳，含煙弄柔條。質殊性亦異，物各有其僚。大風思猛士，欲以衛昌朝。英俊擁堅鋭，將師榮金貂。賢人稱明德，干旌或可招。

夷吾管仲父，樂毅昌國君。堂堂葵邱會，恢恢濟上軍。匡扶得其道，僭竊無□紛。撥亂報英主，賢豪志不羣。功成名亦顯，偉績無差分。安能起二子，談笑靖風雲。

萬仞雲霄上，九重丹鳳居。葱龍鬱佳氣，其下環康衢。坦蕩遵王路，仁義爲蘧廬。廟廊列軒冕，雅樂諧笙竽。君子愛修潔，令名稱德輿。東山謝太傅，蒼生望豈虛。與人共憂樂，風流衆弗如。偉哉淝水功，聲名在寰區。

南陽真名士，弗顧劉荆州。羣雄紛割據，視若浮雲浮。隆中日高卧，嘯傲輕王侯。一朝成契合，魚水欣來遊。聖賢重出處，人詎知其由。千秋仰大名，卓乎伊吕流。

聞雞夜起舞，祖生氣何震。中流擊楫時，豪邁高羣倫。枕戈劉越石，壯志非常人。著鞭常恐後，誓江慷慨陳。齊名復同志，致願清烽塵。何當爲鼷鼠，發機於千鈞。

松栢森高岡，蘭桂秀叢薄。正氣所磅礴，六合一光宅。扶輿鍾奇英，開元生李郭。忠悃抒誠款，雄畧亦恢廓。中興幹濟功，勳名在簡籍。聖主得賢臣，如魚縱大壑。浴日必虞淵，側身思古昔。悵望八表雲，四海仰厤澤。

倚劍大行巔，挂弓扶桑隅。崑崙四遐矚，蒼昊莽穹廬。江漢塞榛薪，荆揚無坦塗。李廣空射虎，韓公徒敺魚。儉稷洎寒纘，適用需預儲。韜鈐有變通，治術無粗疎。盤錯匡時器，經濟在詩書。喬柯蔭自遠，珠生崖不枯。士直道之真，天下蒙緒餘。皦皦顧諸君，相期宏遠謨。

菊花

不數甘泉若木英，三秋黄鞠擅詩名。霜酣露飽精神健，豔冷香疎骨格清。簾外西風思舊友，座中明月賦閒情。南山自有悠然趣，得氣天全屬晚成。

步潘少溪明府原韻

家在明湖柳港灣，六橋三笠水雲間。依栖夔子巴人國，頻度邛崍筰僰關。四海神交天北斗，卅年遊迹蜀西山。風塵僕僕緣何事，不及江村十畝閑。

莫將湘管寫離愁，逆旅狂歌笑馬周。顧我閒雲松鶴懶，羨君美璧廟廊收。陶顔鑄杜探風雅，戛玉鏗金互唱酬。英妙年華才展驥，丹梯聯步鳳凰樓。

贈潘少溪，即題其集後

海棠陰嫩勒春寒，花逕客來借竹看。人品醕於三窨酒，詩才鍊似九還丹。相思紅豆香匳詠，同律青琴古調彈。煮茗盤桓聆快論，輸君赤幟樹騷壇。

自題小照

驢背斜陽挈酒瓢，一肩行李瘦奴挑。澮煙喬木緜江渡，晴雪梅花舊板橋。

遊草堂

萬里橋西工部宅，百花潭上少陵祠。參天蒼翠楷林古，占地清涼竹徑欹。一代詩才昭信史，平生傲骨未宜時。瓣香稽首皈依處，擬結茆茨浣水湄。

感興

遊蹤南北復西東，挾瑟齊門興不雄。口腹因人雞鶩食，科名於我馬牛風。消磨硯石餘凹墨，秃到毛錐欲褪鋒。湖海元龍豪氣減，頭銜新署信天翁。

分曹射覆笑藏鉤，閒看乘風順水舟。幾處笙竽新換調，五陵車馬舊同遊。奇書致富黄金鑄，好句驚人綵筆羞。傲骨稜稜天付與，從來李廣不封侯。

偶成

丹鳳棲碧梧，白鶴巢蒼松。樹古良禽集，枝高樹崇窿。□陽鳴歸昌，清唳比笙鏞。飲啄得其時，和聲達九重。顧彼枳棘類，卑弱僅荒叢。荆榛挂灌莽，障翳陰濛濛。良翼不肯顧，鴟梟巢其中。低枝縈蔓草，摇動殞秋風。譬彼薰蕕味，各以類相從。一語寄鳳鶴，翱翔且從容。

和楊柳泉拔萃見懷原韻

把釣潛溪浣水濱，光陰彈指秋復春。座中明月邀佳士，天末涼風憶故人。黄菊自栽還自賞，白鷗相狎漸相親。安仁漫擬閒居賦，得到閒居是夙因。

益州北望古緜州，驛騎郵筒互唱酬。之子高標詩將幟，阿儂合署睡鄉侯。豺狼猖獗烽煙劇，鼓角蒼涼戰伐秋。草野布衣饒壯志，揮戈躍馬矢同仇。

敢道今吾勝故吾，熱腸冷眼未模糊。江淮波浪洶千尺，舟楫桅檣共幾株。小隱擬尋高士傳，澆愁頻過酒人壚。相思錦字勞相寄，慷慨論文興不孤。

楊炯詩才妙絶倫，郢中白雪唱陽春。遊蹤萬里堪稱壯，交誼十年最索真。泰華奇峯標骨格，涪渝潭溜寫精神。與君今夜同明月，大地清光照兩人。

贈鍾石□堅

古昔有至人，任心不任目。千手觀世音，何如清淨佛。

含情眉解語，會意鼻能聽。六根互用時，千潭一月映。

我以筆爲舌，君以目爲耳。相顧一笑中，空明湛秋水。

君不必學仙，我何須成佛。仙佛兩相忘，無耳亦無目。

宮怨

長門煙柳晚棲鴉，簾捲春風繡幕斜。翠輦不來宮漏永，空留明月照庭花。

楊鎮亭刺史以《蠡勺詩鈔》寄囑校對，書此題詞

深院梅開□雪姿，使君天末寄新詩。負暄啜茗旋披讀，彷彿官齋話雨時。

山川雲物供題詠，土俗民風妙筆傳。無限關心慈惠意，邠風七月續新篇。

絶妙徐熙蜀道圖，王尊叱馭重分符。輶軒按部留題遍，魄力雄渾繼大蘇。

風雅宜人一字師，和平敦厚採風詩。他年補入循良傳，不媿春陵作頌詞。

凌雲佛閣荔支樓，明月詩人勅賜洲。管領江天歸坐嘯，岑公合讓古嘉州。

邊關風月紫游韁，籌筆邛崍筰僰鄉。仗劍我曾陪幕府，銅琵鐵撥和伊涼。

一匊廉泉知水德，望洋河伯仰鴻蒙。阿儂何幸觀於海，澄澈崑崙九派通。
十年人幕感情深，翰墨因緣共賞心。今日與君重印證，成連古調叶清琴。

墨蘭

詩書有味畫精神，鎮日清閒率性真。領畧幽香成静友，素心花似素心人。

蠶叢叱馭吟草

丁巳　戊午

聽琴

焚香掃地自煎茶，緑錦囊琴處士家。偶約道人乘雪霽，來操古調對梅花。

讀《錢武繆王傳》

警枕鉛盤勵血誠，錦山綵樹寄豪情。射潮萬弩英雄氣，滄海横流敢不平。

牧牛行

傭舂居廡下，日對南山側。閒觀衆牧人，飯牛依屴崱。牝牡各馴良，戢耳安蹏齕。負耒犂田疇，服乘供驅策。方期久芻豢，茁壯滋蕃息。不虞山之坳，偪近虎狼穴。虎饑逞饞吻，豺狼競攫囓。更有狐兔羣，假威亦竄竊。朝食東莊犢，夕啖西村特。寢吪不得安，血肉供饕餮。可憐牢檻空，犢牯僅羸瘠。牧人雖憫傷，束手空淒惻。走告主家翁，請較南山獵。主翁謂弗然，嗜殺非良畫。況值獸正驕，吞噬誠叵測。盍若餌以肉，飽慾或斂迹。嗾使數獵犬，相助守莊宅。自謂慮頗周，不復虞剽刧。庶幾獲高枕，酣眠卧磐石。安知獸無饜，肉盡肆搜抉。獵犬莫敢攖，掉尾竇中匿。更有狼狽奸，不啻蛩負蟨。狡獸豈懷惠，適以啟殘賊。從此毛角儔，騷擾無安貼。主翁殊貿貿，收人亦默默。胡弗設陷阱，藩籬樹鐵勒。扼險置窩弓，燎原烈山澤。制獸得其術，獸患或漸歇。我昔顧見之，長嘆心憫惜。書此牧□行，留以告來客。

偶詠

山雞在石梁，文彩喜自顧。淥水照毛衣，見影亦生妒。天外有飛鴻，弋人何所慕。

蛣蟯化爲蟬，遺脱泥塗委。飛翔秋樹間，得意鳴不已。也須回首顧，莫使螳螂尾。

龍洞背和郫筒徐東生韻

朔風逞怒號，摇撼羣山動。山路萬螺旋，偪湊無罅縫。傳聞有真龍，潛眠蟄幽洞。南陽高卧時，早入明王夢。春雷忽一聲，羲輪馭飛控。我來踏層巒，凜冽朝寒重。筍輿掩簾幃，詩思輸豪蹤。來年乘春風，長嘯驂鸞鳳。

引見後示諸公

冒雪衝寒謁帝鄉，腐儒今竟作貲郎。鬚眉自笑山林氣，殿陛新聯鴛鷺行。暖入朝暾宫樹密，寒融春水玉溝長。旁觀莫漫嗤銅臭，山水譏人已不當。

出都

賃得騾車出帝闉，淹遲已過上林春。蘆溝官柳縈青縷，輦道征衫染麴塵。垂老始爲新嫁婦，出山已是倦遊人。身行萬里迢遥路，蜀棧燕臺解送迎。

井陘道中

山川扼塞幾雄闗，三晉遺風趙魏間。四大天門都歷遍，康衢峻坂一般看。

渭南縣和壁間韻，即效其體

送春迎夏一番新，物候偏驚作客人。慰我羈愁因好句，渭城朝雨浥輕塵。

題陳寶祠壁

鈞天一夢啟王風，陳寶□祠計亦工。自是穆公神智術，至今人未辨雌雄。

過新都楊升菴先生祠

金粟前身證得無，新都故第長蘼蕪。霜皮鐵骨雙撐月，留與今人賦桂湖。祠爲先生故第，池上有手植雙桂，今呼桂湖。

嬌豔競傳少婦妝，海榴夭矯倚紅牆。樓頭彷彿凝眸處，長盼金雞下夜郎。古榴夭矯斜卧牆頭，云是升菴夫人手植。

和李相如太守鈺見贈原韻

五馬新銜重，匡時自有方。才堪通筰僰，纓可濯滄浪。縱目峩岷頂，遊心翰墨場。官閒詩酒趣，直並賀蘭唐。

叱馭邛崍峻，家山近帝都。夢陽稱北地，坡老愛西湖。河朔英靈氣，蠶叢惠澤圖。對門常問字，時挈酒盈壺。

治績兼風雅，先生兩得之。贈詩成古調，屬和乏新詞。燭翦窗西雨，香生嶺上枝。吟壇甘避舍，文陣遇雄師。

題丁碧軒先生《鴻泥瑣記》

不是《齊諧》與《諾皋》，不因侘傺補《離騷》。胸中智慧燈光佛，都付中山玉兔毫。

與君相聚古嘉州，同上凌雲載酒樓。頖蘙十年重把臂，錦官城上月如鈎。

指點齊州九點煙，遍遊五嶽地行仙，而今小住魚凫國，修到嫏環第幾篇。

割肉東方善滑稽，太真牛渚夜燃犀。風詩足備輶軒採，豈止飛鴻印雪泥。

偶成

落拓英雄氣不揚，何堪舞袖太郎當。無心出岫雲猶懶，乘興登樓月未央。彭澤折腰緣酒渴，杜陵作客爲詩狂。善才慧點維摩老，莫問如來選佛塲。

飛花墮溷未沾茵，慚愧鬚眉七尺身。薄宦非才知守黑，丈夫無計可支貧。詩書相證同岑友，風雨頻來索債人。拚棄毛錐焚筆硯，執鞭求富歎無因。

遣悶

大任憑何降，勞勞空乏身。鳶肩成瘦骨，燕頷豈常人。風月權稱友，詩書或救貧。掀髯一長嘯，無以頌錢神。

和于伯英刺史《平婺歌》原韻時權二安州牧。

黔陬露布蜀中來，盪寇奇勳實壯哉。靜掃欃槍清草野，安危端仗出羣材。

正爲斯民策治安，從來果敢不辭難。福星照處如磐石，天下蒼生額手看。

適楚詩草

己未　庚申　辛酉

楚遊雜詩

雙廟巍峩正氣恢，巴蔓子、嚴顔。四賢祠下翠成堆。劉晏、白居易、陸贄、李吉甫。英雄更有甘興霸，錦幔銅鈴上將才。忠州。

白帝城憑灩澦堆，瞿塘峽口放舟來。四山闢闔争天險，八陣風雲護將臺。夔州。

疑經鬼斧與神功，更比夔門氣象雄。羣峭摩天排萬笏，不知神女是何峯。巫山。

白馬灘聲怒客船，黄牛山勢矗雲天。清奇最喜空泠峽，百里溟濛響杜鵑。空泠峽。

湘竹斑斑解籜時，湖皋雨足水穿籬。鷓鴣嘑遍黄陵廟，不見當年二女祠。黄陵廟。

舶艄風輕傍水門，琵琶閒撥夜黄昏。明妃村落知何處，環珮春風想像存。香溪。

題吴春谷太守嗣仲《均陽全城圖》

筑陽酇關百草枯，房陵穀北炊煙孤。均陽城邊殺氣麤，封豕長蛇挾短狐。山城斗大何危乎，滇南吴公真丈夫。指揮民兵挽蝥弧，殺人如草搜馘俘。獲者盡作犬羊誅，四戰四捷羣醜逋。屏蔽襄鄖奠荆湖，萬家額手聲歡呼。作頌更繪全城圖，我來展卷心踟躕。如觀搏戰揮刀鈇，碧雞金馬古名都。滇雲洱海鍾靈殊，傳家韜略承通儒。守土能操救命符，倘建高牙擁貔貙。定掃烽燧清寰區，看君談笑展鴻謨。凌煙更畫英褒模，阿儂筆硯久荒蕪。短歌無節慙巴歈，願書露布懸通衢。酒酣耳熱擊唾壺，先生請莫笑狂奴。

和李香雪太守映棻《德安履任》原韻

逢人争願識荆州，况值良辰五馬留。宦迹偶符京兆尹，詩心羣和楚江秋。胸吞雲夢波千頃，目縱衡陽頂上頭。更喜德星重聚處，州安磐石藉消憂。

羽檄飛傳綰綬初，君履任九日，即奉檄調省，總理局務。籌量借箸重儲糈。貔貅闖上喧騰飽，鴻雁江干喜奠居。紅樹秋山吟興好，桃花流水客程餘。青蓮舊迹應題徧，千丈摩崖帶草書。

題李遠翁小照

浩瀚煙波一釣竿，頻揩老眼看山巒。蘆花秋水胸襟闊，樹拂珊瑚挂月寒。

遊遍齊梁更楚燕，長安市上飲中仙。江湖海岳共閒話，小歷滄桑六十年。

蘄州

長江萬里稱天險，重鎮曾因戰伐開。楚尾吴頭嚴鎖鑰，深山大澤養雄才。清涼居士騎驢去，無敵將軍誑賊來。半壁東南烽燧在，茫茫俯仰對深杯。

交卸後示蘄州諸紳

慚愧黎民説好官，催科撫字笑無端。關心稂莠耨鋤未，斂手牛羊芻牧難。月照三霄清影静，風攜兩袖寸衷安。瘡痍滿目鴻嗷澤，寄語詩人著眼看。

和顧含象

秋雨秋風不上街，街頭泥滑滯芒鞋。慵開深院渾無事，贏得阿儂睡味佳。

縮項鯿魚正上槎，甕頭有酒不須賒。小詩暫勸先生飲，雨霽來陪看月華。

和顧含象《立秋日作》

滿眼兵戈不肯休，浮沈宦海暫遲留。川西懷舊千山遠，天末逢君幾世修。鷃笑退飛成底事，蒓思鄉味感新秋。唱酬輸與林亭叟，遣興詩篇老更遒。

再和含象

短劍從軍負壯遊，不堪人唤李蘄州。江樓乘興招黄鶴，海客無心狎白鷗。借管窺天空復爾，梯雲取月竟何由。腳韈手版銜官鼓，弗及煙波一釣舟。

張京珊廣文賜和，再用前韻酬之

豪情垂老未全休，爲愛湖山數載留。張翰莼鱸容我懶，吴剛桂斧待君修。月明華星宜清夜，雨後晴嵐寫素秋。和草珠璣天外落，凌雲健筆十分遒。

和含象

秋光森小院，香到木樨初。吏隱饒閒曠，銜參少簿書。天街雲欲活，庭際草新鋤。屬和頻來往，豪情我不如。

磨盾詩草

壬戌

壬戌秋，奉檄勷理毅桓駟鐵十營軍務，追賊至安陸郡郭，和敖静甫主政見寄

原韻

轉戰三旬奠郢中，長驅鐵騎電追風。五花八陣指揮定，細柳長楊氣岸雄。白雪楊春和者寡，襄江一紙雲端下。盤空硬語振詩豪，筆端屈鐵山能拔。十萬羣賊已狼奔，望風披靡追放豚。鈍材慚愧參帷幄，振轡聯吟意肅穆。竹枝爲子頌平安，都門和我鐃笳曲。

自安陸回攻黃孝，驅賊遠竄桐泌各路，大軍屯小小河溪，感懷而作

郢東馳逐漢東來，高會羣公壁壘開。河小於鉤堪飲馬，地偏如甕不聞雷。熊羆強半皆厮養，松柏何辜作爨材。杖策談兵慙鄧禹，胸無奇計佐雲臺。

寄顧含象

無驢便騎征馬出，尋著梅花更覓詩。寄語虎頭浮大白，從軍此樂少人知。

雲夢縣

山花拂馬鞍，山鳥避戈戟。鞅掌賦馳驅，勞勞此塵役。貔虎屯安州，氣壓應城賊。我來雲夢地，欲尋雲夢澤。平陸百里遥，絶少波瀾闊。滄海成桑田，麻姑昔曾說。陵谷有變遷，如人心叵測。陳平僞遊計，詐術啟猜隙。懷古感慨深，閒淡思泉石。秋色上征衫，凌風岸巾幘。

黃州

長江天險祇虛名，唤渡西陵策蹇行。刼後雪堂餘斷碣，江干赤壁莽荒榛。坡仙遺像梅花古，

公瑾風流繡裲横。郊野頻年增戰壘，茆檐何日勸春耕。

潔泉弟書來，寄重刊實夫伯詩詞存稿，率筆答之

我家先世宦巴蜀，清名頌遍東西川。祖治樊亭有遺愛，百年父老猶稱賢。先祖惕菴公治南充，寬厚和平，父老迄今不忘。世父慈惠朝天宰，二伯春崖公任廣元縣，升茂州直隸州。湔江明鏡虛堂懸。四州刺史民所望，棠陰崇茂移忠縣。四伯述軒公任温江縣，歷崇慶、茂、忠縣四州。使君三李媲劉戴，涪中名士歌留傳。緜州嚴芑汀明經有《五使君歌》，謂劉公印全、戴公三錫、李公光謙、在文，暨先伯述軒公也。我兄崑圃起羅沐，潼嶲曾議參軍髯。薦剡作令巫陽召，贏得蒲人思廉泉。崑圃兄由嶲邊沙坪經歷升蒲江縣，及未履任而殁。奕葉淵源有如此，成都天府循良篇。辰年我方遊錦里，欲繼家聲良復難。衙參聽鼓空逐隊，慚愧別駕張公權。才庸改轍避賢路，三春閒放峽江船。簿書鞅掌蕲春牧，吴頭楚尾驚戈鋋。從軍仗劍參戎幄，回首蓉城心悵然。白日看雲思季弟，英雄頭角才非凡。壯歲蹭蹬遊汗漫，秦晉燕齊粵復滇。湘江鄂渚皖公埭，揮戈躍馬金陵煙。虞詡增竈淮陰幟，豪情壯志鵬高騫。蓬谿殺賊如截草，南充理劇如烹鮮。平安一紙來天末，前人卷帙重雕鐫。寄來重刊三伯《實夫公詩存》及《海棠巢詞稿》。想見鳴琴多暇裕，顧我垂白依弓旃。杭州淪没委蛇豕，共工觸陷東南偏。夢中常憶怡園樂，風雨聯牀抵足眠。當時快境那易得，題詩聊寫薛濤牋。願君從政益加勉，

祖德宗功相後先。老兄喜聽輿人誦，長歌更紀筆如椽。

蛇山遠眺

天空江闊四山開，縱目乾坤亦壯哉。雁帶衡陽秋影過，龍攜華岳雨聲來。曹彬大纛無消息，王濬樓船漫溯洄。半壁東南沈溺久，不堪重問鳳凰臺。

軍威將略兩堪傷，糟粕韜鈐墮渺茫。十載未除豺虎亂，九州半作戰爭場。儲糈易竭生民血，介冑難伸報主腸。悵望江鄉風浪險，何時萬弩射錢塘。

江漢吟草

癸亥

癸亥六月，偕武華峯别駕于役麻城，途中雜詠

嘶風戰馬征鞍解，戒夜譙樓鼓角哀。祇有月華關不住，三更渡水人城來。麻城縣。

白羽一揮行陣易，黄庭不换學書難。鵞籠可有書生坐，試問分司靖長官。鵞籠司即宋埠。

虎頭蛇尾本尋常，地以人名若箇當。投筆才思班定遠，點睛畫擬顧長康。虎頭司近福田河。

六月十三日大雨後作

馮夷作勢陣翻盆，霹靂聲驅鐵馬奔。龍挂雲窩收雨脚，鵬摶風穴翼天根。活苗甦醒三農夢，祛暑招回萬彙魂。共道豐穰平米價，老夫誌喜一開罇。

偶成

江風瑟瑟水潺潺，卧讀蘇詩白浪間。忘卻波濤身履險，吟哦聲裡過青山。

守風

寸牘催人特地忙，鬭風屢泊傍陂塘。江船出網黃魚美，野店新篘白酒香。民瘼偶關平準務，官錢先累水衡鄉。明朝去謁黃公覆，局勢籌維乞錦囊。

黄州

臨皋亭下鶴聲清，洞簫幽咽參星横。坡翁昔年舊遊處，我來弔古聞空名。赤壁已隨灰刼燼，斷碑殘礎荒榛荆。蒼梧翠柳産梟獍，盜弄潢池草木兵。天狼芒角天狗孛，軍市雞鳴壁壘傾。黄州三度遭蹂躪，士商失業農失耕。太保督師經百戰，謂胡文忠公詠芝撫軍，諱林翼。驅除蛇豕殄鼯鼪。雪堂駐節作留守，吴頭楚尾倚長城。招徠撫字紆籌策，四境閭閻喜更生。鞠躬盡瘁大星殞，萬家號泣千軍驚。祇今將帥遵雄略，撼排大局相支撑。仗劍我昔參帷幄，短後追隨上將營。竹樓柯林不可問，干戈滿地何時平。頻將兩賦百回讀，更誦横槊短歌行。書生習氣興不淺，夢與居士飛金觥。扁舟爲捧毛公檄，欲化頑梗還編氓。武昌美酒我不飲，樊口鯿魚或可烹。守風濡滯中秋近，擬踏西山看月明。

城頭夜坐

江風皺水嫩寒時，隔岸樊山浴霧姿。裂石穿雲何處笛，似和明月訴興衰。

赤壁磯頭步月，用東坡《武昌銅劍歌》韻

明月磯頭曬玉沙，江心風急舞金蛇。動蕩星辰浴弧天，矯健饑蛟掉其尾。我身似在青天上，星月與天皆在水。此老筆端如屈鐵，照膽奇光明鏡裂。興酣逸氣凌丹霄，劍鋩渴飲魑魅血。遍遊海岳無所爲，風雲叱吒入新詩。長江萬里淨如練，舉頭望月高支頤。

新晴閒步

雨餘山色抹深青，來上乾坤舊草亭。屋溜篆成蝌蚪字，庭松抽作鳳凰翎。方舟碧海知難測，圓蓋蒼天不暫停。小坐談諧無復事，閒收雋永補《茶經》。

史望村明府宇衡和《客中作》韻，褒詡過情，再疊前韻答之

我志學韓康，賣藥局負背。提籠把玉鋤，言采麟山艾。麒麟山在蘄州城内，産艾。忽建五丈旂，牛耳主盟會。屠狗比逐鹿，髮逆陳玉成，賊中呼爲四眼狗。壁壘遥相對。上將任犄角，謂多禮堂將軍、成武臣軍門。偏師攻其外。余以三千餘人截擊。賁育佽飛徒，風雲來萃薈。倏越兩中秋，往事心頭在。讀君明月篇，勝飽郎官膾。

十三夜看月

預借中秋月，登樓仔細看。銀蟾飛桂府，玉兔踞雲端。江漢波流静，關山鼓角寒。北辰勞悵望，列宿夜漫漫。

黄州城南樓月中示齊菊香、鄭雪湖

高樓去月近，宵星稀可數。憑欄月下坐，諧笑月中語。清風時拂面，衣袂自飄舉。茶乳石泉甘，何須釘酒舖。那覓楊子京，洞簫聲如縷。邂逅兩佳士，下榻有賢主。雖非壬戌秋，良夜無陰雨。鼓角鳴悲壯，喚起蛟龍舞。俯仰五百年，此樂亦千古。欲繪谿山圖，染翰君應許。

十七日偕齊菊香孝廉、鄭雪湖處士、史望村明府、許庚南明經同遊郊郭

東坡在黄州，交契龍邱子。今我遊赤壁，得友諸名士。望村循吏材，悃愊誠可喜。雪湖老畫師，闢董悟神髓。齊君花寫生，清俊隨纖指。菊香長爪甲，故云。許君擅風雅，詩句雷轟耳。顧我無一長，差信免俗爾。相攜出郭行，言尋安國寺。定惠及臨皋，刼後僅殘址。高塔獨巋然，魯殿靈光似。陵谷有變遷，風雲呵壁壘。吴榦臣太守曾營於此。小憩啜茗談，妙緒如翻水。江流波浩浩，磯岸石齒齒。試問元豐年，閱歷幾星紀。今古貉一邱，無暇辨鯱鯉。余懷洵可樂，一朝聚四美。歸來製短章，江淹少才語。豈敢傲蘇公，聊識錢塘李。

復偕許、史、齊、鄭四君登城眺望

五老欣同遊，興高神氣王。鬚眉無衰朽，健步何須杖。草徑踏青鞋，紆徐穿古巷。拾級登城頭，彷彿躡層嶂。胸次豁然開，眼界亦空曠。南堂踐瓦礫，西塞騁遐望。謬詡□德聰，似聞彭蠡唱。歸路避嶔崎，平穩得寬放。莫使蒼耳欺，被人嗤孟浪。晚霞紅貼水，東山月初上。明星漸滿天，次躔轉角亢。聚奎不可知，使客或非妄。恬淡洽餘歡，何期友直諒。盤桓欲開樽，旅館乏佳釀。

許庾南和李字韻詩，疊韻答之

憶遊蜀嘉州，太守蓮谿子。爲言楚有材，西陵多佳士。改官來鄂中，江天亦心喜。訪古黄鶴樓，品茶烹石髓。紫蟹〔一〕與黄柑，老饕時染指。風月聚朋儕，辯論臧三耳。捧檄牧蘄陽，絃歌負莞爾。從戎越瀟霍，繫馬英山寺。卓錫誌公房，兵燹蹂荒址。書生忽將兵，揮畫渾不似。自春復徂秋，烽燧環軍壘。狐狗幸驅除，組解龍磯水。豈敢或施勞，旁人笑冷齒。所幸經歷處，良友猶堪紀。問學獲三益，譬食河之鯉。今逢兩老翁，名下無虚美。屬和五字詩，才高琢俊語。雅集記西園，我愧龍眠李。

【校記】

〔一〕此字底本漫漶，似爲『蟹』字。

夜起

街東官鼓漸停撾，暫睡旋醒老態加。窗面蟾光摇竹影，案頭鼠迹印梅花。偶然興到隨拈筆，不爲詩清好飲茶。赤腳開門看象緯，奎婁西轉斗欹斜。

陳仲衡明府惠鯿魚，走筆作謝

昔在巴西遊左緜，東津曾問打魚船。杜老題詩碑碣在，霜刀雪膾飛金盤。扁舟適楚漢陽渡，鸚鵡洲訪晴川樹。青連老子不可作，漢上雙魚留健句。今來澳口慕髯蘇〔一〕，赤壁風景荒模糊。沽酒未遇潘邠老，舉網難覓四腮□。東道主人陳仲舉，爲余解榻開軒墅。江城彷佛近重陽，蕉窗閉閣聽秋雨。奚奴掃地坐焚香，忽來剥啄屐聲忙。贈我鯿魚長尺五，巨腹縮項鱗如霜。感此多情真好客，口腹累君太饕餮。吟哦不得驚人句，聊寫紅牋作謝帖。

【校記】

〔一〕此字底本漫漶，似爲『蘇』字。

早起

天雞高唱玉雞鳴，喚起羲和御日行。蓬萊方丈夢初醒，扶桑花放如金鉦。有龍銜燭照八極，魑魅遁迹蛟鼉驚。風后力牧古來有，媧皇鍊石神仙手。斡旋乾坤造化工，豈屑黄金印如斗。華野磻溪不世出，時危那覓南陽叟。地維天柱要扶持，開元李郭强撐支。越石中宵捉鞭舞，踆烏誰爲辨雄雌。側身東南望西北，踟躕四顧生長噫。

黄州雜詩

殘山賸水古黄州，鱧説坡翁赤壁遊。前後留傳□載賦，先生占斷大江秋。

玉仙花海委風煙，定惠嬌紅入定禪。未得嫣然逢一笑，惟餘白墖指青天。蘇時玉仙觀、定惠院皆極花木之盛。

雪堂誰繪臥遊圖，山月江風半姓蘇。擬倩雪湖老居士，添余坐石望西湖。吾杭有西子湖，黄州亦有西湖。

曾向岐亭拍馬行，客途三過女王城。那知洞府溪山好，玉帶紅韡有姓名。東坡贈陳季常《臨江仙》，詞云：細馬遠馱雙侍女，青巾玉帶紅韡。

西山瘦削静煙霞，樊口鯿魚正上槎。要趁新晴天色好，渡江先訪木樨花。

偕史望邨、許庾南遊寶石山亦名聚寶山，在黄州東門外。

新晴天氣爽，日色暄清晝。相邀散策行，來看秋山瘦。秧孫穗半黄，蕎麥花如繡。搜奇尋古寺，問路村童幼。有意風吹衣，無心雲出岫。寶山莫空回，怪石攜雙袖。故壘荻蕭蕭，昔年曾禦寇。差幸賊縱遥，暫得安耕貿。兵氣幾時銷，爲善資天祐。我欲賦歸歟，枕流石可漱。

叠前韻和史望村、許庾南

倦遊時默坐，旅館簾垂晝。我本山澤臞，不爲吟詩瘦。蘭臭契神交，直欲買絲繡。老幼三四人，忘形忽長幼。時從出郊闉，閒情看楚岫。行吟不杖藜，談諧把襟袖。浩浩凌天風，恍逢列禦寇。此中有真樂，旁觀殊貿貿。不見東坡老，盛蹟邈元祐。叠韻□新清，雅澹餘芳潄。

九月十一日偕鄭雪湖、齊菊香、趙贊伯補登高

重九無風雨，客亦誤登高。相約今朝補，天晴興致豪。躋攀南岳廟，振袂凌虚翺。洗眼雲水光，石瀨響笙璈。左□瞰赤壁，其右俯臨皋。隔江望樊楚，武昌爲楚熊渠少子紅故封，號曰樊楚，見邑志。艫舳鬧漁舠。西山吴王峴，爽氣靄煙霄。英雄孫仲謀，鼎足分劉曹。不食武昌魚，天險失所操。緬懷陶太傅，坐擁八州旄。運甓惜分陰，忠藎忘勤勞。豈如庾謝輩，廣宴誇遊遨。我來千載後，感慨心忉忉。天下兵戈滿，貍奴正桀驁。苗逆時又復反。采菊不盈把，萸酒空持螯。那及龍山會，往事追題糕。

甲子　乙丑

和張溶江刺史見贈原韻

松柏選隆棟，烏鱅脩刑膴。君子不可器，大方誠不拘。天仙化人儔，無縫衣六銖。餐英紉蘭佩，香荃採春蕪。題芳擢其秀，得精而忘粗。性天率真意，任俗笑辛迂。我友張公謹，家聲有步趨。更羨經濟才，餘事研京都。偶然作韻語，天籟鳴笙竽。譬彼荒年粟，精糝出春揄。揮運如椽力，真能敵萬夫。當與賢伯仲，争先相并驅。便腹富經史，下筆非夸誣。快論及儒術，吏事原與俱。近代乃歧視，竟成觚不觚。要知漢循吏，詩書即〔一〕規〔二〕模。龔黄洎召杜，才堪佐廟謨。此論心所服，我語豈阿諛。蘭臭相投契，彼此情交孚。長篇作貽贈，照座光明珠。端莊復宏麗，浣誦如觀隅〔三〕。愧我詩思澀，妍醜知懸殊。祝君典名郡，惠政成昭蘇。治譜欲平分，君其許我無。

【校記】

〔一〕此字底本漫漶，似爲『即』字。

〔二〕此字底本漫漶，似爲『規』字。

〔三〕此字底本漫漶，似爲『隅』字。

和范問珊大令見懷原韻

宦海浮沈半息帆，青蠅無意刺簧讒。舊遊怕聽輿人誦，初服思尋隱士衫。歐冶金精心百鍊，摩兕鐵漢口三緘。羡君長嘯清烽燧，豪邁詩宜勒紫喦。

樓船風利憶高秋，楚水吴山紀壯遊。君志澄清應快意，我慚霜雪漸盈頭。珠璣投贈英雄調，帷幄看陳遠大謀。吏治詩才甘避舍，秭歸清譽勝蘄州。

十一月十二日雪後偶成，柬張溶江刺史，江樂峯、范問珊兩大令

武昌城中雪尺五，垂簾煨火不出户。兒曹報我景奇絶，拄杖登高望玉宇。瓊瑶裝成黄鶴樓，

粉筆濃皴漢陽樹。浩浩長江素練鋪，玉琢龜山隔江隖。龍眠居士寫白描，此景年來未嘗覩。呵凍欲寫剡溪藤，壇坫猶思避齊魯。忽憶詩人范石湖，烏柏祠邊吟聲苦。更羨風流草聖張，乘興登樓呩鸚鵡。老友名士江文通，郛城健句傳開府。數公對雪擁貂裘，定有新詩建旗鼓。欲往從之把臂談，簷溜淙淙化冰柱。抛磚且試走長鬚，有如消渴盼潑乳。

和李雨亭方伯、王太素大令聞苗逆就戮誌喜原韻

整頓乾坤事漸成，天將有意活蒼生。十年關塞勞征戍，半壁東南苦戰爭。露布欣傳菱角砦，菱角砦亦名菱角嵩，在壽州城外湖壖。降旛看出石頭城。軍聲破竹知迎刃，太乙光騰上將營。

高張弧矢射天狼，肯與盧循續命湯。挾詐存心甘莠類，懷才無命效沙場。將軍跋扈迷花陣，狐鼠跳梁夢蟻王。指顧諸公同努力，欃槍淨掃日重光。

欲雪

北窗風徑葉聲乾，古硯輕冰耐歲寒。忽憶峩山飛雪裏，披裘校獵據雕鞍。

老梅

古峭清如淡泊人，虬枝偃蹇卧龍身。凌霜戰雪心逾厲，鐵骨争回天地春。

園亭

園亭位置敞芸窗，簾外風輕燕影雙。佳卉聚來湖海士，新詩建得附庸邦。有時挈榼沽渝酒，無事攜竿釣漢江。聞道襄陽春水漲，扁舟去訪鹿門龐。

題江樂峯大尹皖遊詩後

吴楚春江泛棹時，皖公山色索新詩。風雲蛇鳥元戎陣，譜入鐃笳畫角知。

杜陵心事老坡才，帷幄籌謀決策來。儘有餘閒躭翰墨，吟髭拈斷賦長淮。

麻黄道中感賦

師行無常程，賊情有緩急。中夜先雞起，涼月挂營壁。悲風拂我面，笳角聲淒咽。頗聞難民婦，無家慘憺泣。髮□頻番來，豺虎愁吞噬。諸軍少節制，土寇助搜抉。良人昔擄俘，數歲無消息。舅姑新被害，娣姒遭掠刼。隻身竄異鄉，耕耨弗可得。體乏完裙袴，瘦枯面菜色。羣醜雖暫驅，燬蕩居無宅。髑髏帶血腥，原野炊煙絶。死者誠可哀，生者難望活。寄語持籌吏，催科毋太迫。

偶成

元戎籌策事功難，司馬青衫淚暗彈。怨鬼哀鴻招不得，秋風迸入雨聲酸。雨中偕鳳希文翼長、王雲卿司馬夜話。

樓船旗纛壯軍容，鐃鼓聲喧水勢洶。又向黃州賦行役，西山慚愧五更鐘。

隨官秀峯相國黃州閱兵，用昌黎汴泗交流韻

黃州附郭城東角，校場十里平如削。千帳雲屯勢演迤，龍蛇鳥獸搖旌旗。相國尊崇五等貴，將軍劍佩優謀爲。弓刀摩戛光無定，虎韔鸞翎相掩映。指揮合陣五花迷，驊騮隊仗黃金羈。左旋右抽齊火鼓，飛矢流星逐電馳。奇正相生整以暇，叱咤風雷神變化。鑾牌戈戟士豪矗，決盪

闔闢聲喧呼。須臾一騎絶塵至，報上中軍獻陣圖。勁旅雄師不易得，胡勿同心努力殊殘賊。

練絲衣

繅車軋軋引絲長，絲牽如雪縈杼牀。美人□手淨相□，柔荑軟滑玉生香。機中經緯緒不亂，龍梭組織雲錦章。裁縫熨貼光皎皎，六銖新潔天孫裳。素質不屑緅紺染，塵黚澣濯瑩縹緗。良工省識宵光練，披拂看風貢玉堂。

聞金陵尅復

妖星宵隕石頭城，洪秀全于五月二十六日自盡，是夜，有大星自西北隕于東南。遺孽幺麿豈足平。其子洪人瑱與賊黨數千夜竄。掃穴奇勳馳露布，回天妙手樹風聲。秣陵秋色煙雲壯，建業鶯花巷陌更。賸水殘山餘半壁，十年休養慰羣生。

題《廬山圖》

匡裕先生殷周際，巖棲結構神仙廬。其高三千三百六，周二百五爲方墟。山環九叠水九派，慧遠開山來隱居。蓮花刻漏山中課，攢眉入社淵明初。虎溪三笑傳逸事，飛泉瀑布崩喦嘘。雷轟海立搴萬仞，横偃側掠風逆梳。奔流嚙石鬭不勝，斂怒斜退行紆徐。道人坐石照潭影，冷翠撲面侵肌肤。廬山面目有真贋，皮相之士心躊躇。吾家太白讀書處，欲探秘笈瑯環書。望而不見渺天際，卧遊絶勝勞騎驢。

乙丑奉檄脩隄雜詩

宧海浮沈笑轉蓬，四年辛苦久從戎。而今又作金隄長，來讀冬官記考工。隄名『金字號』。

蓬萊清淺幾多時，滄海桑田有變移。西畔淤生東岸齧，盈虚消息耐尋思。

言採梗枏充棟柱，莫將沙土築江隄。沙土築隄難禦水，梗枏充棟好安栖。

九仞基於撮土多〔一〕，櫛風沐雨百回過。積功纍行應如此，要作長城障楚波。隄工有『居然江上一長城』之號。

翹首家山蘇白隄，千秋遺愛在湖西。前賢芳躅知難步，笑我經營雪瓜泥。連日雨雪泥濘，故云。

畚築登登引唱譁，千夫努力競相誇。飛硪木杵乘新霽，綵翦裙腰一道斜〔二〕。拍土石墩俗呼爲

『硪』，以鍬取土名曰『蒴綵』，頗雅。

不啻爲山豈厭高，休誇滄海跨金鰲。田疇萬頃千家業，賴此安瀾敢憚勞？『金』『城』同『欒』『□』，號爲江、咸、蒲、嘉四縣公隄。

隄防捍水土工勤，擔荷肩摩慣食貧。野老田夫休慢忽，就中恐有傅岩人。

鎮日江邊看過船，順風平穩逆風牽。好憑把柁回帆手，力挽千鈞莫放偏。

原頭草漸綠緜芊[三]，籬角桃花綻冶妍。隄外風帆隄内柳，春風寫出豔陽天。

【校記】

〔一〕此字底本漫漶，似爲『多』字。

〔二〕此字底本漫漶，似爲『斜』字。

〔三〕此字底本漫漶，似爲『芊』字。

題朱秋園明府詩集後

俗吏困風塵，久不親儒雅。三駕事戎行，曾騎汗血馬。追[一]隨相國車，轅門依廣厦。檄草青油幕，墨磨盾鼻寫。英俊賦同遊，説劍酬觥斝。抵掌逞雄譚，酒闌燈焰灺。長嘯氣掀髯，自顧嫌粗野。譬彼田先生，濫竽齊門下。况復□□隄，畚築障湍瀉。詩思澀不開，欲吟口喑啞。秋翁紫陽裔，文學今游夏。情性率天真，政教極瀟灑。餘閒躭翰墨，手弗釋鉛赭。嚼徵含宫商，曲高和則寡。昨讀珠玉篇，謬許知音者。輸君八斗才，投贈亦聊且。更欲求良工，鼓鞴爲陶冶。

【校記】

〔一〕此字底本漫漶，似爲『追』字。

拖船行

二丈河，三寸水，沙石錚錚磨船底。長年篙楫無所施，入水拖船如水鬼。陸地行舟奡盪之，勉强而行亦難矣。水勢涣漫無束收，疏濬誰作河渠使。道旁父老向余言，斯河自昔稱利濟。迨乎戊申己酉間，始漸淤塞成堙圮。應城今之白龍潭，其先不過一窪耳。年年汎溢拓深湫，中有魚鼈多且旨。更聞風清月白夜，雪練千尺澄清沘。舉網張之弗可得，須臾雷霆風雨駛。始知神物宅於斯，閲一二年兵燹起。應人專利安人愁，十餘年間亂不已。邇來神物忽飛去，龍潭之水旋渟止。安州之河迺復開，或者復覩昇平美。我聞斯語三太息，靈物前知竟如此。陵谷變遷誠叵測，河復故道差可喜。惟祝從此永安瀾，水利同興溉田里。父老樂利長兒孫，擊壤謳歌安耒耜。我若〔一〕。

【校記】

〔一〕原文獻以下缺佚。